U0107901

北京城市发展报告

（2021~2022）

北京城市高质量发展研究

BEIJING URBAN
DEVELOPMENT REPORT
(2021-2022)

主　编／陆小成

副主编／穆松林　杨　波

社会科学文献出版社
SOCIAL SCIENCES ACADEMIC PRESS (CHINA)

序言　谱写北京城市高质量发展新篇章

本书课题组[*]

　　党的十九大报告首次提出"高质量发展"重要概念，表明中国经济由高速增长阶段转向高质量发展阶段。党的十九届五中全会提出，"十四五"时期经济社会发展要以推动高质量发展为重要主题，高质量发展是适应我国社会主要矛盾变化、加快新阶段经济社会全面转型的必然要求。2022年3月1日，习近平总书记在中央党校（国家行政学院）中青年干部培训班开班式上的讲话中强调，实现第二个百年奋斗目标，我们要坚持党的基本路线，坚持以经济建设为中心，但在新形势下发展不能穿新鞋走老路，必须完整、准确、全面贯彻新发展理念，加快构建新发展格局，推动高质量发展。深入理解和全面贯彻创新、协调、绿色、开放、共享的新发展理念，加快转变发展方式，增强发展动力，切实推动高质量发展。中国特色社会主义进入新时代，我国社会主要矛盾已经转化为人民日益增长的美好生活需要和不平衡不充分的发展之间的矛盾。更好满足人民日益增长的美好生活需要，必须更加注重创新、质量、绿色、低碳、民生、服务等元素，稳中求进，质与量并进，推动经济、社会、文化、生态等各个领域的全面转型与高质量发展。高质量发展是建设现代化经济体系的必由之路，必须坚持质量第一、效益优先，

---

　　* 本书课题组组长：陆小成。主要执笔人：陆小成、穆松林、倪维秋、曲嘉瑶、杨波。

大力推进生态文明建设和绿色低碳发展，加快实现碳达峰碳中和目标，提高全要素生产率，不断增强我国经济韧性、低碳创新力和绿色竞争力，为全面建成社会主义现代化强国奠定坚实的物质基础。

北京城市高质量发展取得历史性的辉煌成就。在习近平新时代中国特色社会主义思想的指引下，首都功能建设进一步加快，首都服务能力进一步提升，北京城市高质量发展取得重大进展和重要成效。北京作为伟大祖国的首都，与时代同脉搏，与国家共奋进，发生了翻天覆地的历史巨变，首都现代化建设取得了辉煌的历史性成就。北京坚持把政治中心服务保障放在首位，全力维护首都政治安全，形成了"北京服务"品牌。北京持续推动高质量发展，实施疏解整治促提升行动，以疏解非首都功能为"牛鼻子"推动京津冀协同发展，实现城六区常住人口比2014年下降15%的目标，北京成为全国第一个减量发展的超大城市。北京加快产业转型升级，加快构建高精尖经济结构，持续推动经济高质量发展，全市地区生产总值先后跨越两个万亿台阶、突破4万亿元，人均地区生产总值和全员劳动生产率保持全国领先。北京充分发挥人才和科技资源高度集聚优势，科技创新实力大幅度提升。北京牢固树立绿水青山就是金山银山理念，大力实施绿色北京战略，蓝天白云成为常态，城市生态环境质量不断提升，生态承载力不断增强。2021年，北京市空气质量首次全面达标，PM2.5年均浓度比2017年下降43.1%，北京作为超大城市已经成为水清岸绿、森林环绕的全球生态宜居城市。北京高度重视民生改善，推进义务教育阶段"双减"工作，健全城乡医疗卫生体系，完善住房保障体系，率先建成城乡统一、覆盖全民的社会保障体系，探索形成以接诉即办为牵引的超大城市治理"北京样板"。北京多年发展经验表明，推动城市高质量发展既是保持北京经济社会持续健康发展的必然要求，也是适应首都社会主要矛盾变化和率先基本实现社会主义现代化的战略选择。

北京城市高质量发展本质是首都功能的发展。北京城市高质量发展，必须紧紧围绕实现"都"的功能来布局和推进"城"的发展，以"城"的更高水平发展服务保障"都"的功能。北京城市高质量发展本质上是首都功能的发展，关键要处理好"都"与"城"的关系。北京作为社会主义国家首都，坚持以"都"为先，通过大力加强"四个中心"功能建设、提高"四个服务"水平，更好服务党和国家工作大局，更好履行首都职责使命，实现符合首都功能定位的发展、首都的高质量发展、首都的新发展。① 区别于其他一般城市的功能定位，北京城市高质量发展的本质内涵就是要高度重视首都发展，要以首都发展为统领，正确处理好"都"与"城"的互相促进、互相作用的内在关系，紧紧围绕首都功能的建设与提升，进一步改善和加强城市的建设与发展。而北京城市的建设水平、发展状况、服务能力直接关系到首都的功能建设与服务保障。首都功能的发展，本身就是北京城市高质量发展的基本前提和核心任务。

新时代首都发展的根本要求是高质量发展。中共北京市委第十三次党代会报告指出，新时代首都发展，根本要求是高质量发展。首都发展始于党的十八大，是习近平总书记对北京一系列重要讲话为我们指明的方向，是城市发展理念的重大转变。② 北京率先基本实现社会主义现代化，面临着前所未有的发展机遇，也面对着更重的发展任务、更高的发展要求，必须加快推动北京城市高质量发展。何谓北京城市高质量发展？北京城市高质量发展是区别于其他城市，更加强调首都功能定位的新发展，是以落实首都功能、推动新时代首都发展为基本方向的新发展，是贯彻新发展理念，实现创新、协调、绿色、开放、共享的新发展；是坚持稳中求进，推动政治、经济、社会、文化、生态等五位一体的新发展；是破解能源耗竭、环境污染等难题，大力推进生态文明建设和绿色低碳发展，率先

---

① 祁梦竹、范俊生：《沿着习近平总书记指引的方向　更加奋发有为推动新时代首都发展》，《北京日报》2022 年 6 月 28 日。

② 刘菲菲：《锚定首都新发展　扬帆开启新航程》，《北京日报》2022 年 6 月 29 日。

实现碳达峰碳中和目标的新发展；是致力于构建全球科技创新中心、全球数字经济标杆城市、国家消费中心城市，加快构建国际一流的和谐宜居之都、高水平建设现代化首都都市圈、构建以首都为核心的京津冀世界级城市群的新发展。推进新时代首都发展的根本要求就是要加快推进北京城市高质量发展。发展是解决一切难题的根本，发展才是硬道理。新时代首都发展，在习近平新时代中国特色社会主义思想科学指引下，要落实首都城市战略定位，坚定不移贯彻新发展理念，以深化供给侧结构性改革为主线，加快疏解非首都功能，深入推进京津冀协同发展，高水平建设北京城市副中心，加快从速度规模型向质量效益型转变，推动质量变革、效率变革、动力变革，为首都发展培育新动力、拓展新空间，使发展成果更好惠及全体人民，不断实现人民对美好生活的向往。

新征程中加快谱写北京城市高质量发展新篇章。进入新时代，首都北京与党和国家的使命更加紧密相连。在迈向第二个百年奋斗目标的新征程中，北京需要展现出大国首都的风范和应有的担当，顺应新时代首都发展新形势，落实首都城市战略定位，构建新发展格局，加快谱写北京城市高质量发展的新篇章。贯彻新发展理念，深入实施创新驱动战略，充分发挥北京科技创新、人才、信息、金融等资源集聚优势，主动服务和融入新发展格局，充分释放"四个中心""四个服务"中蕴含的巨大发展能量，将北京科技创新贯穿于"五子"联动全过程，以全面深化改革、高水平对外开放，激发首都新发展的巨大动力，加快构建国际交往中心、国际科技创新中心、全球数字经济标杆城市、国际消费中心城市，推动北京城市高质量发展。坚持以人民为中心的发展思想，提高民生保障和公共服务供给水平。践行以人民为中心的发展思想，以首都高质量发展为主线，加快构建社会主义现代化首都发展新格局，在新一轮的全球竞争中不断打造首都新优势。[①] 要统筹疫情防控和经济社会

---

① 李国平、杨艺：《准确把握首都高质量发展核心要义》，《前线》2022 年第 5 期，第 60~63 页。

发展，在稳增长促发展中大胆创新、主动作为，聚焦市民"七有""五性"需求，完善接诉即办工作机制，切实解决首都人民群众急难愁盼问题，不断增强人民群众的获得感、幸福感、安全感。推动新时代首都发展，继续沿着习近平总书记指引的方向，继续回答"建设一个什么样的首都、怎样建设首都"这一重大时代课题，要始终坚持党的领导，坚持以人民为中心的发展思想，贯彻新发展理念，构建新发展格局，奋力谱写超大城市高质量发展、全面建设社会主义现代化国家的北京新篇章。

本书以习近平新时代中国特色社会主义思想为指导，研究北京城市发展在贯彻落实首都城市战略定位、加快"四个中心"功能建设和"四个服务"水平提升、疏解非首都功能、加快城市有机更新、推动京津冀协同发展等方面取得的辉煌成就，研究北京城市从速度规模型向质量效益型转变过程中存在的主要难题，并提出对策建议，推动北京城市朝着更高质量、更有效率、更加公平、更可持续、更为安全的方向发展。全书分为经济、社会、文化、生态等四大板块，全面分析北京城市高质量发展状况与问题，聚焦北京数字经济建设、创新生态系统、城市竞争力、产业高质量发展、城市更新、历史商业街区、绿色高质量发展等问题进行深入探讨，注重学术性与应用对策研究相结合，基于专业视野从不同维度提出新阶段北京城市高质量发展的对策建议。核心观点及其主要内容包括以下几个方面。

（一）城市经济发展

以高精尖产业推动北京高质量发展，优化与首都城市定位相适应的现代服务业体系，发展颇具首都特色的现代都市农业，构建北京现代化产业体系。从城市经济发展与对外开放、科技创新与生活质量、生态环境质量三个方面，提升丰台区经济和科技发展水平。深入激发京津冀创新要素活力，提升市场创新环境和政府创新环境的契合度，构建高效协同创新生态体系，增强区域整体创新能力和经济竞争力。通过对比识别我国近年基准产业集群的状况，从产品、产业及产业集群角度进一步增强北京产业集群实力。在京津冀一体化背景下，推进北京及京津冀数字经济高质量发展是亟待攻关的重要课题。

第一，构建北京现代化产业体系。在非首都功能疏解、"两区"建设、北京"四个中心"建设背景下，探讨北京现代化产业体系建设及优化路径，有助于推进首都经济结构优化和新旧动能转换，推动首都经济实现高质量发展。将北京市的产业及空间布局作为实证对象，分析北京市产业发展的基本情况，从"五年规划"视角探讨北京产业发展及其空间布局的思路，分析北京产业发展重点演进，提出构建北京市现代化产业体系的三点对策：以高精尖产业推动北京高质量发展，构建与首都城市定位相适应的现代服务业体系，发展颇具首都特色的现代都市农业。

第二，提升北京城市竞争力。以丰台区为研究对象，基于2014~2018年北京市各区的各项数据进行因子分析，并将13个指标重新分类，进而将城市竞争力细分为经济发展与对外开放、科技创新与生活质量、生态环境三个方面。同时按照因子分析法得到的权重计算各区的各项竞争力以及综合竞争力得分，对各区进行排名以探析丰台区的优势与不足。通过对丰台区各项竞争力及综合竞争力的时空演变进行分析，提出要大力发展农副产业，完善交通要道，明确区域规划，加强社会保障，加强生态保护，加快法治建设。

第三，在创新生态视角下推动京津冀经济增长。在创新生态视角下探究创新要素和创新环境对地区经济增长的作用机理，构建创新要素经济效能指标体系，以2008~2018年全国31个分省区市层面的面板数据为样本，运用Stata15.0，采用LSDV估计法测度了技术和人才两类创新要素的区域经济效能，实证分析市场和政策两类创新环境对创新要素经济效能发挥的影响，对比研究京津冀相较于其他地区的差距和优势，得出人才流失是京津冀创新要素经济贡献度下降的主要原因、政府创新环境是京津冀创新要素经济效能充分发挥的有力保障两个主要结论，应深入激发京津冀创新要素活力，提升市场创新环境和政府创新环境的契合度，构建高效协同的创新生态体系，增强区域的整体创新能力和经济竞争力。

第四，壮大北京产业集群整体实力。产业集群与城市群关系密切。产业集群分工协作催生城市群，城市群的发展促进产业集群的专业化及高级化。京津冀产业协同发展依赖于北京产业集群发挥重要的引领作用，因此，理性评估北京工业产业集群现状，选择与区域产业协同发展相匹配的产业集群，促进产业集群成长，提升集群质量，是北京在京津冀区域产业协同发展中的重要任务。采用基准产业集群识别方法，对比识别我国近年基准产业集群状况，基于北京产业集群发展现状，了解其发展潜力与优势，从产品、产业及产业集群角度进一步壮大北京产业集群实力，提升其在我国的经济地位，重点发展与北京产业规划相一致的产业集群。

第五，加快首都数字经济建设。经济社会发展趋势、国际分工业态与全球竞争格局已经发生深度变革，积极推进数字化逐渐成为世界各国发展区域经济的选择。结合京津冀地区数字经济发展现状，参考上海社会科学院信息研究所发布的《全球数字经济竞争力发展报告（2021）》、北京大数据研究院发布的《2021中国数字经济产业发展指数报告》、赛迪顾问数字经济产业研究中心发布的《2021中国数字经济城市发展白皮书》、新华三集团数字经济研究院和中国信息通信研究院云计算与大数据研究所发布的《中国城市数字经济指数蓝皮书（2021）》及其城市数字经济指数查询平台，对当前京津冀地区数字经济发展进行系统分析，同时，对标长三角地区和粤港澳大湾区，对北京及京津冀数字经济协同发展特点进行总结，分析其存在的问题并提出针对性政策建议。

（二）城市社会建设

在数字经济背景下，不断提升城市公共服务水平和质量，重构公共服务供给主体，促进专业化、市场化和社会化力量的参与，实现政府、市场、社会三方联动，助力北京公共服务的精准高效创新发展。积极应对城市社会发展中超低生育水平现象，构建完善的生育支持政策体系，从"碎片化管理"向整体性治理转变，充分发挥人力资源对生育的支持作用。城市更新呈现出更新空间范围扩大、城市更新理念迭代升级、合作伙伴关系重塑等新趋势，应立足城市更新趋势，推动高质量发展。北京城区人口老龄化及高龄化问题凸显，可推动部分养老设施向非城区地区布局，分步骤优化养老设施分布空间，立足需求侧明确设施供给方向，建立区域智慧养老信息共享系统，加强区域医疗健康服务协同，推动区域间政策制度协同发展。要推动城市更新背景下北京低碳创新与社会重构，加快城市创新体制改革，强化资源整合与公众参与，推动低碳高质量发展。

第一，数字经济背景下优化北京城市公共服务模式与路径。数字经济是当前城市发展的重要机遇，也是城市公共服务供给更加精准高效的重要战略支撑。北京作为全国数字经济发展的战略高地，同时也是引领全国公共服务高质量发展的重要样板。近年来，北京依托数字经济发展不断提升城市公共服务水平和质量，政府公共服务数字化能力不断增强，市场主体和社会力量参与公共服务数字化的步伐不断加快；但是仍然存在政府职能缺位、错位、越位并存，市场主体参与不足和失序叠加，社会组织力量缺乏与低效同在等问题。因此，在数字经济快速发展的背景下，必须进一步明确数字经济是北京公共服务创新发展和精准高效的战略抓手，而公共服务各领域是数字经济发展的依托场域，必须加快二者的融合发展；要通过重构政府公共服务供给主体结构，改变传统政府单一供给模式，促进专业化、市场化和社会化力量的参与，实现政府、市场、社会三方联动，从而助力北京公共服务的精准高效创新发展。

第二，制定并完善超低生育水平下北京城市高质量发展的应对策略。基于北京城市发展中的超低生育水平现象和未来发展趋势，剖析了超低生育水平形成的原因，认为超低生育已成为不可逆转的人口趋势，需全方位积极应对。构建完善的生育支持政策体系，营造尊重生育的社会环境，从"碎片化管理"向整体性治理转变，充分发挥人力资源对生育的支持作用。

第三，明确城市更新趋势推动高质量发展。基于近年来中国城市更新相关政策与实践，探讨城市更新的必要性与紧迫性。在全球城市竞争日益激烈的时代，每一个城市都需结合城市自身的社会、经济和文化特征，制定适应时代发展需要的城市更新政策。从北京、上海、深圳、广州的城市更新行动计划来看，城市更新正被各级政府视为一项将社会、经济和安全结合起来的综合性城市建设任务。我国的城市更新政策将呈现出三大新趋势与特征：更新规模扩大、更新理念迭代升级、合作伙伴关系重塑。

第四，推动部分养老设施向非城区布局。北京城区人口老龄化及高龄化问题凸显，养老服务设施及养老服务的供给面临较大挑战。鼓励养老设施向非城区布局，是缓解城区养老资源压力、满足部分人群异地养老需求的途径之一。基于人口推拉理论，分析了城区的"推力"、非城区的"拉力"及其中的障碍因素。鼓励养老设施向非城区布局，分步骤优化养老设施空间布局，立足需求侧明确设施供给方向，建立区域智慧养老信息共享系统，加强区域医疗健康服务协同，推动区域间政策制度协同发展。

第五，推动基于城市更新的北京低碳创新发展与低碳社会重构。城市更新是政府主导、市场运作、公众参与的空间再生产、利益再分配、关系再构建的城市社会演进过程。低碳创新是推动城市更新的题中之义与重要引擎。北京城市更新与低碳创新发展中面临创新政策不够完善、低碳创新能力不足、低碳产业发展缓慢、能源结构不够合理、低碳社会建设滞后等难题。立足新阶段，北京应加快低碳技术创新与低碳社会重构，完善低碳创新规划与政策，加快城市创新体制改革，提升城市低碳创新能力，加快构建低碳产业体系，大力开发低碳新能源，强化资源整合和公众参与，加快低碳社会重构，推动低碳高质量发展。

（三）城市文化建设

北京作为六朝古都，拥有众多世界级的历史文化遗产，在新发展格局下，加快推进中轴线申遗工作是新时期首都城市文化建设的重中之重。北京市王府井商业街区实施了以环境整治、业态更新和文化建设为主的更新改造，街区商业质量、公共空间品质和文化影响力得以提升，要围绕突出地域人文特色加快城市历史商业街区的有机更新与高质量发展。此外，首都北京经历了快速的城镇化，在共同富裕的背景下，首都乡村振兴战略仍然大有可为，通过开展北京市农业文化遗产动态保护、研究北京乡镇文化创意产业集群的发展策略，实现文化振兴，促进首都乡村全面振兴。

第一，借助大数据加快推进北京中轴线申遗工作。北京中轴线贯穿旧城，不仅是六朝古都的重要标志，也是当今世界上现存最长的城市中轴线之一，具有极高的历史文化价值。基于中外中轴线对比与北京中轴线历史沿革梳理，借助大数据对北京中轴线空间格局演化展开分析，从恢复传统北京中轴线格局与秩序，贯通传统北京中轴线、形成真正意义建筑实体，加强北京中轴线文化符号宣传推广，按照申报世界遗产要求组织申报与保护管理四个方面，为北京中轴线申遗提供政策建议。

第二，推动北京历史商业街区有机更新。北京市王府井商业街区实施了以环境整治、业态更新和文化建设为主的更新改造，街区商业质量、公共空间品质和文化影响力得以提升，焕发了新的活力，吸引了本地消费者回流，但仍存在文化资源转化不足、商旅文融合发展有待深入、街区空间结构有待优化、新业态比重需要进一步提高、缺乏统筹更新管理机制等问题。历史商业街区的核心优势在于历史文化，应围绕突出地域人文特色加快城市历史商业街区的有机更新与高质量发展。

第三，加强北京市农业文化遗产动态保护。北京市农业文化遗产资源具有鲜明的特征，同时也面临着生产效益低、农业生产要素流失、传统农耕文化受到冲击等挑战。保护与利用北京市农业文化遗产资源，成为提高远郊区农民收入、保护乡村传统景观与传统文化的重要方面。将多功能农业发展理念贯穿于农业文化遗产地的发展中，通过发展生态农业和有机农业筑牢农业发展的基础，推动农产品深加工、打造品牌、组织化建设和发展休闲农业，实现农村农业可持续发展和农民可持续生计。对于经济欠发达的远郊区，农业文化遗产的发展需要地方政府积极引导，充分调动农民、村庄、企业与社会积极性，形成多方参与机制，通过科学规划将农业文化遗产保护与利用纳入地方发展的总体布局，融入乡村振兴、生态文明建设、美丽乡村建设、文化产业发展等发展战略。

第四，推动北京乡镇文化创意产业集群发展。在城市中，各类文化创意产业集聚在老厂房、古建筑以及新建的园区中，形成文化创意产业集群。在乡镇中，同样有一些文化创意产业集群，但是其类型与城市相比存在较大的差别。北京有很多传统的民间手工艺，这些工艺都有几百年甚至上千年的历史。比如花丝镶嵌工艺正在被不断地挖掘，并融入现代工业品的设计当中。深度挖掘北京各类传统手工艺以及其他非物质文化遗产的价值，使其与乡镇经济发展环境相融合、与现代工业经济产品相融合，推动北京乡镇文化创意产业发展乃至形成新的文化创意产业集群。

（四）城市生态建设

北京市深入贯彻习近平生态文明思想，坚持以改善首都生态环境质量为核心，贯彻新发展理念、构建新发展格局、推动高质量发展。在新发展阶段，北京市应继续明确和强化生态文明建设在城市高质量发展中的主导地位和引领作用，继续深入探索绿色高质量发展实现路径，探索生态补偿机制如何在京津冀城市群内部构建，建立社区生态化有机更新评价指标体系，同时推动可再生能源的开发利用和新能源汽车充电站建设，助力绿色发展和北京市碳中和目标的实现。

第一，以生态文明建设推动城市高质量发展。新发展阶段下加强生态文明建设是贯彻新发展理念、构建新发展格局、推动高质量发展的必然要求。北京城市高质量发展中，应继续深入厘清减量提质中"减少和增加"、城市更新中"增量和存量"、韧性城市中"发展和安全"的辩证关系。为推动北京城市高质量发展，建议以"先舍后得"的减量路径、"改旧造新"的更新路径和"防危增韧"的安全路径，在实践中探索以生态文明建设赋能城市高质量发展的北京方案。

第二，构建绿色高质量发展体系促进首都发展。大力发展绿色经济是首都实现绿色高质量发展的必然路径。当前首都高质量发展中存在一些短板，主要体现在农村地区环境基础设施建设加快、生态环境精细化管理有待完善、生境质量分布不均匀、绿色发展的创新性不足等方面。结合首都未来的发展目标，抓住"国之大者"中首都应坚持绿色发展理念，从大力发展绿色数字经济、打造生态产品第四产业、以碳中和为引领三方面提出首都绿色高质量发展的具体路径。

第三，构建京津冀城市群横向生态补偿机制助力协同发展。京津冀在生态—经济空间格局及生态补偿领域存在补偿机制不健全、缺乏法律依据、利益成本错配和监管不足等问题，亟须提出京津冀城市群生态补偿依据及标准测算方法，构建"权责统一、合理补偿"的京津冀城市群横向生态补偿机制，并划分生态保护区和生态受益区，建立京津冀城市群横向生态补偿标准体系，从而推动京津冀城市群生态文明建设和协同发展。

第四，加快建立北京社区生态化有机更新评价指标体系。随着生态文明建设不断深化，社区生态化有机更新成为城市更新的前沿。从社区生态化有机更新的概念出发，结合北京社区生态化有机更新现状，明确北京社区生态化有机更新评价指标体系的构建原则、概念框架、评价要素，并进一步建立目标层涵盖社区低碳生态更新规划水平、社区空间适应性再利用改造水平、社区多元协同生态治理水平和社区生态化更新多维保障制度完善的北京社区生态化有机更新评价指标体系。通过指标体系的评价可为社区生态化有机更新规划、建设与管理提供有效的政策指导工具。

第五，加快推动北京废弃矿山的可再生能源开发利用。废弃矿山可再生能源开发利用是贯彻新发展理念、推进高质量发展、构筑首都生态安全屏障的重要战略选择。北京在废弃矿山修复治理中引入光伏风电等可再生能源项目，推动能源绿色低碳转型，提升减碳降碳能力，构建矿山生态产品价值实现新机制，打造生态涵养区践行"两山"理论、坚持生态优先与绿色发展的新典范。建议通过强化规划设计、加大政策扶持力度和科研投入、开展试点示范等助推北京绿色低碳高质量发展与率先实现碳中和目标。

第六，加快北京新能源充电站建设助推碳中和目标实现。碳中和对北京新能源汽车产业发展提出了新的要求。光储充一体化、增加可再生能源的开发利用和提高能源的利用率，成为新能源行业未来发展的趋势。为解决当前新能源汽车充电站存在的老旧小区和乡村区域充电难、规划布点和选址不平衡、充电设施的运行安全有待重视和规范等一系列问题，应立足新阶段，加快构建光储充一体化的充电服务中心，加强新能源汽车基础设施建设，推动多部门协同共建充电站，建立和完善充电安全体系，推动北京充电设施建设与完善，助推新能源产业高质量发展，为加快北京绿色低碳发展、率先实现碳中和目标做出重要贡献。

目　录

城市经济篇

城市社会篇

城市文化篇

城市生态篇

城市经济篇

北京市产业高质量发展演进及现代化产业体系构建研究

何仁伟*

摘 要： 在非首都功能疏解、"两区"建设、北京"四个中心"建设背景下，探讨北京现代化产业体系建设及优化路径，有助于推进首都经济结构优化和新旧动力转换，推动首都经济实现高质量发展。本文将北京市的产业及空间布局作为实证对象，分析了北京市产业发展的基本情况，从五年规划视角探讨了北京产业发展及其空间布局的思路，分析了北京产业发展重点演进，提出了构建北京市现代化产业体系的对策：以高精尖产业推动北京高质量发展，构建与首都城市定位相适应的现代服务业体系，发展颇具首都特色的现代都市农业。

关键词： 空间布局 现代化经济体系 北京

习近平总书记指出，建设现代化经济体系是跨越关口的迫切要求和我国发展的战略目标。贺晓宇、沈坤荣认为，现代化经济体系是经济高质量发展的重要支撑，其关键目标是提升全要素生产率，应从创新发

---

* 何仁伟，博士，北京市社会科学院市情研究所研究员。

展、优化产业结构、坚持市场开放、对外开放、完善现代化经济体系等五个方面协同推进。① 赵文丁认为，现代化经济体系必须贯彻创新、协调、绿色、开放、共享的五大发展理念；现代化经济体系意味着有效产出，应以供给侧结构性改革为主线，不断深化经济改革、拓宽开放的大门。② 胡鞍钢、张新指出，现代化经济体系包括高质量的经济发展、高效益的经济水平、中高速的经济增长、高水平的农村发展、更平衡的地区发展、更完善的市场经济体制、更全面的对外开放。③ 杨宜勇认为，现代化经济体系主要包括：以实体经济为经济发展的着力点，促进高质量生产，提高经济质量；以创新为最基本的战略支撑；实施乡村振兴战略，加快推进农业农村现代化；实施区域协调发展战略；具备世界眼光和全球思维。④

建设创新引领、协同发展的产业体系，是现代化经济体系的基础和核心。建设现代化经济体系，是一个巨大的系统工程。现代产业是现代化经济体系的重要支撑，产业体系是现代化经济体系的基础和核心。产业强则经济强，只有现代产业体系壮大、协调，现代化经济体系才有坚实的基础。党的十九大报告提出，着力加快建设实体经济、科技创新、现代金融、人力资源协同发展的产业体系，这既是现代化经济体系中观层面的建设目标，也是产业体系现代化丰富内涵的科学概括。在现代经济体系的研究成果中，目前针对产业体系构建与产业发展特征及规律的相关研究成果相对较少。

国内外产业发展的现有研究成果，大都是针对具体问题的实际调查

---

① 贺晓宇、沈坤荣：《现代化经济体系、全要素生产率与高质量发展》，《上海经济研究》2018 年第 6 期，第 25~34 页。

② 赵文丁：《建设现代化经济体系推动实现高质量发展》，《领导之友》2017 年第 22 期，第 20~22 页。

③ 胡鞍钢、张新：《现代化经济体系：发展的战略目标》，《现代企业》2017 年第 11 期，第 5~6 页。

④ 杨宜勇：《习近平经济思想开启中国经济新篇章》，《人民论坛》2017 年第 34 期，第 30~32 页。

和总结,[①] 缺乏产业演化规律认知、理论阐释和理论提炼。另外,针对特大城市特别是首都北京的产业发展及空间布局的研究成果相对较少,为了对北京现代化经济体系的规划决策提供有价值的参考,本文将北京市的产业及空间布局作为研究对象,对其时空变化特征进行研究,以期加深对大都市区产业发展规律的认知;在非首都功能疏解、"两区"建设、北京"四个中心"建设背景下,探讨北京现代化产业体系建设和优化路径,推进首都经济结构优化和新旧动力转换,实现首都现代产业绿色、高效、高质量发展。

一 北京市产业发展基本情况

(一)第三产业增加值比重不断增加

三次产业增加值总体上呈现增长趋势(见表1)。2000~2020年北京市地区生产总值由3277.9亿元增加到36102.6亿元,增长了约10倍,年均增长率为12.75%。同期,第三产业增加值增加幅度最大,由2000年的2174.9亿元增加到2020年的30278.6亿元,增长了近13倍,年均增长速度略高于地区生产总值;第二产业增加值由2000年的1023.7亿元增加到2020年的5716.4亿元,增长了约4.6倍,年均增长速度慢于地区生产总值;第一产业增加值由2000年的79.3亿元增加到2013年的159.8亿元,从2014年开始呈逐年降低趋势,2020年为107.6亿元。

---

① 费洪平、崔树强:《胶济沿线产业带空间结构演化模式研究(上)》,《山东师大学报》(自然科学版)1993年第3期,第67~71页;郭振淮、金陵、李丽萍:《论产业密集带》,《经济地理》1995年第1期,第1~9页。

表1 2000~2020年北京市三次产业增加值、地区生产总值及年均增长率情况

单位：亿元，%

项目	2000年	2008年	2010年	2013年	2015年	2018年	2020年	年均增长率
第一产业	79.3	111.4	122.8	159.8	140.4	120.6	107.6	1.54
第二产业	1023.7	2526.7	3233.1	4168.3	4419.8	5477.4	5716.4	8.98
第三产业	2174.9	9175.1	11608.1	16806.5	20218.9	27508.1	30278.6	14.07
地区生产总值	3277.8	11813.1	14964.0	21134.6	24779.1	33106.0	36102.6	12.75

就产业结构而言，第二、第三产业增加值占绝对主导地位（见图1）。2000年第二、第三产业增加值占地区生产总值的比例约为97.6%，2020年增加到99.6%。随着北京现代服务业的发展，2000~2020年第三产业增加值所占比重由66.4%增加到83.8%。随着北京工业的转型升级、一般制造业的疏解和先进制造业的发展，第二产业增加值占比由2000年的31.2%降低到2020年的15.8%。第一产业增加值占比很小，由2000年的2.4%降低至2020年的0.4%，这与北京"大城市小农业"的市情农情相符合。

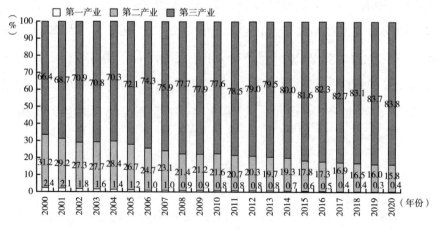

图1 2000~2020年北京市三次产业结构

（二）产业发展中的提效降耗能力不断提升

2000~2020 年三次产业的劳动生产率不断提升（见表 2）。全员劳动生产率由 2000 年的 52927 元/人增加到 2020 年的 286670 元/人，增加了 4.4 倍，年均增长率为 8.81%。其中，第二产业劳动生产率由 2000 年的 49169 元/人增长到 2020 年的 334410 元/人，增加了 5.80 倍，年均增长率为 10.06%，增速最快；同期，第三产业增加了 3.5 倍，年均增长率为 7.81%，低于全员劳动生产率增速；同期，第一产业的劳动生产率仅增加了 1.4 倍，年均增长率为 4.47%，2020 年第一产业劳动生产率仅为 26060 元/人，为第二产业的 7.79%，绝对值和增长速度均远远低于第二、第三产业。

表 2　2000~2020 年三次产业的劳动生产率

单位：元/人

年份	第一产业 劳动生产率	第二产业 劳动生产率	第三产业 劳动生产率	全员劳动 生产率
2000	10878	49169	64308	52927
2001	11348	52209	77636	61401
2002	12189	52490	85256	66633
2003	13413	64500	89843	74893
2004	13886	76190	78482	73206
2005	13971	82536	88173	81433
2006	14461	91930	98229	91193
2007	16322	105804	121046	110592
2008	17683	121827	129136	120431
2009	18778	137094	136425	129229
2010	20000	159502	151246	145056
2011	22758	162559	170470	160688
2012	25899	181373	179368	171812
2013	28845	197643	192140	185229
2014	30376	211206	204988	198202
2015	27913	220110	216245	208912
2016	26169	241751	227577	221631
2017	24980	261885	245839	239687
2018	26558	300609	272306	267456
2019	26987	328488	280351	278438
2020	26060	334410	289152	286670

注：劳动生产率=产业增加值/从业人员平均数。

2016~2019 年三次产业的能源消费总量呈上升态势，2020 年出现下降，能源消费总量由 2019 年的 7360.4 万吨标准煤下降到 2020 年的 6762.1 万吨标准煤（见表 3），降低了 8.13%。2016~2020 年万元地区生产总值能耗逐年下降，由 0.275 吨标准煤下降到 0.209 吨标准煤，万元地区生产总值能耗下降率 2020 年最为显著，达到了 9.18%。

表 3　2016~2020 年能源消费量及万元地区生产总值能耗

年份	能源消费量（万吨标准煤）					万元地区生产总值能耗（吨标准煤）	万元地区生产总值能耗下降率（%）
	总量	第一产业	第二产业	第三产业	生活消费		
2016	6916.7	80.4	1870.8	3414.4	1551.1	0.275	4.91
2017	7088.3	72.0	1844.2	3519.3	1652.8	0.251	4.04
2018	7269.8	60.7	1835.2	3681.4	1692.4	0.241	3.88
2019	7360.3	55.8	1850.7	3762.5	1691.4	0.230	4.53
2020	6762.1	50.9	1751.5	3246.9	1712.8	0.209	9.18

注：能源消费量指标按等价值计算，万元地区生产总值能耗下降率按可比价格计算。

（三）产业空间分布不均衡

北京产业空间分布极不均衡，主要体现在各功能区的生产总值差异较大（见表 4）。首都功能核心区的地区生产总值占全市的 22.20%；而生态涵养区的地区生产总值占比仅为 4.06%；中心城区（含首都功能核心区）占全市的 72.76%；平原新城占比相对较小，为 18.72%；城市副中心的经济发展尚处于初期阶段，占比仅为 3.06%。从三次产业增加值来看，一产主要集中分布在平原新城和生态涵养区，城市副中心和中心城区也有一定的分布；二产主要集中分布在平原新城和中心城区，分别占全市第二产业增加值的 48.44% 和 33.47%；三产主要集中分布在中心城区，占全市第三产业增加值的 80.42%，其次是首都功能核心区，占比为 25.40%。就人均地区生产总值而言，首都功能核心区最高，达到 441641 元，是整个全市平均水平的 2.68 倍；城市副中心的人均地区生产总值最低，不到 6 万元，仅为全市平均水平的 36.35%。

表 4　2020 年各城市功能区情况

单位：亿元，元

区　域	地区生产总值	第一产业增加值	第二产业增加值	第三产业增加值	人均地区生产总值
首都功能核心区	8015.8	0.0	325.8	7690.0	441641
中心城区	26268.0	5.0	1913.2	24349.8	239126
城市副中心	1103.0	13.0	410.5	679.5	59943
平原新城	6759.3	51.1	2769.0	3939.2	97961
生态涵养区	1464.7	38.2	426.5	999.9	67654
全市	36102.6	107.6	5716.4	30278.6	164927

注：①各区的生产总值合计数不等于全市，因为各区的数据中扣除了划归市一级核算部分。②首都功能核心区是指东城区和西城区，中心城区是指东城区、西城区、朝阳区、丰台区、石景山区和海淀区，城市副中心是指通州区，平原新城是指房山区、顺义区、昌平区、大兴区和北京经济技术开发区，生态涵养区是指门头沟区、怀柔区、平谷区、密云区和延庆区。③人均地区生产总值＝地区生产总值/常住人口。

二　北京市产业发展及空间布局思路

从五年规划的视角，分析北京产业发展及其空间布局的思路，找出其发展逻辑（见表 5）。

表 5　北京产业发展及其空间布局思路

时　期	产业发展思路	空间布局思路
"十一五"时期（2006~2010 年）	以提高产业层次和技术水平、提高规模和集聚效应、提高资源节约水平和利用效率为切入点，加快经济结构调整和增长方式转变，推进产业优化升级	发挥市场配置资源的基础性作用，实行差别化的区域导向政策和分类评价体系，合理配置重大项目，落实好空间发展战略和区县功能定位，支持区县发展一批具有各自特色的产业集聚区，促进重点产业和新建项目集中发展，重点建设好六大高端产业功能区

续表

时　期	产业发展思路	空间布局思路
"十二五"时期（2011~2015年）	坚持高端、高效、高辐射的产业发展方向，以提升产业素质为核心，着力打造"北京服务""北京创造"品牌，显著增强首都的竞争力和影响力。坚持优化一产、做强二产、做大三产，推动产业融合发展，构建首都现代产业体系	推进城市发展空间战略调整和功能优化配置，集中做强具有核心竞争力的品牌区域，推进功能区域化、区域特色化，不断提升高端产业功能区辐射力，积极培育高端产业功能新区，构建"两城两带、六高四新"的创新和产业发展空间格局，打造成全市高端产业发展的重要载体
"十三五"时期（2016~2020年）	调整三次产业内部结构，推进产业功能化、功能集聚化，发挥高端产业功能区的集聚带动作用，加快形成创新引领、技术密集、价值高端的经济结构，构建与首都城市战略定位相适应、与人口资源环境相协调的现代产业体系	在京津冀区域范围内理顺产业发展链条，优化产业结构，依托重点企业搭建对接协作平台，促进区域间、产业间循环式布局。充分发挥"六高四新"高端产业功能区作用，推动京津走廊、京广线、京九线三条产业带协同发展，共同建设"4+N"战略合作功能区
"十四五"时期（2021~2025年）	探索融入新发展格局的有效路径，推进"两区"制度创新，抢占数字经济制高点，优化高精尖经济结构，实施扩大内需的基本战略，做实实体经济，保持制造业竞争优势，提升服务业质量和辐射力，构建特色与活力兼备的现代化经济体系	以产业集群为基础，强化产业链上下游协同共生、资源优势互补、生态高效支撑，推动高端要素向更具发展条件、更大范围优化集聚，促进现代化首都都市产业高效协同，构建"一核两翼三圈三轴，两区两带五新双枢纽"的产业空间格局

（一）产业发展思路演变

从产业发展思路来看，调整产业结构，推动产业优化升级，提高竞争力是经济发展的主线条。"十一五"时期强调经济结构调整和增长方式转变，"十二五"时期强调优化一产、做强二产、做大三产以及产业融合发展，"十三五"时期强调有序疏解非首都功能和构建"高精尖"经济结构。2014年习近平总书记视察北京并发表重要讲话以来，全市统筹疏解非首都功能、构建"高精尖"经济结构、推动京津冀产业协同发展，"高精尖"产业进入创新发展、提质增效新阶段。"十四五"时期强调融入新发展格局、激发"两区"新活力、发展数字经济、激活"高精尖"产业、扩大内需等，构建特色与活力兼备的现代化经济体系。2021年北京开始谋划"五子联动"①，为首都构建新发展格局和推进产业高质量发展给出了路线图。

（二）空间布局思路演变

从产业空间布局来看，"十一五"时期强调实施差别化的区域导向政策，合理配置重大产业项目，推动空间均衡发展，重点建设好中关村科技园区、北京经济技术开发区、临空经济区、商务中心区、奥林匹克中心区、金融街等六大高端产业功能区。"十二五"时期强调"两城两带""六大高端产业功能区""四大高端产业新区""专业集聚区"等产业空间格局，创新和高端产业发展空间格局基本形成。"十三五"时期提出在京津冀区域范围内布局产业，理顺产业链条，以重点企业为承体，促进区域间、产业间循环式布局。"十四五"时期强调推动高端要素在更大空间范围内优化集聚，构建"一核两翼三圈三轴，两区两带五新双枢纽"的产业空间格局，进一步优化产业空间布局。

三 北京市产业发展重点演进方向

根据北京市不同时期的五年规划，可以探究产业发展重点的变化和演进。现代服务业、高新技术产业（含现代制造业）、现代农业构成了"十一五"期间北京现代产业体系的主要方面。"十二五"时期，北京产业发展进一步精细化，现代服务业细分为生产性服务和生活性服务，

---

① "五子联动"是指率先建设国际科技创新中心、抓好"两区"建设、建设全球数字经济标杆城市、以供给侧结构性改革创造新需求、深入推动京津冀协同发展。

"十二五"规划中对"文化创意产业"进行了单独论述，提出发展战略性新兴产业（替代"高技术产业"提法）和都市型现代农业。"十三五"时期，各产业发展方向进一步细化，大力发展现代物流业、会展经济、新型商业模式等新业态服务业；培育壮大设计创意、数字出版、新媒体等新型文化业态；发展未来网络、可穿戴医疗设备、基因检测等战略性新兴产业；发展高效节水、现代种业等现代农业。"十四五"时期，以改革创新不断提高产业发展的现代化水平，进一步强化首都功能。在现代服务业发展方面，推动专业服务业高端化、国际化和生活性服务业品质化、便利化；在文化产业方面，打造实力强劲的文化科技产业集群；在战略性新兴产业方面，打造未来产业，提升产业链供应链现代化水平；在现代农业方面，建设农业科学城，发展现代化设施农业、现代种业。

表6 北京市产业发展重点的演变

产业	"十一五"时期（2006~2010年）	"十二五"时期（2011~2015年）	"十三五"时期（2016~2020年）	"十四五"时期（2021~2025年）
现代服务业	发展金融、文化创意、房地产和商贸等支柱产业与旅游会展、现代物流和商务服务等潜力产业	发展以金融、信息、商务、流通、科技等为主的生产性服务业与旅游休闲、文化娱乐、康体康养和养老托幼等服务业	发展研发设计、节能环保、融资租赁、电子商务、现代物流业及会展经济等生产性服务业新模式和新型商业模式，高品质旅游、农村商贸流通等生活性服务业	与大国首都地位相匹配的现代金融业，科技服务业与创新链联动发展，提升软件和信息服务业融合力、支撑力，推动专业服务业高端化、国际化发展，推动生活性服务业品质化、便利化发展
文化产业	—	广播影视、文艺演出、新闻出版、艺术品交易、数字内容、创意设计、体育等文化创意产业	文化艺术、新闻出版、广播影视等传统优势行业，培育壮大设计创意、数字出版、新媒体等新型文化业态	促进演艺、音乐、影视、视听和创意设计、动漫游戏、艺术品交易等提质升级，推进"文化+"融合发展，打造实力强劲的文化科技产业集群

续表

产业	"十一五"时期 （2006~2010 年）	"十二五"时期 （2011~2015 年）	"十三五"时期 （2016~2020 年）	"十四五"时期 （2021~2025 年）
高新技术（战略性新兴）产业	发展汽车、装备制造、都市工业、石化新材料四大支柱产业，生物医药、新能源和再生材料等潜力产业	新一代信息技术、生物、新能源、节能环保、新材料、航空航天、高端装备、现代高端制造业、都市型工业等战略性新兴产业	电子信息、生物医药、新能源、新材料、智能制造、航空航天、新能源汽车、轨道交通、第五代移动通信（5G）、未来网络、可穿戴医疗设备、智能机器人	新一代信息技术产业、医疗健康产业、新能源智能网联汽车产业、绿色智慧能源产业，前瞻布局量子信息等未来产业，提升产业链供应链现代化水平
现代农业	发挥现代农业的生产、社会和生态功能，重点发展高效生态农业和观光休闲农业	培育大型农业企业集团，推进农业企业的集团化、资本化，推进都市型现代农业发展	高效节水农业、循环农业、现代种业、生态旅游农业发展	观光农业、特色农业、智慧农业、精品民宿、三产融合发展；现代化设施农业、现代种业、数字农业，建设农业科学城

四 北京市构建现代化产业体系的对策

（一）以高精尖产业推动北京高质量发展

2016~2020 年，北京市规模以上工业中战略性新兴产业总产值不断增加（见表 7），占规模以上工业总产值的比重越来越高，2020 年达到 27.75%。但是北京高精尖产业的综合实力与首都高质量发展的要求仍然存在差距。北京必须增强发展高精尖产业的战略定力，加快科技创新，进一步提升先进制造业核心竞争力，提高对建设北京国际科技创新中心和现代产业体系的支撑力，畅通从科技研发到落地转化的创新闭环，不断增强高精尖产业持续发展的动力；深入挖掘产业数据赋能与智慧提升方面的潜能，发展新产业、新业态、新模式；推动产业链、供应链无缝衔接，增强产业活力与发展韧性。

坚持高点定位，提升产业的科技含量，深入落实京津冀协同发展战略，坚定不移地疏解非首都功能，优化高精尖经济结构，探索具有首都特色的产业转型升级之路，塑造参与全球产业合作和竞争的新优势。

同时，大力发展高端制造业，发展壮大节能环保、新材料、新能源、新能源汽车、数字创意等产业。特别是要发展两大国际引领支柱产业——新一代信息技术产业和医药制造业（见表8）。

表7　2016~2020 年规模以上工业中战略性新兴产业的产值情况

单位：亿元

产　　业	2016 年	2017 年	2018 年	2019 年	2020 年
节能环保产业	293.5	350.4	347.4	351.3	417.8
新一代信息技术产业	1433.5	1429.6	1930.0	1989.0	2345.4
生物产业	744.5	976.7	1278.5	1393.6	1540.3
高端装备制造业	419.3	502.8	748.9	722.9	788.4
新能源产业	153.8	152.7	171.6	195.2	218.9
新材料产业	259.0	459.9	317.7	325.3	365.2
新能源汽车产业	262.8	210.8	137.7	123.0	105.9
数字创意产业	—	27.3	39.4	27.4	12.9
相关服务业	—	5.4	—	—	—
合　　计	3566.4	4115.7	4971.1	5127.7	5794.7

表8　2016~2020 年两大国际引领支柱产业的总产值

单位：亿元

产　　业	2016 年	2017 年	2018 年	2019 年	2020 年
医药制造业	814.40	981.63	1142.70	1221.61	1313.89
新一代信息技术产业	1433.46	1429.64	1929.97	1989.04	2345.39
合　　计	2247.86	2411.26	3072.67	3210.65	3659.28

（二）构建与首都城市定位相适应的现代服务业体系

深入落实习近平总书记视察北京时提出的"加快培育金融、科技、信息、文化创意、商务服务等现代服务业"的重要讲话精神，强化首都功能定位，塑造具有全球竞争力的"北京服务"品牌，提升对"四个中心"功能建设和"四个服务"的支撑能力。一是加快发展金融、信息、科技、商务、流通等生产性服务业，推动生产性服务业走向专业化、高端化和国际化。二是不断提高生活性服务业品质，坚持以人民为中心、为人民谋福祉的发展思想，大力发展健康、养老、旅游、体育等产业。三是推动现代服务业七大领域提质升级。发展现代金融，以北京证券交易所的建设为契机，推动科技金融、绿色金融、文化金融、数字金融实现质的飞跃；创新信息服务，以支撑全球数字经济标杆城市建设为导向，培育一批数字经济头部企业，发展一批具有全球引领性的数据驱动型未来产业，构建信息服务产业集群；优化科技服务，进一步发挥"三城一区"主平台和中关村国家自主创新示范区的主战场作用，促进科技成果转移转化落地应用，推动创新链、产业链、服务链纵向发展和融合发展，有力支撑高精尖产业体系；推动文化产业繁荣发展，促进"文化+"融合，彰显古都、首都文化魅力，不断健全现代文化产业体系和文化市场体系；提升商务服务品质，落实"两区"政策措施，吸引高能级专业服务机构集聚，提升总部企业在全球配置资源的能力；实施优化超大城市流通体系行动，优化链接生产与消费的超大城市现代流通体系，确保"双循环"产业链供应链稳定高效顺畅；开展提升生活服务品质行动，创新高品质消费供给形式，特别是提升家政、教育、养老等方面的服务品质，更好地满足人民群众对美好生活的向往。

（三）发展首善标准、首都特色的现代农业

北京具有"大城市小农业"特征，农业产值占比较小，积极探索发展现代农业。2014～2020年，北京市农林牧渔业总产值出现负增长（见图2），蔬菜等农产品供给的稳定性（2020年北京蔬菜自给率仅为10%）面临一定的挑战。

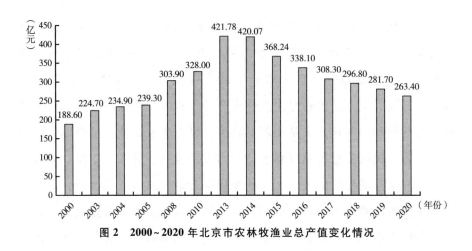

图2　2000～2020年北京市农林牧渔业总产值变化情况

北京应围绕农业高质高效目标，以深化农业供给侧结构性改革为主线，以科技和市场为"两翼"，加快农业社会服务体系建设，不断推进一二三产融合发展，确保更加稳固的食品保障功能，拓展深化休闲体验功能，挖掘深化文化传承功能，做强"服务市民、富裕农民"的都市型现代农业。以农业科技创新示范区建设为主线，以科技创新为驱动，统筹科研平台、创新要素、成果转化和产业发展，以农业科技创新引领一二三产业联动发展，加快建设绿色技术创新集聚区，打造农业科技创新高地。加快平谷区农业科技创新核心区建设，高标准建设农业科技创新示范区，建设农业科技创新生态。高质量发展都市型现代农业，稳定提升菜粮生产能力，创新推动畜禽产业发展；做大做强平谷大桃、大兴西瓜、昌平草莓等特色优势果品产业。发展创意农业，高水平建设农业现代化体系，不断推动产业组织方式升级；建立高效的市场营销体系，打造网红农业；深度推进"农业+旅游"融合，依托地标产品（如大桃、梨、西瓜、草莓等）打造"春花秋实""夏蝉冬雪"四季变换、风情各异的休闲农业精品线路。鼓励京津冀根据各自的资源禀赋和比较优势，开展生态农业合作，强化农业社会保障、休闲体验、富民增收、科普教育等多种功能。

参考文献

Morrill R. L. , *The Spatial Organization of Society*, Massachusetts：Duxbury Press，1974.

Grant W. ,Paterson W. ,Willtston C. ,*Government and the Chemical Industry*：*A Comparative Study of Britain and West Germany*, Oxford：Clarendon Press，1998.

Al-Sharraha G. , Elkamela A. , Almanssoora A. , "Sustainability Indicators for Decision-making and Optimization in the Process Industry：The Case of the Petrochemical Industry," *Chemical Engineering Science*, 2010, 65（4）.

贺晓宇、沈坤荣：《现代化经济体系、全要素生产率与高质量发展》，《上海经济研究》2018 年第 6 期。

方辉振：《振兴实体经济的核心——浅议制造业创新驱动发展战略》，《理论视野》2017 年第 3 期。

赵文丁：《建设现代化经济体系推动实现高质量发展》，《领导之友》2017 年第 22 期。

胡鞍钢、张新：《现代化经济体系：发展的战略目标》，《现代企业》2017 年第 11 期。

杨宜勇：《习近平经济思想开启中国经济新篇章》，《人民论坛》2017 年第 34 期。

许光建、吴珊：《如何看待当前实体经济的发展》，《价格理论与实践》2017 年第 3 期。

北京市丰台区城市竞争力的因子分析法
实证研究

王晖　高恺*

摘　要： 本文以丰台区为研究对象，首先基于 2014～2018 年北京市各区的各项数据进行因子分析，将 13 个指标重新分类，进而将城市竞争力细分为经济发展与对外开放、科技创新与生活质量、生态环境三个方面；其次根据因子分析法确定的权重计算各区的各项竞争力以及综合竞争力得分，同时对各区进行排名以分析出丰台区的优势与不足；最后通过对丰台区各项竞争力及综合竞争力的时空演变进行分析，提出要大力发展农副产业，完善交通要道，明确区域规划，加强社会保障，加强生态保护，推动法治建设。

关键词： 丰台区　城市竞争力　因子分析法

一　绪论

北京市的城市竞争力近几年飞速提高。2014～2018 年，北京市的地区生产总值由 21330.8 亿元增加到 30320 亿元，增长率达到了 42.14%。

---

* 王晖，博士，首都经济贸易大学副教授；高恺，首都经济贸易大学经济学院数量经济学研究生。

同期，城镇居民人均可支配收入由 43910 元增加到 67990 元，增长率达到了 54.84%。其中，丰台区的地区生产总值上升了 39.07%，海淀区上升了 41.64%，朝阳区上升了 35.55%，西城区上升了 37%，东城区上升了 37.36%，石景山区上升了 41.72%。作为城六区的一员，丰台区的上涨幅度处于中等水平，但由于基数较低，其经济发展程度还没有达到其他城区的平均水平。影响城市竞争力的因素有很多，除了经济发展，丰台区在其他方面的发展与其他城区相比都存在明显的差距。在北京市经济飞速发展的前提下，丰台区作为其中的一员，其发展是北京市提升竞争力的关键部分。第一，丰台区作为北京市城区的一部分，其发展是北京市经济发展的重要动力。第二，为了让北京市的经济发展维持在一个较快的速度，丰台区是不可或缺的。城市竞争力是从动态的视角来研究一个城市或者区域的发展状况及前景，本文以丰台区为研究对象，比较其相对于北京市其他城区的优势和不足，进而提出改进策略。

二 城市竞争力评价指标体系

（一）城市竞争力的概念

Douglas Webster 提出城市竞争力是指一个城市生产与销售产品的能力。[1] 国内学者对其也进行了定义，如倪鹏飞认为城市竞争力是一个城市在创造最大价值的同时使资源消耗达到最小的能力，提高城市竞争力的根本目的是提升居民生活水平。[2] 本文综合了国内外学者提出的定义，认为城市竞争力是一个城市对经济增长速度、科技创新水平、生活质量、生态环境被牺牲程度的控制能力。

---

[1] Douglas Webster, "Urban Competitiveness Assessment in Developing Country Urban Regions," *The Road Forward*, Paper Prepared for Urban Group, 2000 (17).

[2] 宗晓玲：《中国城市经济竞争力空间格局分析》，山西师范大学硕士学位论文，2018。

（二）指标的选取原则

1. 科学性原则

选取指标要遵循科学性原则。科学是指所有的指标数据都要真实、可靠且易得，在实践中可以对其进行有理有据的分析，从而能对某个城市的城市竞争力进行客观的评价。

2. 系统性原则

系统性原则是指所选取的指标一定要尽量覆盖城市发展的各方面，同时还要保证所选取的指标是相互关联的，既可以相辅相成，也可以相互制约。只有这样才能全面地分析城市竞争力。

3. 可比性原则

城市竞争力是一个相对概念，因此所选的指标在研究对象之间一定要是可比的。指标之间的可比性一是表现在数量单位上，二是表现在获取难易度上。

（三）指标体系的建立

1. 指标体系

相对于市级及以上城市的综合竞争力评价，北京市各区城市竞争力的评价模型并不复杂，这是由研究区域小、资源发展状况相近所决定的。但是，在范围相对较小的区级区域，差异性还是存在的。本文选取了 5 个一级指标、13 个二级指标。一级指标包括经济发展、社会保障、科技创新、对外开放与生态环境，具体如表 1 所示。

表 1　北京市各区城市竞争力评价指标

	一级指标	二级指标	指标编号
城市竞争力	经济发展	人均 GDP（万元）	x_1
		城镇居民人均可支配收入（万元）	x_2
		一般公共预算收入（亿元）	x_3

续表

	一级指标	二级指标	指标编号
城市竞争力	经济发展	一般公共预算支出(亿元)	x_4
		社会消费品零售总额(亿元)	x_5
	社会保障	从业人员年末人数(万人)	x_6
		卫生机构实有床位数(张)	x_7
	科技创新	专利授权量(项)	x_8
		所有产业研究与试验发展(R&D)经费(万元)	x_9
	对外开放	实际利用外商直接投资额(万美元)	x_{10}
		入境旅游者人数(万人次)	x_{11}
	生态环境	PM2.5年均浓度值(微克/米^3)	x_{12}
		二氧化硫年均浓度值(微克/米^3)	x_{13}

2. 指标说明

（1）经济发展。经济始终是衡量城市竞争力的重要指标之一。在经济发展一级指标下，基于两个维度，形成5个二级指标。在平均维度，有人均GDP、城镇居民人均可支配收入两个指标；在整体维度，有一般公共预算收入、一般公共预算支出以及社会消费品零售总额3个指标。

（2）社会保障。城市居民生活质量的提升是其发展的根本目的，而社会保障程度正是提高居民生活质量的重中之重。本文将从业人员年末人数与卫生机构实有床位数作为衡量城市居民生活质量的两个重要指标。

（3）科技创新。科技是城市发展到更高层次的阶梯，特别是在现代社会，科技在城市发展中处于不可或缺甚至至关重要的地位。本文将专利授权量、所有产业研究与试验发展（R&D）经费作为衡量区域科技力量的两个指标。

（4）对外开放。对外开放与城市经济发展息息相关，但由于其中具有与文化相关的因素，本文将对外开放单独作为一级指标，包括实际利用外商直接投资额与入境旅游者人数两个二级指标。

（5）生态环境。随着城市的发展，生态环境将逐渐成为城市发展中排第一的影响因素。现阶段北京市各区开始注重可持续发展与生态环境保护，生态环境质量在城市竞争力中的重要地位日益提升。本文将PM2.5年均浓度值与二氧化硫年均浓度值作为其二级指标。

三　丰台区城市竞争力模型构建及评价分析

（一）北京市丰台区简介

1.丰台区的区域规划

丰台区位于北京市南部，属于北京市的城区。丰台区辖14个街道、2个镇、3个乡，从西到东分别是王佐镇、长辛店镇、卢沟桥乡（地区）、花乡（地区）与南苑乡（地区），其中穿插着众多街道，总体规划十分明晰，但是在乡镇的交界处可能存在一些地块划分问题。

2.丰台区的经济发展现状

丰台区作为北京市的城六区之一，地区生产总值2017年与2018年分别达到1427.54亿元与1551.06亿元。其中，第一产业占比最小，第三产业占比最大，如表2所示。

表2　丰台区地区生产总值情况

单位：亿元，%

项　　目	2018 年	占比	2017 年	占比
地区生产总值	1551.06	—	1427.54	—
第一产业生产总值	0.90	0.06	0.74	0.05
第二产业生产总值	309.68	19.97	281.67	19.73
第三产业生产总值	1240.47	79.97	1145.12	80.22

资料来源：北京市丰台区2019年统计年鉴。

（二）原始数据的来源及预处理

1. 数据来源

本文涉及北京市各区的城市竞争力在同一时间点上的比较以及丰台区自身城市竞争力的时空演变。本文选用了 2014~2018 年的统计数据作为原始数据以使研究的结论更加客观。为了保证数据的准确性与可靠性，本文数据均来自《北京市统计年鉴》、北京市各区统计年鉴以及各区政府工作报告。

2. 数据标准化

指标所描述的城市竞争力涉及多个方面，各指标数据的单位不同，例如人均 GDP 单位为"万元"，卫生机构实有床位数单位为"张"，而实际利用外商直接投资额单位为"万美元"。若以原始数据直接进行因子分析及得分计算，很难得出合理的因子及结果，为此需对原始数据进行标准化处理。常用的标准化方法有 Z 标准化法、均值化方法、极值法等。

本文采用 min-max 标准化方法，公式如下：

对于正向指标：
$$Z_{ij} = \frac{X_{ij} - \min(X_{ij})}{\max(X_{ij}) - \min(X_{ij})}$$

对于逆向指标：
$$Z_{ij} = \frac{\max(X_{ij}) - X_{ij}}{\max(X_{ij}) - \min(X_{ij})}$$

式中，X_{ij} 为第 i 个地区第 j 项指标的原始数据，Z_{ij} 为标准化后的数据；$i = 1,2,3,\cdots,n$；$j = 1,2,3,\cdots,m$。

（三）指标的权重及最终得分——因子分析法

1. 因子分析法的基本原理

为了保证数据的真实性与可靠性，必须基于大量的相互关联的数据来进行研究，这样就很可能增加操作的复杂程度。因子分析法是从所有变量的内部关系出发，将具有高度相关性的变量归结为少数几个因子进而消除其相关性的多变量统计方法，所提取出来的少数几个因子被称为公因子。

公因子的提取是因子分析法的重要一环。因子分析法的核心是从提取公因子到以每个因子的方差贡献率作为权重来计算最终得分的整个过程。因子分析的数学表达式如下：

$$X = AF + B$$

$$矩阵\begin{cases} x_1 = \alpha_{11}f_1 + \alpha_{12}f_2 + \alpha_{13}f_3 + \cdots \alpha_{1k}f_k + \beta_1 \\ x_2 = \alpha_{21}f_1 + \alpha_{22}f_2 + \alpha_{23}f_3 + \cdots \alpha_{2k}f_k + \beta_2 \\ \cdots\cdots \\ x_p = \alpha_{p1}f_1 + \alpha_{p2}f_2 + \alpha_{p3}f_3 + \cdots \alpha_{pk}f_k + \beta_p \end{cases} \quad (k \le p)$$

其中，列向量 X（$x_1 + x_2 + x_3$，…，x_p）是原始观测变量，F（f_1，f_2，f_3，…，f_p）是 X（x_1，x_2，x_3，…，x_p）的公因子，即所有原始观测变量表达式中都存在的因子。A（α_{ij}）被称为因子载荷矩阵，是 F（f_1，f_2，f_3，…，f_p）的系数，其中 α_{ij} 是因子载荷，可将其看作第 i 个指标在第 j 个公因子上的权重。B（β_1，β_2，β_3，…，β_p）是 X（x_1，x_2，x_3，…，x_p）的特殊因子。特殊因子之间以及特殊因子与公因子之间都是相互独立的。

2. 因子分析法的基本步骤

（1）适合性检验

既然要将多个指标归结为少数几个公因子，那么就要求各个指标之间存在较高的相关性。SPSS 对各个指标是否适合因子分析提供的检验方法为 KMO 检验以及 Bartlett 球形度检验，其中，KMO 检验要求 >0.5，Bartlett 球形度检验要求 Sig<0.05。

（2）提取公因子

SPSS 通过对标准化后的数据进行处理，提取出了 n 个公因子，用其中的主因子来表示原始变量，模型如下：

$$X_{p \times 1} = A_{p \times n} F_{n \times 1} + \varepsilon_{p \times 1}$$

其中，n 的确定方法有两种：一是取特征根大于 1 的主成分，二是累计贡献率大于 80%。F 被称为公因子，A（α_{ij}）为因子载荷矩阵，α_{ij} 是因子载荷，体现了第 i 个指标在第 j 个公因子上的相对重要程度。

（3）因子命名

因子分析法的关键一环是对因子进行命名及解释。因子的命名主要是通过对因子载荷矩阵分析得来的。通过对因子载荷矩阵的分析，得到公因子与原指标之间的相关联系，再根据联系进行命名。

有时难以对因子载荷矩阵进行分析，为此通常要进行因子旋转，增强原有因子的可解释性。因子旋转主要有两种方法，即正交旋转与斜交旋转。旋转过后再对旋转后的因子载荷矩阵进行分析，根据分析结果对因子进行命名。

（4）计算最终得分

原始变量与公因子之间存在相关关系，是由公因子表达的线性组合，因此可以将公因子用原始变量来表示：

$$F_j = \beta_{j1} X_1 + \beta_{j2} X_2 + \cdots + \beta_{jp} X_p \quad j = 1, 2, \cdots, n$$

上式被称为因子得分函数，是每个因子的得分。计算因子得分的方法有回归法、巴特莱特法、Anderson-Rubin 法。以公因子的方差贡献率为权重，按公式计算综合因子得分，即 $E = \alpha_1 F_1 + \alpha_2 F_2 + \cdots + \alpha_n F_n$。

（四）因子分析

1. 适合性检验

首先将标准化过后的数据输入 SPSS，并对其进行适合性检验。在 SPSS 提供的两种检验方法中，KMO 与 Bartlett 球形度检验结果如表 3 所示。

表3 KMO 和 Bartlett 检验

KMO 取样适切性量数		0.665
Bartlett 球形度检验	近似卡方	306.621
	自由度	78.000
	显著性	0.000

资料来源：笔者实证所绘。

可以看到，KMO 值为 0.665>0.5，Bartlett 球形度检验的 Sig = 0.00< 0.05。适合性检验结果为通过，所选的指标与其数据很大程度上满足因子分析的需要。

2.因子的权重

通过对标准化后的数据进行因子分析，得出总方差解释如表4所示。

表4 总方差解释

成分	初始特征值			提取载荷平方和			旋转载荷平方和		
	总计	方差百分比（%）	累计（%）	总计	方差百分比（%）	累计（%）	总计	方差百分比（%）	累计（%）
1	8.489	65.299	65.299	8.489	65.299	65.299	5.070	38.998	38.998
2	1.689	12.996	78.295	1.689	12.996	78.295	4.188	32.217	71.214
3	1.190	9.154	87.450	1.190	9.154	87.450	2.111	16.235	87.450
4	0.779	5.994	93.444						
5	0.345	2.655	96.099						
6	0.233	1.795	97.894						
7	0.119	0.912	98.807						
8	0.085	0.657	99.463						
9	0.035	0.271	99.734						
10	0.028	0.218	99.952						
11	0.005	0.036	99.988						
12	0.001	0.008	99.996						
13	0.001	0.004	100.000						

可见，有3个公因子的初始特征值大于1，经过旋转之后，3个公因子各能够解释原始13个指标总方差的 38.998%、32.217% 与

16.235%。并且这 3 个公因子的累计贡献率为 87.450% > 80%，符合要求。因此提取出三个公因子，分别用 F_1、F_2、F_3 来表示。

在表 4 中的倒数第二列，旋转后的方差贡献率反映的是因子对于原始指标的重要程度。其中，方差贡献率越大则表示这个因子越重要，因此将各因子旋转后的方差贡献率作为该因子的权重，具体如表 5 所示。

表 5　因子权重

公因子	特征值	方差贡献率(%)	累计(%)	因子权重 α
F_1	8.489	38.998	38.998	0.38998
F_2	1.689	32.217	71.214	0.32217
F_3	1.190	16.235	87.450	0.16235

3. 因子的命名

通过对因子的旋转，可以得到旋转后的成分矩阵。在 SPSS 中，利用最大方差法进行因子旋转后所得出的结果如表 6 所示。

表 6　旋转后的成分矩阵

指标编码	指标名称	成分		
		1	2	3
x_{11}	入境旅游者人数(万人次)	0.829	0.199	-0.033
x_7	卫生机构实有床位数(张)	0.802	0.401	-0.226
x_1	人均 GDP(万元)	0.796	0.039	-0.017
x_3	一般公共预算收入(亿元)	0.792	0.559	-0.107
x_2	城镇居民人均可支配收入(万元)	0.733	0.332	-0.241
x_{10}	实际利用外商直接投资额(万美元)	0.722	0.563	-0.082
x_6	从业人员年末人数(万人)	0.690	0.686	-0.171
x_9	所有产业研究与试验发展(R&D)经费(万元)	0.078	0.971	-0.062
x_8	专利授权量(项)	0.407	0.894	-0.097
x_4	一般公共预算支出(亿元)	0.570	0.716	-0.295
x_5	社会消费品零售总额(亿元)	0.650	0.686	-0.189
x_{12}	PM2.5 年均浓度值(微克/米³)	-0.094	-0.016	0.972
x_{13}	二氧化硫年均浓度值(微克/米³)	-0.132	-0.222	0.934

如表6所示，首先，入境旅游者人数、卫生机构实有床位数、人均GDP、一般公共预算收入、城镇居民人均可支配收入、实际利用外商直接投资额、从业人员年末人数在第1个因子上具有较大的载荷，这几类指标大多与经济发展和对外开放程度有关，因此将第1个因子命名为经济发展与对外开放水平因子F_1。

其次，所有产业研究与试验发展（R&D）经费、专利授权量、一般公共预算支出、社会消费品零售总额在第2个因子上具有较大的载荷，这几类指标大多与科技创新与生活质量有关，因此将第2个因子命名为科技创新与生活质量水平因子F_2。

最后，PM2.5年均浓度值、二氧化硫年均浓度值在第3个因子上具有较大的载荷，这两类指标均与生态环境有关，因此将第3个因子命名为生态环境水平因子F_3。因子命名结果如表7所示。

表7　因子命名结果

因子	因子名称
F_1	经济发展与对外开放水平因子
F_2	科技创新与生活质量水平因子
F_3	生态环境水平因子

4. 得分的计算

通过上述分析，可以将所有三个因子有关的信息整合为表8。

表8　城市竞争力评价体系

综合竞争力 E	公因子	因子权重	指标编号	指标名称	指标权重 (β_{ij})	指标变量 (X_{ij})
	经济发展与对外开放水平因子 F_1	$\alpha_1 = 0.38998$	x_{11}	入境旅游者人数	0.829	x_{11}
			x_7	卫生机构实有床位数	0.802	x_{12}
			x_1	人均GDP	0.796	x_{13}
			x_3	一般公共预算收入	0.792	x_{14}

续表

公因子	因子权重	指标编号	指标名称	指标权重（β_{ij}）	指标变量（X_{ij}）
综合竞争力 E		x_2	城镇居民人均可支配收入	0.733	x_{15}
		x_{10}	实际利用外商直接投资额	0.722	x_{16}
		x_6	从业人员年末人数	0.690	x_{17}
科技创新与生活质量水平因子 F_2	$\alpha_2 = 0.32217$	x_9	所有产业研究与试验发展（R&D）经费	0.971	x_{21}
		x_8	专利授权量	0.894	x_{22}
		x_4	一般公共预算支出	0.716	x_{23}
		x_5	社会消费品零售总额	0.686	x_{24}
生态环境水平因子 F_3	$\alpha_3 = 0.16235$	x_{12}	PM2.5 年均浓度值	0.972	x_{31}
		x_{13}	二氧化硫年均浓度值	0.934	x_{32}

资料来源：笔者实证所绘。

在表 8 中，β_{ij} 为指标权重，实际是通过因子旋转所得出的因子载荷，X_{ij} 为指标变量，是被归类到某个因子中的指标值。其中，i 为公因子序号，j 为指标在其所在公因子中的序号。

在表 8 的基础上，可以构建出综合竞争力评价模型：

$$E = \alpha_1 F_1 + \alpha_2 F_2 + \alpha_3 F_3$$

其中，E 为综合竞争力得分，F_1 为经济发展与对外开放水平因子得分，F_2 为科技创新与生活质量水平因子得分，F_3 为生态环境水平因子得分。α_1 为经济发展与对外开放水平因子得分在总得分中的权重，α_2 为科技创新与生活质量水平因子得分在总得分中的权重，α_3 为生态环境水平因子得分在总得分中的权重。需要说明的是，其中：

$$F_1 = \frac{\sum_{j=1}^{7} \beta_{ij} X_{ij}}{\sum_{j=1}^{7} \beta_{ij}} \quad (i = 1)$$

$$F_2 = \frac{\sum_{j=1}^{4} \beta_{ij} X_{ij}}{\sum_{j=1}^{4} \beta_{ij}} \quad (i = 2)$$

$$F_3 = \frac{\sum_{j=1}^{2} \beta_{ij} X_{ij}}{\sum_{j=1}^{2} \beta_{ij}} \quad (i = 3)$$

按照上式来计算，可以得出 2018 年北京市各区每个因子及综合竞争力的得分，具体如表 9 所示。

表 9　2018 年北京市各区城市竞争力得分

区名	经济发展与对外开放水平因子 F_1		科技创新与生活质量水平因子 F_2		生态环境水平因子 F_3		综合竞争力 E	
	得分	排名	得分	排名	得分	排名	得分	排名
东城区	49.55	4	17.84	7	30.24	11	29.98	4
西城区	60.48	3	27.92	3	30.24	12	37.49	3
朝阳区	78.91	1	58.89	2	13.91	15	52.00	2
海淀区	69.53	2	96.51	1	55.85	6	67.28	1
丰台区	24.21	5	19.21	4	25.61	13	19.79	7
石景山区	18.83	8	4.41	11	25.61	14	12.92	13
大兴区	20.92	6	18.25	5	41.94	8	20.85	5
房山区	8.13	10	9.29	10	41.94	9	12.98	12
门头沟区	6.68	12	0.34	16	69.76	4	14.04	11
昌平区	16.06	9	13.71	9	58.06	5	20.11	6
延庆区	0.18	16	1.58	15	48.79	7	8.50	16
怀柔区	3.93	13	3.25	13	100.00	1	18.82	9
密云区	2.38	15	4.17	12	74.39	2	14.35	10
顺义区	19.72	7	16.66	8	39.51	10	19.47	8
平谷区	2.53	14	1.60	14	69.76	3	12.83	14
通州区	8.12	11	18.18	6	0	16	9.03	15

（五）丰台区城市竞争力的排名分析

1. 丰台区综合竞争力分析

表 9 展示了 2018 年北京市各区综合竞争力的得分和排名，可以看

出丰台区在城市综合竞争力方面处于中游水平。根据表 9 可得 2018 年城市综合竞争力得分图，如图 1、图 2 所示。

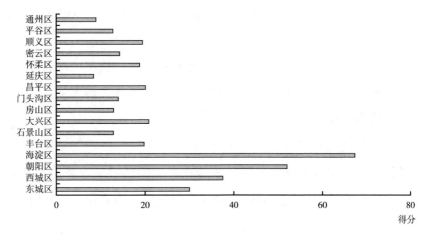

图 1　2018 年北京市各区城市综合竞争力得分

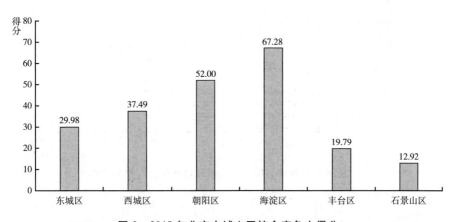

图 2　2018 年北京市城六区综合竞争力得分

可以看到，在北京市各区中，海淀区与朝阳区的综合得分排名靠前，紧接着是西城区和东城区。丰台区的综合得分排名处于比较中游的位置。

丰台区在城六区中的位置不是很理想，仅排第 5 位，其发展水平有较大提升空间。虽然丰台区在全市的排名中处于中游的位置，但这里的参照物包含了很多近郊区甚至远郊区。在城六区的比较中丰台区的排名并不理想的原因可能是丰台区的三个因子所代表的某个方面存在不足，存在比较严重的"偏科"现象，也可能是各方面成绩均不够突出，没有亮点。

基于各区的排名可以看到，除了石景山区外，丰台区的综合竞争力得分与其他四个城区不在一个水平上。而北京市整体发展水平的空间分布也呈现出由内向外渐弱的态势。

2.经济发展与对外开放水平分析

经济发展与对外开放水平因子得分在表9中也明显地展示了出来，根据表9所绘的经济发展与对外开放水平因子得分图如图3、图4所示。

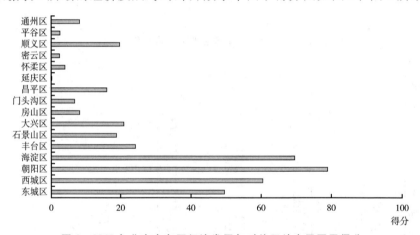

图3　2018年北京市各区经济发展与对外开放水平因子得分

可以清楚地看到在北京市各区中，朝阳区、海淀区、西城区、东城区处于领先地位，丰台区排第5。

在图4中，与综合竞争力排名一样，丰台区经济发展与对外开放水平在城六区中同样排第5位。这可以进一步反映丰台区在城六区中在经济发展与对外开放方面存在不足。虽然丰台区在整体北京市排名中排第5位，但作为城区的一员，其与前4名相比存在较大的差距，这可能是由于对外开放程度不够，也可能是由于经济增速不够快。

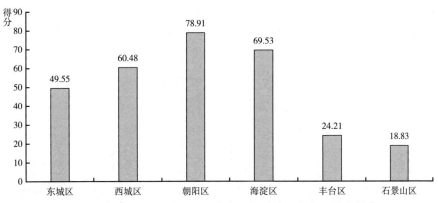

图4　2018年北京市城六区经济发展与对外开放水平因子得分

从北京市整体来看，城区以及南部各区经济发展水平相对较高。其中，海淀区、朝阳区、东城区和西城区居于领先地位，丰台区处于相对落后的位置，北京市整体呈现从南至北渐弱的态势。

3.科技创新与生活质量水平分析

与经济发展与对外开放水平因子得分一样，科技创新与生活质量水平因子得分也在表9中展示了出来，基于此，绘制图5与图6。

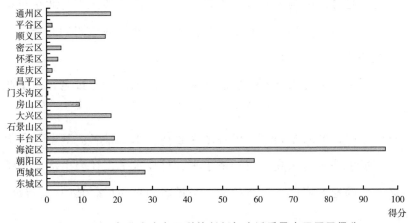

图5　2018年北京市各区科技创新与生活质量水平因子得分

根据图5可以得出在科技创新与生活质量方面，海淀区在北京市各区中居前列，其他城区与近郊区的差距并不明显。其中，丰台区排第4。

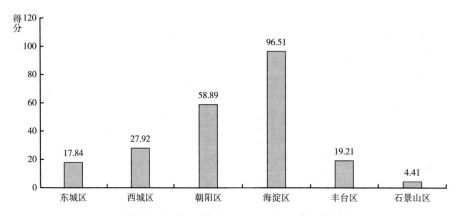

图6 2018年北京市城六区科技创新与生活质量水平因子得分排名

图6描绘了城六区的科技创新与生活质量水平因子得分排名情况，可以看到作为科技中心的海淀区"一骑绝尘"，而丰台区排第4。可以说丰台区虽然在科技发展方面滞后于海淀区、朝阳区，但在人民生活质量方面居于前列。

从北京市各区科技创新与生活质量水平的区域情况来看，处在优势地位的仍然是海淀区与朝阳区，丰台区与其他南城各区都是北京市科技创新与生活质量的优势区，北京市整体由南向北呈现渐弱的态势。

4. 生态环境水平分析

表9还显示了北京市各区生态环境水平因子得分与排名，基于此形成图7。

在图7中，可以看到北京市各区生态环境水平排名。其中，北部各区生态环境水平遥遥领先。而经济水平、科技水平、社会生活质量领先的城区与南部地区相比，生态环境水平排名相对靠后。其中，丰台区排第13。

从北京市各区生态环境水平的区域情况来看，北京市生态环境水平得分从东南至西北呈现出一种由低到高的态势。其中，丰台区的生态环境水平不是很高，政府需加强管理。

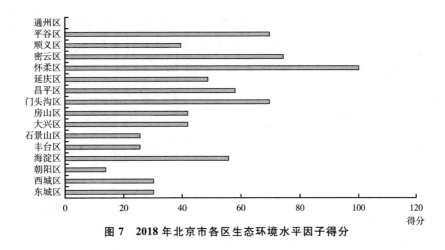

图 7　2018 年北京市各区生态环境水平因子得分

（六）丰台区竞争力的时空演变

为了研究丰台区各项竞争力以及综合竞争力的变化趋势，基于 2018 年丰台区各项竞争力以及综合竞争力得分排名，从另一个角度出发，将 2014~2018 年丰台区各个指标变量的数据按照同样的权重计算得分，以反映丰台区竞争力的时空演变。

1. 丰台区综合竞争力的时空演变

根据表 10 可以看出，丰台区的综合竞争力得分呈下降趋势，但这有可能是权重高的因子得分上涨幅度比权重低的因子得分下降幅度小所引起的，这恰恰反映了丰台区近年来发展重点的变化。

表 10　2014~2018 年丰台区综合竞争力得分

年份	得分	年份	得分
2018	19.79	2015	21.98
2017	20.04	2014	22.50
2016	21.17		

图 8 更加直观地展示了 2014～2018 年丰台区综合竞争力的下降趋势，可以看到，2018 年与 2017 年基本持平，得分日渐趋近，而下降幅度每年都在收窄。

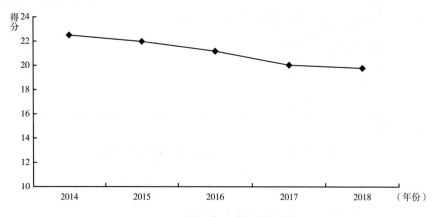

图 8　2014~2018 年丰台区综合竞争力

2.经济发展与对外开放水平的时空演变

表 11 展示了 2014～2018 年丰台区经济发展与对外开放水平因子得分，可以看到 2018 年得分最高，为 24.21，而 2014～2017 年则出现了下降，这有可能是由北京市其他区得分上升幅度大于丰台区引起的，也可能是由于丰台区的管理亟待加强。近两年丰台区的经济发展与对外开放水平呈现出上升势头。

表 11　2014~2018 年丰台区经济发展与对外开放水平因子得分

年份	得分	年份	得分
2018	24.21	2015	21.35
2017	21.98	2014	22.44
2016	20.85		

图 9 更加直观地展示了丰台区经济发展与对外开放水平的变化趋势，可以看到，2016 年丰台区得分最低，得分总体呈现"U"形，近两年发展较快。

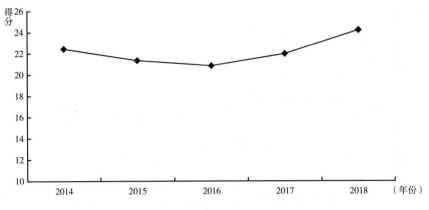

图 9　2014~2018 年丰台区经济发展与对外开放水平

3. 科技创新与生活质量的时空演变

表 12 展示了 2014~2018 年丰台区科技创新与生活质量水平因子得分情况，可以看到 2017 年得分较低，这可能是由于丰台区经济发展中存在不足，也可能是由增幅小于其他区导致的；最高分为 2015 年的 22.19。

表 12　2014~2018 年丰台区科技创新与生活质量水平因子得分

年份	得分	年份	得分
2018	19.21	2015	22.19
2017	16.01	2014	21.54
2016	19.27		

图 10 描绘了 2014~2018 年丰台区科技创新与生活质量水平变化趋势，可以看到最高分出现在 2015 年，最低分出现在 2017 年，2017~2018 年呈现出上升趋势。

4. 生态环境水平的时空演变

表 13 展示了 2014~2018 年丰台区生态环境水平因子得分，其中，2016 年为丰台区生态环境质量最好的一年，而整体呈下降趋

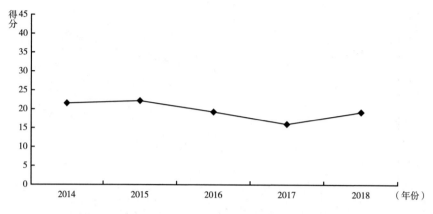

图10　2014~2018年丰台区科技创新与生活质量水平

势，2018年为最低值。这与北京市整体生态环境水平变化趋势紧密相关。

表13　2014~2018年丰台区生态环境水平因子得分

年份	得分	年份	得分
2018	25.61	2015	40.05
2017	38.83	2014	41.94
2016	42.09		

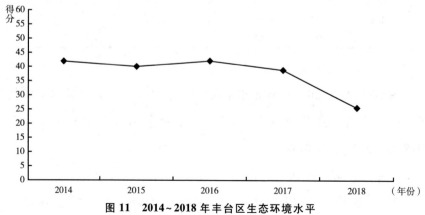

图11　2014~2018年丰台区生态环境水平

从图 11 中可以看到，2017～2018 年下降幅度是最大的，整体呈现下降趋势。这可能是导致综合竞争力得分下降的重要原因。

四　结论及政策建议

（一）排名分析结论

综合上述分析可以看到，2018 年丰台区的综合竞争力在北京市各区中排第 7，处于中游位置。作为城六区的一员，其发展水平并不尽如人意。在经济发展与对外开放水平方面，丰台区排第 5，与前四名相比差距过大，还有很大的提升空间。在科技创新与生活质量水平方面，丰台区排第 4，丰台区在这个方面表现尚佳。另外，在生态环境方面，丰台区仅排第 13。生态环境作为城市竞争力的重要部分，丰台区需要引起重视。

（二）时空演变结论

通过对丰台区竞争力的时空演变的分析可以看出，丰台区的综合竞争力呈现出下降趋势。2014～2015 年丰台区的经济发展与对外开放水平和生态环境水平都在下降，即使是科技创新与生活质量水平提高，也难以扭转综合竞争力下降的趋势。而后丰台区综合竞争力的下降幅度收窄，这可能是因为经济发展与对外开放水平等上升。同期，丰台区的生态环境水平相对不高，这正是其综合竞争力排名靠后的主要原因。近年来，中国将生态环境水平提升视为城市竞争力提升的重要因素，这是必须引起重视的问题。丰台区经济处于由粗放型发展转向集约型发展的关键期。

（三）相关政策建议

北京作为我国的首都，无论是经济实力、科技实力、生态建设还是社会保障都是其他城市的榜样之一。但是从北京市各区来看，发展不平衡问题依然突出。丰台区作为北京市的中心城区之一，在经济与科技方面发展水平亟待提升，生态环境保护亟待加强。

1.发展农副产业，完善交通要道

丰台区的经济发展水平虽然领先于郊区，但是与其他中心城区相比还有很大的差距，同时对外开放程度亟待提高。丰台区虽然经济增长速度保持在一个较高的水平，但是要维持这个水平，就要优化产业结构，发挥比较优势，同时还要照顾贫困群众，使人均 GDP 等指标提升到更高的层次。丰台区应以发展农副产业为重点，依托新发地农产品批发市场与岳各庄农产品批发市场推动经济发展，提供更好的扶贫服务。对外开放的过程就是经济发展的过程。丰台区要充分利用外部资源，与北京市其他区县协同发展。

2.明确区域规划，加强社会保障

科技作为现代城市发展的重要标志，已经成为城市发展的主要力量。丰台区应大力发展丰台科技园与丽泽商务区这两个科技集聚地，更好地发挥其集聚效应。在生活质量方面，完善社会保障系统。保障系统是很重要的，切忌"纸上谈兵"，为此，丰台区要提高社会保障程度，以此来提高居民的生活质量。

3.加强生态保护，推进法治建设

增加丰台区的绿化面积，同时促进丰台区内部产业的集约化发展。在环境保护问题上，道德约束是底线，但也往往因此被人们所忽略。要完善法律体系，让法律发挥权威作用、威慑作用与预防作用。建设法治社会，在法治的条件下保护生态环境。

参考文献

Iain Begg, "Cities and Competitiveness," *Nrban Studies*, 1999 (36).

Paul Cheshire, "Problems of Urban Decline and Growth in EEC Countries: Or Measuring Degrees of Elephantness," *Urban Studies*, 1998, 2 (23).

Douglas Webster, "Urban Competitiveness Assessment in Developing Country Urban Regions," *The Road Forward*, Paper Prepared for Urban Group, 2000 (17).

Michael E. Porter, *The Competitive Advantage of Nations*, New York: Free Press, 1990.

Peter Karl Kresl, "Competitiveness and Urban Economy: Twenty-four Large US Metropolitan Areas," *Urban Study*, 1999, 36 (5-6).

Peter Karl Kresl, "Urban Competitiveness and US Metropolitan Centers," *Urban Study*, 2011.

张晨瑶：《东北三省城市竞争力评价研究》，《中国国情国力》2019 年第 5 期。

张燕：《城市竞争力影响因素及对策分析》，《西部皮革》2019 年第 11 期。

曲畅、赵凯鸽：《聚类分析与主成分分析在辽宁省城市竞争力综合评价中的应用》，《知识经济》2019 年第 3 期。

李禹辰、王伟、徐月：《基于主成分分析的吉林省县市竞争力评价》，《中国名城》2019 年第 10 期。

蒋越等：《基于多元分析的智慧城市竞争力研究》，《中国市场》2020 年第 6 期。

韦玮：《基于因子分析法的广西城市竞争力研究》，《企业科技与发展》2019 年第 9 期。

创新生态视角下京津冀经济增长的机理与路径研究

吕静韦 *

摘　要： 本文基于创新生态视角下创新要素和创新环境对地区经济增长的作用机理，构建创新要素经济效能指标体系，以 2008~2018 年全国 31 个省份层面的面板数据为样本，运用 Stata15.0，采用 LSDV 估计法测度了技术和人才两类创新要素的区域经济效能，实证分析了市场和政策两类创新环境对创新要素经济效能发挥的影响，研究了京津冀相较于其他地区的优势和不足，发现人才流失是京津冀创新要素经济贡献度下降的主要原因、政府创新环境是京津冀创新要素经济效能充分发挥的有力保障，为此，应进一步激发京津冀创新要素活力，提升市场创新环境和政府创新环境的契合度，构建高效协同的创新生态体系，增强区域的整体创新能力和经济竞争力。

关键词： 京津冀　创新要素　经济增长

《中共中央 国务院关于构建更加完善的要素市场化配置体制机制的意见》提出，深化要素市场化配置改革，促进要素自主有序流动，提

---

* 吕静韦，博士，天津市社会科学院城市经济研究所副研究员。

高要素配置效率。深入推进京津冀协同发展战略，破除地区之间的利益藩篱和政策壁垒，关键在于推动创新要素在京津冀三地间的流动，加快形成统筹有力的区域协调发展新环境和共享共赢的区域创新发展新机制。基于创新生态视角，聚焦创新要素和创新环境对经济增长的作用机理，探讨促进京津冀创新要素经济效能发挥的路径和环境条件，有助于形成优势互补、高效合理的区域发展新格局。

一 研究综述

熊彼特提出的创新理论奠定了创新生态的研究基础。起源于 20 世纪 50 年代生物学领域的三螺旋理论为区域创新生态系统研究提供了理论支撑和范式。在此基础上，创新生态系统被看作结构—功能—过程的动态组合，强调系统内部的结构与功能，注重系统结构和动态环境之间的关联性和动态性，兼具自组织性和多样性特征。[1] 由创新主体、创新资源、创新环境构成的创新生态子系统，通过非线性关系产生整体协同效应，增强区域内企业、大学、科研院所等创新主体之间的联系，促进创新资源要素在系统内加速流动和要素组合方式不断优化[2]。

创新生态系统中，具有共同利益的创新主体内部和相互之间的知识、技术、人才等要素资源流动使系统结构与市场环境产生动态关联效应，各主体与政府、市场之间的交互作用加快创新要素的整合与共生发展，营造开放式创新的氛围，[3] 使创新要素不断释放经济效能。技术创新通过

---

[1] 宋之杰、于华、徐晓华、徐蕾：《国内外创新生态系统研究进展》，《燕山大学学报》（哲学社会科学版）2015 年第 3 期，第 118~127 页。

[2] 苏屹、刘艳雪：《国内外区域创新研究方法综述》，《科研管理》2019 年第 9 期，第 14~24 页。

[3] Lim H., Kidokoro T., "Comparing a Spatial Structure of Innovation Network between Korea and Japan: Through the Analysis of Co-inventors' Network," *Asia-Pacific Journal of Regional Science*, 2017, 1 (1): 133-153.

提高技术水平和专业化程度，促进劳动生产率和经济效率提升，进而推动经济高质量增长；[①] 科技人才作为创新的主体要素，在区域创新系统中扮演着重要角色，其数量、结构维度、流动频率对于提升地区专利创新和产品创新效率、加快技术溢出和新旧动能转换具有重要的正向效应。[②]

京津冀创新要素通过创新生态系统与经济增长产生密切关联。一方面，创新生态系统为京津冀区域内创新主体开展创新活动提供了必要的环境和条件，为创新要素流动提供中介"桥梁"，有力激发创新行为和促进创新交流，提升创新要素的整合效率和区域创新水平，对推动地区科技创新和经济高质量发展产生重要作用；另一方面，京津冀区域内相互关联的企业、科研机构和高校院所充分发挥自身优势，通过强化创新要素与创新环境之间的动态关联，加速人才和技术等创新要素的空间集聚与扩散，提升创新要素的经济活力，提高京津冀整体技术水平和效率并催生内源式创新，助推区域产业结构升级和经济增长方式转变，[③] 促进区域经济创新发展。

学者们基于不同角度、不同方法对京津冀创新要素的经济效能和创新效率进行了测度，总体来看，京津冀创新要素经济效能有待进一步提升。技术要素角度的研究结果显示，京津冀地区尤其是津冀两地的效率偏低，且创新产出和创新转化之间存在较大差距；[④] 与长三角地区相比，京津冀整体技术协同创新效率不高，内部效率变化分异现象较为明显，技术进步是创新效率提升的重要动力源泉。[⑤] 人才要素角度的研究

① 陈健、高太山、柳卸林、马雪梅：《创新生态系统：概念、理论基础与治理》，《科技进步与对策》2016 年第 17 期，第 153~160 页。

② Vakili K.，"Collaborative Promotion of Technology Standards and the Impaction Innovation, Industry Structure, and Organizational Capabilities：Evidence from Modern Patent Pools," *Organizaion Science*，2016，27（6）：1504-1524.

③ 徐斌、罗文：《价值链视角下科技人才分布对区域创新系统效率的影响》，《科技进步与对策》2020 年第 3 期，第 52~61 页。

④ 李峰：《雄安新区与京津冀协同创新的路径选择》，《河北大学学报》（哲学社会科学版）2017 年第 6 期，第 63~68 页。

⑤ 魏彦莉、张玲玉：《京津冀高技术产业创新支出对创新绩效的影响研究》，《科技与经济》2017 年第 5 期，第 36~40 页。

结果显示，具备知识积累能力的人才要素与京津冀创新能力之间具有链式关系，[①] 对经济创新发展产生重要影响，交通设施的通达性和技术水平的相近性能够有效影响人才要素流动，而时间距离和科技距离会显著影响人才要素的流动和知识溢出，进而影响区域整体创新能力的提高。[②] 同时，京津冀协同发展所面临的创新要素短缺和分布不均衡等问题不容忽视。创新要素空间分布不均衡和配置效率不足、市场分割造成的动力机制单一、制度环境与经济发展情况匹配度不高等仍是制约京津冀创新要素发挥经济效能的重要障碍。

综观京津冀创新要素相关研究，较多地集中在对京津冀产业结构及区域协同创新的影响方面，少数学者从理论层面关注创新要素对京津冀经济增长质量的影响，较少基于创新生态视角从理论和实证方面深入探讨京津冀创新要素经济效能的发挥和创新环境对其产生的影响。鉴于此，在以往研究成果基础上，构建创新生态视角下创新要素经济效能测度指标体系，以 2008~2020 年中国 31 个省份层面的面板数据为样本，通过对比分析京津冀与其他地区在创新要素经济效能和创新环境支撑力方面的差异，探究京津冀创新要素经济效能提升路径，为促进京津冀经济增长提供理论依据和实证支撑。

二 理论机制与模型构建

（一）创新生态对区域经济增长的影响机理

创新生态视角下，创新是在一定环境中联结创新要素投入和创新成

---

① 崔志新、陈耀：《区域技术协同创新效率测度及其演变特征研究——以京津冀和长三角区域为例》，《当代经济管理》2019 年第 3 期，第 61~66 页。

② 倪进峰、李华：《产业集聚、人力资本与区域创新——基于异质产业集聚与协同集聚视角的实证研究》，《经济问题探索》2017 年第 12 期，第 156~162 页。

果产出，多要素传递、多主体参与的复杂而系统的过程。考察创新要素对区域经济的影响，需要对创新要素进行界定和衡量，并了解创新要素对区域经济增长产生效应的机理和过程、创新要素经济效能发挥所需要的环境。创新环境主要包括市场创新环境和政府创新环境，其中，市场通过信息的传递促进创新要素转化为生产力，政府通过宏观政策的引导和财政资金的支持推进创新要素更加合理地配置，对创新资源进行组织和协调，为创新主体之间的协作交流和创新行为、创新成果的产生提供支撑。高校和科研院所聚焦技术原理、技术规律和方法研究，催生知识创新，企业聚焦技术试制、测验和应用，促进产品创新，创新主体共同推动专利创新和技术创新，在一定的市场创新环境下，企业将新技术、新知识成果化、产品化、生产化，最终在营销推广中创造经济价值和获得经济效益。市场上技术产品的交易情况影响技术创新的扩散和技术成果的产业化程度，政府在研发方面的财政支出和制定的相应政策则反映了其对该地区创新活动的支持力度，对区域创新系统经济效能发挥有重要影响。

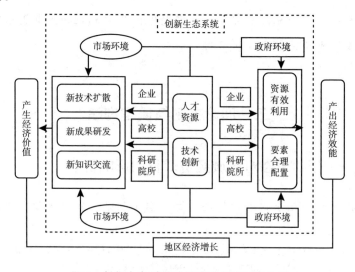

图1 创新生态对区域经济增长的影响机理

（二）模型构建与变量选择

1. 计量模型构建

随着知识经济的快速发展，区域经济发展的决定性因素逐渐由传统资源要素向具有创新能力的技术、人才等创新要素转变。结合知识经济发展现状，借鉴新古典经济学框架下的索洛经济增长模型，重点强调劳动力作为投入要素对经济增长的内生作用和对技术进步的外生作用，并建议政府通过有效干预市场经济促进经济稳定发展，将技术和具备知识的人才作为创新要素进行衡量，同时考虑地区差异性和存在不随时间变化而变化的遗漏变量，采用固定效应模型（FE）分别从时间和空间两个方面进行测度，构建区域创新要素经济动力模型如下：

$$Y_{it} = \alpha_0 + \alpha_1 itF_{it} + \alpha_2 controls + \lambda_i + \lambda_t + \varepsilon_{it}$$

其中，i、t 分别表示地区、年份，Y 表示地区—年份下的区域经济绩效产出，itF_{it} 表示技术创新—人才资源在地区—年份下的二维资源要素投入数据，$controls$ 代表控制变量（市场创新环境和政府创新环境），λ_i、λ_t 分别表示地区和年份，将其作为模型的固定效应。

为了消除异方差，对变量进行取对数处理：

假定 $Y = \ln pcgdp$。$itF_{it} = M_1(r)$；$r = \ln(F_w)$；$F_w = inn$，tal。$controls = M_2(e_\theta)$，$e_\theta = \ln(mar, gov)$。

被解释变量与解释变量之间的数据关系包含对数关系，以弱化各类创新要素资源在投入创新系统后对经济效益造成的滞后性和间接性影响。

2. 指标设计与变量选择

在创新生态系统中，企业、高校、科研院所在科技资源分配、创造并溢出科学知识和技术知识方面承担着重要的主体作用，技术和人才等创新要素在创新主体间流动并直接产生创新成果，经由市场配置从理论成果转化为现实生产力，加速产业分工和创新；政府的宏观调控作用和机制调节能够促进创新主体间的互动和要素流动，提高资源的配置效率，提升创新的质量和效率，促使创新与经济紧密结合，进而促进经济增长。

被解释变量为区域经济产出（*pcgdp*）。区域人均经济资源越丰富，说明区域经济状况越好，参考苏屹等①的研究，本文选用 31 个省份的人均 GDP 作为衡量区域经济情况的指标。

解释变量主要包括创新要素和创新环境。创新要素变量主要包括技术创新（*inn*）和人才资源（*tal*）。技术创新的主要投入形式为 R&D 经费，主要产出形式为专利；人才资源的主要投入包括高校培养的高素质人才和从事 R&D 活动的人才，主要产出为知识和技术。区域创新系统对区域经济产生影响的过程，也是技术创新从研发到市场化的过程，在此过程中，创新要素的投入形式有所不同，初期主要投入 R&D 经费和 R&D 人员进行技术研发，当技术研发产生创新成果时，创新要素投入形式便转化为专利等。相对专利授权数而言，专利申请量不易受滞后期的影响，且更能反映当期区域技术创新水平，因此，本文选取规模以上工业企业 R&D 经费和专利申请受理量作为技术创新的衡量指标，涵盖从技术研发到市场化的全过程。掌握知识的人才资源主要来自高等学校这一为社会培养和输送人才的部门，企业会吸收高校培养的人才，并通过生产经营活动将高校毕业生培养为具备研发技能的 R&D 人才，使人才所具备的知识转化为实际产品，最终促进经济增长，故采用高等学校毕业人数和 R&D 人员作为人才资源的衡量指标。

创新环境变量包括市场创新环境（*mar*）和政府创新环境（*gov*）。创新环境是影响创新生态系统的重要因素，通过影响创新主体的决策和行为，对创新过程和创新效率产生影响。地区技术市场成熟度越高，表明技术创新面临的市场创新环境越成熟，越有利于创新效率提升，本文

---

① 苏屹、刘艳雪：《国内外区域创新研究方法综述》，《科研管理》2019 年第 9 期，第 14~24 页。

选用技术市场成交额作为市场创新环境的衡量指标。政府创新环境是政府宏观调控的手段和反映。创新信息的缺失、创新政策的不完善都可能导致创新体系与创新绩效的脱节，造成创新系统的不完备，影响区域创新效率。政府通过调节财政支出的方向和额度对创新活动进行宏观调控，可以降低创新的不确定性和盲目性，故本文选用地方财政科学技术支出作为政府创新环境的衡量指标。

表 1　创新要素经济效能测度指标体系

变量层	解释层	指标层
经济增长	区域经济产出（$pcgdp$）	人均 GDP（万元）
创新要素	技术创新（inn）	规模以上工业企业 R&D 经费（万元）
		专利申请受理量（项）
	人才资源（tal）	高等学校毕业人数（万人）
		R&D 人员（万人）
创新环境	市场创新环境（mar）	技术市场成交额（亿元）
	政府创新环境（gov）	地方财政科学技术支出（亿元）

三　实证检验与分析

（一）面板数据来源

根据模型方程设计构建面板数据，空间维度为我国 31 个省份，时间维度为 2009~2018 年序列，其中金融业增加值的样本数据年份为 $t-1$ 年，数据来源于《中国统计年鉴》、《中国科技统计年鉴》和各省份统计年鉴。

（二）京津冀创新要素对经济增长的作用

LSDV 估计法可用于分离不同个体样本的不同截距，从而通过截距项的不同反映每个截面的不同。在本研究中，LSDV 估计法用来考察各地区创新要素对区域经济的影响程度。为了消除异方差影响，对变量分别取对数，回归结果如表 2 所示。

表 2　创新要素对各地区经济增长的影响

地区	ln(tal)	ln(inn)	地区	ln(tal)	ln(inn)
北　京	−54.639 ***	1.526 **	湖　北	−350.660 ***	−16.996 ***
天　津	−4.134	−33.212 ***	湖　南	−314.608 ***	−50.995 ***
河　北	−345.201 ***	−40.191 ***	广　东	−306.316 ***	67.009 ***
山　西	−174.609 ***	−46.561 ***	广　西	−156.349 ***	−89.016 ***
内蒙古	127.396 ***	86.321 ***	海　南	85.360 ***	−35.940 ***
辽　宁	−168.101 ***	24.612 ***	重　庆	−63.690 ***	−13.009 ***
吉　林	−45.136 ***	23.166 **	四　川	−357.211 ***	−75.401 ***
黑龙江	−187.278 ***	−62.002 ***	贵　州	−62.016 ***	−115.401 ***
上　海	−23.566	210.302 ***	云　南	−131.066 ***	−110.303 ***
江　苏	−367.315 ***	41.632 ***	陕　西	−260.658 ***	−20.255 ***
浙　江	−134.136 ***	88.928 ***	甘　肃	−80.968 ***	−125.046 ***
安　徽	−341.305 ***	−73.620 ***	青　海	124.960 ***	−39.065 ***
福　建	−60.569 ***	53.161 ***	宁　夏	123.008 ***	−15.506 **
江　西	−287.306 ***	−65.362 ***	新　疆	61.023 ***	−31.338 ***
山　东	−357.372 ***	51.203 ***	西　藏	92.465 **	−93.016 ***
河　南	−445.305 ***	−60.398 ***			

注："***"表示 Prob.<0.001，"**"表示 Prob.<0.05，"*"表示 Prob.<0.1，（two-tailed tests）原假设为变量间不存在协整性，回归结果取到小数点后三位。

从创新要素对各地区经济增长的影响来看，京津冀地区的人才资源和技术创新对经济增长的贡献程度均不理想，经济增长受技术创新的影响较人才资源更加显著，且技术创新对北京经济增长的促进作用大于天津和河北。与长三角地区和珠三角地区相比，京津冀地区技术创新对经济增长的促进作用有待进一步提升，如上海、浙江、广东、福建等地区每增加 1 单位技术创新投入，对经济增长的贡献度均超过 50 单位，而天津和河北两地的技术创新对经济增长的影响均为负。与内蒙古、西藏、青海等西部地区相比，京津冀地区的创新要素对经济的贡献度较小，尤其体现在人才资源方面，随着西部地区吸引人才的政策力度不断加大，人才资源对经济的贡献度逐步提升。从人才资源角度看，随着东西部协作的深入推进，青海、宁夏、新疆、西藏等地区的人才资源对经济增长的促进作用普遍大于包括京津冀地区在内的东部地区。因此，东部地区在人才资源要素供给方面面临更高的要求。

（三）京津冀创新环境对经济增长的影响

从创新环境的支撑作用来看，北京和天津的市场创新环境对创新要素经济效能发挥的调节作用整体大于政府创新环境，而河北的政府创新环境表现较市场创新环境更好，1 单位地方财政科学技术支出能够为创新要素经济效能的发挥产生 98.5 单位的促进功效，高于江苏、江西、河南、辽宁、贵州、广东、湖南等地区。

与珠三角和东北地区相比，京津冀地区在政府创新环境和市场创新环境方面均存在差距。与上海、重庆两个直辖市相比，北京和天津的政府创新环境与市场创新环境对经济增长的促进作用大于上海，但小于重庆。

表 3　创新要素经济效能发挥的环境分析

地区	$\ln(gov)$	$\ln(mar)$	地区	$\ln(gov)$	$\ln(mar)$
北　京	−23.122 ***	1.213 ***	山　西	68.874 ***	28.408
天　津	−0.053	41.454	内蒙古	235.360 ***	181.001 ***
河　北	98.501 ***	25.316 *	辽　宁	78.664 ***	102.510 ***
吉　林	136.071 ***	148.343 ***	广　西	101.309 ***	13.614
黑龙江	32.301 **	68.356	海　南	169.510 ***	123.281 ***
上　海	−51.637 *	−27.360	重　庆	90.060 ***	73.424 ***
江　苏	45.360 ***	26.889 ***	四　川	−13.120	−19.455 *
浙　江	159.166 ***	80.210 ***	贵　州	49.828	18.018
安　徽	−2.709	15.489	云　南	24.049	−15.365
福　建	182.362 ***	109.566 ***	陕　西	2.609	86.334 ***
江　西	56.397	44.626 *	甘　肃	−43.144 ***	28.552
山　东	90.362 ***	66.743 ***	青　海	99.606 ***	136.704 ***
河　南	74.369 ***	1.063	宁　夏	148.217 ***	146.178 ***
湖　北	14.037 ***	54.363 ***	新　疆	120.597 ***	85.650
湖　南	54.646 ***	51.001	西　藏	119.009 ***	96.121
广　东	68.019 ***	44.639 ***			

注："***"表示 Prob. <0.001，"**"表示 Prob. <0.05，"*"表示 Prob. <0.1，（two-tailed tests）原假设为变量间不存在协整性，回归结果取到小数点后三位。

四　结论及建议

基于创新生态理论，以中国分省份面板数据为样本，运用Stata15.0，采用LSDV估计法对创新要素、创新环境对京津冀地区经济增长的影响进行分析，其中，创新要素主要分为技术创新和人才资源两类，创新环境主要分为政府创新环境和市场创新环境，通过构建创新生态系统角度的经济增长模型，分析了京津冀地区相较于其他地区的差距及其内部差异，主要结论如下：一是从创新要素对京津冀地区经济增长的贡献度来看，技术创新的影响较人才资源更为显著，但与长三角地区和珠三角地区相比，两类创新要素经济功能均有待增强。近年来，人才资源对京津冀地区经济增长的促进作用不大，主要体现为人才资源的减少产生了较强的负面影响。二是京津冀地区的创新环境，尤其是北京和天津的政府创新环境对经济增长的促进作用有待进一步提升。促进京津冀创新要素经济效能发挥的路径建议如下。

第一，进一步激发京津冀创新要素活力，增强区域整体创新能力。关注区域整体范围内的创新资源流失引致的区域整体创新功能弱化和经济效能减退等问题，充分发挥北京国际科技创新中心、天津全国先进制造研发基地和河北全国产业转型升级试验区的功能，推进京津冀技术链、创新链不断完善。加快补齐天津和河北在技术创新和人才资源方面的短板，完善创新链、产业链、人才链，创新京津冀人才联合引进和评价机制，促进人才资源高效流动与合理配置，从更深层次上大力激发区域整体创新动力。

第二，提升市场创新环境和政府创新环境的契合度，构建有利于创新要素经济功能发挥的良好保障环境。一方面，发挥市场对创新资源的决定性配置作用，推进京津冀技术市场一体化，促进分工科学和功能完善的市场创新调节机制形成，增强京津冀整体创新环境对创新资源要素的吸引力，促进创新活动开展和创新成果交易；另一方面，突出政府创新政策措施对创新要素跨区域优化配置的导向功能，充分发挥北京和天津在创新人才培养和供给方面的优势，真正促进人才资源在京津冀地区的充分供给和合理配置，提高京津冀创新生态系统内的要素协调性，降低创新要素极化现象和人才外流引致的经济效率下降风险。

第三，构建高效协同的创新生态体系，形成相互依赖和共生演进的创新网络关系。以京津冀世界级城市群建设为契机，构建优质的京津冀科技创新生态体系，从法律政策体系构建、资源要素供给、创新环境培育、基础研发平台建设等方面积极回应市场需求和经济社会发展需要，加快补齐科技创新体系中的要素和环境短板，建立健全京津冀科技创新综合服务体系，推进科研院所和高等学校科研力量优化配置和资源共享，支持企业组建创新联合体，形成政府和市场、创新链和产业链、技术和人才、制度和机制良性互动与融合发展的创新局面。

参考文献

宋之杰、于华、徐晓华、徐蕾：《国内外创新生态系统研究进展》，《燕山大学学报》（哲学社会科学版）2015 年第 3 期。

苏屹、刘艳雪：《国内外区域创新研究方法综述》，《科研管理》2019 年第 9 期。

Lim H., Kidokoro T., "Comparing a Spatial Structure of Innovation Network between Korea and Japan: Through the Analysis of Co-inventors' Network," *Asia-Pacific Journal of Regional Science*, 2017, 1 (1).

陈健、高太山、柳卸林、马雪梅:《创新生态系统：概念、理论基础与治理》，《科技进步与对策》2016 年第 17 期。

Vakili K., "Collaborative Promotion of Technology Standards and the Impaction Innovation, Industry Structure, and Organizational Capabilities: Evidence from Modern Patent Pools," *Organizaion Science*, 2016, 27 (6).

徐斌、罗文：《价值链视角下科技人才分布对区域创新系统效率的影响》，《科技进步与对策》2020 年第 3 期。

李峰：《雄安新区与京津冀协同创新的路径选择》，《河北大学学报》（哲学社会科学版）2017年第6期。

魏彦莉、张玲玉：《京津冀高技术产业创新支出对创新绩效的影响研究》，《科技与经济》2017年第5期。

崔志新、陈耀：《区域技术协同创新效率测度及其演变特征研究——以京津冀和长三角区域为例》，《当代经济管理》2019年第3期。

倪进峰、李华：《产业集聚、人力资本与区域创新——基于异质产业集聚与协同集聚视角的实证研究》，《经济问题探索》2017年第12期。

基于我国基准产业集群的
京津冀产业群分析

刘小敏[*]

摘　要： 产业集群与城市群关系密切。产业集群分工协作催生城市群形成，城市群的发展促进产业集群专业化、高级化。京津冀产业协同发展有赖于北京产业集群发挥引领作用，因此，客观评估北京产业集群发展现状，选择与区域发展相协同的产业集群，培育产业集群，提升产业集群质量，是北京在京津冀区域产业协同发展中的重要任务。本文梳理了我国基准产业集群识别方法，分析了我国近年基准产业集群的发展状况，探讨了北京产业集群发展现状、发展潜力与优势，提出从产品、产业及产业集群角度进一步增强北京产业集群实力，重点发展与北京产业规划相符合的产业集群。

关键词： 产业集群　基准产业集群　城市群

加快城市群建设与发展，是我国促进区域协调发展的重要战略手段。2006 年 3 月，《中华人民共和国国民经济和社会发展第十一个五年规划纲要》明确提出，"要把城市群作为推进城镇化的主体形态"。

---

* 刘小敏，博士，北京市社会科学院市情研究所助理研究员。

2008~2010 年国家发布一系列区域发展规划，多数以城市群为主体。2019 年，《关于培育发展现代化都市圈的指导意见》对以城市群为基础的都市圈予以明确的定义。经过不断发展，我国已形成以长三角城市群、珠三角城市群、长江中游城市群、京津冀城市群为代表的 19 个重点规划建设城市群。城市群成为我国区域经济社会发展的重要载体。城市群的发展离不开产业集群。产业集群与城市群耦合发展成为我国当前区域发展的战略手段。[①] 产业集群分工协作催生城市群，城市群的发展促进产业集群专业化、高级化。城市群选择培育与之能够耦合发展的产业集群，有利于理性地培育集群成长、提升集群质量，推进区域经济一体化协调发展。

经过多年发展，京津冀区域经济协同发展水平越来越高。北京通过疏解非首都功能，将大量的一般工业产业有序地转移到河北，京津冀区域内的经济联系越来越紧密，以部分承接平台为基地的城市发展较快，如沧州、廊坊、保定等城市均获得较多的发展机会。然而，目前京津冀区域城市群发展水平却依然较低，城市群内部之间的发展差距依然十分明显，北京在引领城市群协同发展中的作用并不突出，这与北京在全国工业领域的地位下降直接相关，也与北京缺乏在京津冀乃至全国范围内具有绝对领导地位的工业集群相关。近年来，第三产业的高速发展带动了北京的经济转型，但是第三产业的产业链较短、区域辐射带动作用有限等限制了其在区域经济协同发展中发挥更大的引领作用，而工业产业集群实力的下降，进一步限制了北京在区域产业链重构、区域经济协同发展中的作用发挥。因此，北京要在城市群发展中发挥更大的作用，就应全面客观地分析北京工业产业集群现状，发展壮大其在产业协同发展中更具引领作用的关键产业，以此来推动京津冀产业协同发展。本文从我国基准产业集群识别出发，从产品、产业及产业集群角度对北京的工

---

① 王小鲁：《中国城市化路径与城市规模的经济学分析》，《经济研究》2010 年第 10 期，第 20~32 页。

业产业发展现状及其在全国所处位置等进行了分析，以期为进一步完善北京工业产业发展政策提供决策支撑。

一 产业集群识别理论基础与识别方法

（一）产业集群识别的基础理论

迈克·E.波特认为产业集群（industrial cluster）是在某一特定领域内互相联系的、在地理位置上集中的公司和机构集合。[①] 产业集群是一种区域组织形式，具有明显的内外部规模经济效应，有助于降低交易费用、促进专业化生产及知识外溢等，是推动区域经济发展、提升竞争力的重要模式。[②] 法国学者戈德曼（Jean Gottmann）于 1957 年首次提出的"大都市连绵带"（Megalopolis）概念，成为城市群概念的来源。经过多年的发展，城市群概念不断明晰，所谓城市群，是指以一个超大城市或特大城市为核心，由至少三个以上大城市为基本单元，依托发达的基础设施网络，形成经济联系紧密、空间组织紧凑，并最终实现同城化和高度一体化的城市群体。[③] 也可以说，城市群是在特定的区域范围内云集相当数量的不同性质、类型和等级规模的城市，共同构成一个相对完整的城市"集合体"。[④]

城市群是区域协同发展的重要载体，产业集群是载体中的具体物

---

① Porter M. E., "Clusters and the New Economics of Competition," *Harvard Business Review*, 1998, 76 (6).

② 陈剑锋、唐振鹏：《国外产业集群研究综述》，《外国经济与管理》2002 年第 8 期，第 22~27 页。

③ 方创琳：《中国城市群研究取得的重要进展与未来发展方向》，《地理学报》2014 年第 8 期，第 1130~1144 页；方创琳、宋吉涛、张蔷、李铭：《中国城市群结构体系的组成与空间分异格局》，《地理学报》2005 年第 5 期，第 827~840 页。

④ 廖重斌：《环境与经济协调发展的定量评判及其分类体系——以珠江三角洲城市群为例》，《热带地理》1999 年第 2 期，第 76~82 页。

质，只有以城市群为载体，将产业集群集合在城市群上，各产业主体才能在平台上协同发展。城市群是工业化和城镇化发展到高级阶段的产物。[1] 产业集群与城市群之间存在深刻的内在关联，中国具有竞争力的城市群与其相应的产业集群的关系分析表明，提升产业集群在城市群中的分工效率、以产业集群链为物质基础构建城市群域，对于推进区域经济协调发展尤为重要。产业集群的分工与融合催生城市群，城市群的发展推进产业集群的专业化与高级化。[2]

城市群发展既是区域协同发展的条件，也是区域协同发展的结果。在经济发达地区，产业链不断完善，产业链在城市群内重构，区域性城市群逐渐形成。马库森在对美国、日本、韩国、巴西四个国家经济增长较快的区域研究后发现，在这些国家中存在四种典型的产业集群区。[3] 目前，我国发展比较突出的产业集群有苏州昆山的电子信息产业集群、佛山的陶瓷产业集群及顺德的家电产业集群等。[4]

2015年4月30日中共中央政治局召开会议审议通过的《京津冀协同发展规划纲要》，是国家级区域规划，京津冀城市群协同发展的重点突破口是推动京津冀交通一体化、生态环境保护一体化和产业升级转移一体化等。方创琳分析了京津冀城市群协同发展的理论基础与规律性，提出城市群协同发展是京津冀协同发展的重要载体。城市群协同发展的目标是共建世界级都会，通过消除区域藩篱、取长补短、优势互补、分工合作，将京津冀城市群建成一个具有国际影响力的经济发展共同体和

---

① 方创琳：《中国城市群研究取得的重要进展与未来发展方向》，《地理学报》2014年第8期，第1130~1144页。

② 齐昕：《产业集群、城市集群耦合及其区域经济协调效应研究——以中国十大城市群的实证数据为例》，《北方金融》2020年第9期，第8~15页。

③ Feser E. J., Bergman E. M., "National Industry Cluster Templates: A Framework for Applied Regional Cluster Analysis," *Regional Studies*, 2000, 34 (1).

④ 方创琳、宋吉涛、张蔷、李铭：《中国城市群结构体系的组成与空间分异格局》，《地理学报》2005年第5期，第827~840页。

命运共同体。[①]

与长三角、珠三角是通过产业扩散来形成产业集群进而发展成为发达的城市群相比，京津冀发展以政策引导为主。目前，京津冀区域内，河北在北京、天津周边已经形成了一些具有一定优势的产业集群，如廊坊的电子信息产业集群、固安的装备制造产业集群、保定的新能源产业及电力设备产业集群、唐山的钢铁产业集群、曹妃甸和沧州的石化产业集群等。但是，现有京津冀区域内主导产业链条仍然不够完善，上下游没有形成协作关系，产业集群整体规模需进一步壮大，产业集群在促进城市群形成中的作用仍然不够突出，特别是北京产业集群在促进区域产业集群形成中的作用不明显，为此，分析北京产业集群，探索其产业集群发展潜力，显得十分重要。

（二）产业集群的识别方法

产业集群的界定识别是研究产业集群其他相关内容的基础。至今，世界各国和地区采用不同的标准来识别产业集群，可总结为两种思路和六种方法。两种思路分别为：通过自上而下的产业法和自下而上的区位法两种途径来识别产业集群，强调产业间的专业化分工或产业间的联系，或者则可归为定性，以案例分析为主。六种方法分别为区位商法、波特案例分析法、投入产出分析法以及基于投入产出理论的主成分分析法（或要素分析法）、多元聚类分析法和图论分析法。

区位商法，也称地点系统（Location Quotient，LQ）：

$$LQ_i = \frac{\dfrac{e_i}{\sum_{i=1}^{n} e_i}}{\dfrac{E_i}{\sum_{i=1}^{n} E_i}}$$

---

① 方创琳：《中国城市群研究取得的重要进展与未来发展方向》，《地理学报》2014 年第 8 期，第 1130~1144 页。

其中，e_i 表示某区域 i 产业雇员数，E_i 表示全国 i 产业雇员数，LQ_i 表示整个区域雇员中 i 产业所占份额与整个国家雇员中 i 产业所占份额之比。如果系统大于 1，表明该产业具有集群性。由于该公式不适用于对小的或者新兴的产业集群的分析，可通过相对指标来评估，如增长率，一旦某区域产业增长率明显高于全国平均水平，则该区域此产业具有形成集群的潜力。王今利用该思路准确评估出广州即将成为我国重要的汽车产业集群。[①]

投入产出分析法因能反映产业间联系、可获得较为客观的量化结果而得到广泛应用。常见的使用投入产出表识别产业集群的统计方法包括主成分分析法和多元聚类分析法，后者识别出的集群一般具有较强的内在产业关联，因此结果更合理。Feser 是较早应用多元聚类分析法来分析美国基准产业集群的学者。他从中观层面关注产业内部和产业之间的联系，有助于开展产业链层面的分析，探索产业链中的关键环节，对制定与完善产业集群发展政策具有十分重要的意义。[②]

基于投入产出表的产业集群分析，因表征差异而形成不同层面的产业集群分析，以国家投入产出表为基础的集群分析将识别国家层面的基准集群的一般特征，如以区域投入产出表为数据基础的集群分析主要用于了解区域中观层面的具体情况。[③]

可见，采用全国投入产出表识别出的产业集群更具一般性和普遍性，而采用区域投入产出表识别出的产业集群则缺少区域间的产业联系。如果将两者结合起来，以全国投入产出表为基础识别出国家基准产业集群，并将之应用于区域经济比较分析，与区域投入产出表识别出的产业集群相对比，从而基于国家层面、区域层面对该区域的产业集群形成全面的认知。

---

① 王今：《产业集聚的识别理论与方法研究》，《经济地理》2005 年第 1 期，第 9~11+15 页。

② Feser E. J., Bergman E. M., "National Industry Cluster Templates: A Framework for Applied Regional Cluster Analysis," *Regional Studies*, 2000, 34 (1).

③ 贺灿飞、梁进社、张华：《区域制造业集群的辨识——以北京市制造业为例》，《地理科学》2005 年第 5 期，第 11~18 页。

二　应用投入产出方法识别我国基准产业集群

（一）投入产出方法识别基准产业集群

应用投入产出表开展全国产业基准集群识别的常见步骤为：首先，选择最新的全国投入产出表，如中国最新的投入产出表为 2017 年；其次，根据产业类型，选择与产业集群发展相适应的产业参与产业集群识别，如我国部分行业以服务本地需求为主，其产业规模与城市规模相一致，很难形成跨区域的产业集群，因此，要剔除此类行业；再次，结合投入产出表的中间投入系数，构建产业集群的产业链前端投入矩阵 X，结合投入产出表的中间消费矩阵，构建产业集群的产业链后端消费矩阵 B；最后，结合矩阵 X 和矩阵 B，计算各行业的投入系数的相关性、投入系数与消费系数的相关性、消费系数与投入系数的相关性以及各产业间消费系数的相关性，并取四个相关系数的最大值，构建成一个 N×N 的相关性系数矩阵，利用多元聚类分析法估算基于该相关性系数矩阵得到的类别，进而分析相应的产业集聚情况。

1. 精简投入产出表结构

剔除投入产出表中为本地服务的产业部门形成交易矩阵，分别为投入矩阵 A（产业链前向联系）和销售矩阵 Y（产业链后向联系）：

$$x_{ij} = \frac{a_{ij}}{a_{+j}}, y_{ij} = \frac{a_{ij}}{a_{i+}}$$

其中，x_{ij} 代表产业 j 从产业 i 获取的中间投入占比，代表投入结构；y_{ij} 代表产业 i 销售给 j 的中间产出比重，代表产出结构。

2. 构建中间投入与销售的系数矩阵

定义集合 S_i、B_i 分别表示产业上游和下游的集合，仅考虑产业联系紧密的产业，故设产业关联阈值 α，取值为 0.01，即 S_i、B_i 分别表示包括 x_{ij} 和 y_{ij} 大于 0.01 的所有产业 j。

x_{ij} 和 y_{ij} 中的每一个系数分别代表中间投入购买与销售的比例关系，比如，x_{ij} 表示产业 j 从产业 i 购买的中间产品比例，值越大，表示产业 j 对产业 i 的产品投入依赖性越大。y_{ij} 表示产业 i 产品销售给产业 j 的比例，同样，值大小代表产业 i 依赖产业 j 作为主要的产品销售行业。

3. 建立描述四种关系的相关性系数矩阵

相关性分析评估不同行业之间存在的四种关系：各行业的中间投入模型关系、各行业的销售模型关系、各行业中间投入与销售的关系和销售与中间投入的关系，其分别用 $r(x_l \cdot x_m)$、$r(y_l \cdot y_m)$、$r(x_l \cdot y_m)$、$r(y_l \cdot x_m)$ 来描述以上四种关系。

定义 $r(x_l \cdot x_m)$ 为四种关系中的最大值，得到 R（L，N）矩阵。

$$r(x_l \cdot x_m) = \max \left[r(x_l \cdot x_m), r(y_l \cdot y_m), r(x_l \cdot y_m), r(y_l \cdot x_m) \right]$$

矩阵 R 是用于全国产业基准集群识别的数据基础。

4. 选择相应的产业聚集识别方法

常见的产业集群统计方法包括主成分分析法和多元聚类分析法。主成分分析法源自 Czamanski，[1] 强调产业间的互补性，所识别的集群中的产业均具有相似的投入产出特征，但缺乏产业的前后联系分析；而多元聚类分析法突出产业间的内在联系，可得到互斥性的产业集群，群内产业联系更加紧密，能有效地识别产业集群中的核心产业，且结果直接、易解释。同时，当某一产业与某一集群的核心产业联系强度超过特定的阈值时，可将其作为次核心产业。

（二）我国基准产业集群识别结果及对比分析

基于上述分析方法，利用 2017 年的全国投入产出表可构建相应的

---

[1] Czamanski S., Ablas L. A., "Identification of Industrial Clusters and Complexes: A Comparison of Methods and Findings," *Urban Studies*, 1979, 16 (1).

投入产出矩阵，且将原 148 个行业缩编至 100 个行业，即剔除了本地服务需求较大的行业及所有第三产业，剩下包括农业、工业大类在内的 100 个行业参与估算，经过多次尝试，得到 22 个基准产业集群。具体结果如表 1 所示。

表 1 我国基准产业集群分类：基于 2017 年国家投入产出表

序号	产业集群	核心产业
1	农业及加工	农产品、方便食品、其他食品
2	林业及加工	林产品；木材加工和木、竹、藤、棕、草制品；家具
3	畜牧及加工	畜牧产品；饲料加工品；屠宰及肉类加工品；乳制品
4	渔产及加工	渔产品；水产加工品
5	农副及加工	农、林、牧、渔服务产品；其他制造产品
6	煤炭及加工	煤炭开采和洗选产品；电力、热力的生产和供应；水的生产和供应；煤炭加工品
7	石油及应用	石油和天然气开采产品；精炼石油和核燃料加工品；燃气生产和供应
8	黑色开采	有色金属矿采选产品；非金属矿采选产品；黑色金属矿采选产品；开采辅助活动和其他采矿产品
9	黑色加工	钢；钢压延产品；铁及铁合金产品；金属制品；化工、木材、非金属加工专用设备；废弃资源和废旧材料回收加工品
10	农产品深加工	谷物磨制品；植物油加工品；糖及糖制品；蔬菜、水果、坚果和其他农副食品加工品；调味品、发酵制品；酒精和酒；饮料；精制茶
11	农业工具	肥料；农药
12	纺织化纤	烟草制品；针织或钩针编织及其制品；纺织制成品；纺织服装服饰；化学纤维制品
13	毛纺及加工	毛纺织及染整精加工品；麻、丝绢纺织及加工品；皮革、毛皮、羽毛及其制品；鞋
14	用品	造纸和纸制品；印刷和记录媒介复制品；文教、体育和娱乐用品
15	工业配件加工型	工艺美术品；有色金属及其合金；有色金属压延加工品；电线、电缆、光缆及电工器材；电池
16	石化加工	基础化学原料；涂料、油墨、颜料及类似产品；合成材料；专用化学产品和炸药、火工、焰火产品；日用化学产品
17	加工制造业	医药制品；橡胶制品；锅炉及原动设备；金属加工机械；物料搬运设备；泵、阀门、压缩机及类似机械；其他通用设备；金属制品、机械和设备修理服务

续表

序号	产业集群	核心产业
18	非金属制品	水泥、石灰和石膏;石膏、水泥制品及类似制品;砖瓦、石材等建筑材料;陶瓷制品;耐火材料制品;石墨及其他非金属矿物制品;玻璃和玻璃制品
19	办公机械	文化、办公用机械;其他专用设备;输配电及控制设备;其他电气机械和器材
20	通信电子	计算机;通信设备;广播电视设备和雷达及配套设备;视听设备;电子元器件;其他电子设备;仪器仪表
21	机械交通专用设备	农、林、牧、渔专用机械;采矿、冶金、建筑专用设备;电机
22	交通运输设备	汽车整车;汽车零部件及配件;铁路运输和城市轨道交通设备;船舶及相关装置;其他交通运输设备;家用器具

  22 个基准产业集群是对原有 100 个农业,工业行业的粗略概括,大部分集群能高度概括核心产业,集群内产业间关系明确、清晰,但也有部分产业在归类上特征不够突出,主要还是由于我国现有的行业分类仍然不够明晰,产业间的产业链关系仍然不够清晰,比如家用器具行业被归入交通运输设备产业集群,医药制品被归入加工制造业产业集群。

  与孙铁山等利用我国 2002 年的投入产出表所得出的全国基准产业集群识别结果相比,本文的识别结果发生一些变化。首先是农业产业集群类别增多。[①] 在孙铁山等的产业集群研究中,与农业相关的共有 5 个产业集群,分别为农业及加工业集群、畜牧业集群、肉食品加工业集群、食品饮料及医药业集群以及烟草业集群,本文与农业相关的产业集群达到 7 个,分类更细化,这种差异虽然可能与集群识别的处理方法有关,但有一个明显的事实是我国农业产业化、专业化水平不断提升。

  总体来说,本文识别的基准产业集群结果与孙铁山等的研究结果具

---

① 孙铁山、卢明华、李国平:《全国基准产业集群识别及在区域经济分析中的应用——以北京市为例》,《地理研究》2008 年第 4 期,第 873~884 页。

有一定的相似性，表明我国基准产业集群总体上具有稳定性，但是也存在明显的差异，部分产业集群的归类发生变化，如交通运输设备产业集群均为我国重要的基准产业集群，与孙铁山的研究结果相比，本文的核心产业类别更加明晰、专业化特征更加突出，表明我国交通运输设备产业集群快速发展。

三 对比我国产业基准集群的北京产业集群分析

（一）北京产业集群的发展分析

将全国基准产业集群作为京津冀产业集群的分析模板，可以了解京津冀各地工业发展水平在全国所处的相对地位，进而分析其发展潜力、优势与不足，结合当前的京津冀产业发展规划，探索如何进一步通过重构、优化京津冀产业链来促进区域产业集群协同发展，带动京津冀城市群发展。

对北京农业及工业产业的重要性进行初步估算，基于产业增加值与第一、第二产业增加值占 GDP 的比重来判断，某产业是否为北京经济发展中的重要产业，同时通过产业的区位商值来判断该产业在全国的相对重要性。如果某产业既在区域内具有较高的地位，同时又在国内具有相对优势（区位商值大于 1），说明其不仅是北京的优势产业，而且在全国处于领先地位。如北京的交通运输设备业，是北京的支柱工业，占比达 18.894%，区位商值高达 3.931，远高于全国平均水平。北京是我国重要的汽车整车制造以及配件制造基地，汽车制造业在北京的经济发展中发挥着主导作用；电力、热力的生产和供应业增加值占 14.493%，是北京重要的产业之一，且其区位商值达 3.236。像这样在区域内占比高且区位商值高的产业还有化学产品，通信设备、计算机和其他电子设备，仪器仪表等。

另外，金属制品、机械和设备修理服务业占比仅为 0.905%，重要性并不明显，但区位商值高达 10.795，为全国较高水平。也有占比相对较大但区位商值小于 1 的产业，如食品和烟草、农林牧渔产品和服务等，对北京而言，虽然这些产业有着一定地位，但是与全国平均水平相比，发展水平仍然不高（见表 2）。

表 2 北京产业区域地位分析

产　业	占比	区位商值
金属制品、机械和设备修理服务	0.905	10.795
交通运输设备	18.894	3.931
水的生产和供应	1.095	3.745
电力、热力的生产和供应	14.493	3.236
燃气的生产和供应	0.967	2.764
仪器仪表	1.520	1.997
通信设备、计算机和其他电子设备	5.920	1.508
建筑	20.830	1.500
专用设备	2.772	1.350
化学产品	11.105	1.280
通用设备	2.754	1.060
电气机械和器材	2.703	0.933
非金属矿和其他矿采选产品	0.887	0.883
食品和烟草	4.903	0.654
造纸印刷和文教体育用品	1.474	0.642
金属制品	1.205	0.460
木材加工品和家具	0.608	0.442
纺织服装鞋帽皮革羽绒及其制品	0.785	0.382
非金属矿物制品	1.626	0.348
其他制造产品和废品废料	0.478	0.345
金属矿采选产品	0.396	0.297
石油、炼焦产品和核燃料加工品	0.674	0.282
农林牧渔产品和服务	2.271	0.138
石油和天然气开采产品	0.164	0.085
金属冶炼和压延加工品	0.335	0.057
纺织品	0.081	0.056
煤炭采选产品	0.154	0.055

资料来源：根据 2017 年北京投入产出表及中国投入产出表估算得到。

（二）北京产业集群发展的对比分析

1.北京产业集群分析

通过对北京投入产出表系数的主成分分析可以发现，产业可分成6~8大类产业集群。为此，通过分析北京产业集群发展现状，并与全国其他产业集群进行对比，判断当前北京的产业集群发展特征，从而分析区域产业集群发展潜力，抓住与产业发展规划相符合的产业链重构与优化机遇，促进区域产业协同发展。

以全国基准产业集群识别方法对北京的产业集群进行聚类分析。根据前文分析结果，将北京的产业集群聚集类别目标设定为8个，这样既能充分反映北京各产业之间的内在联系，也能通过一定聚集简化产业集群类别，为进一步产业集群分析做好准备。结果表明，北京的八大产业集群中，信息技术产业集群是重要的产业集群。根据产业集群增加值占北京第一、第二产业增加值的比重来反映北京产业集群发展现状，信息技术产业集群增加值占比高达5.92%，作为一个构成相对简要独立的产业集群，其在北京经济发展中具有十分重要的地位。一般制造业产业集群与高端制造业产业集群也是最为重要的产业集群，其中以汽车制造为主的高端制造业产业集群增加值占比高达34.27%，是北京的支柱产业；包括各类制造业、加工业在内的一般制造业产业集群增加值占比高达30.97%，主要涉及建筑和其他专用设备、电气机械和器材制造业，该产业集群类别较多，产业属性并不完全统一，但均为北京重要的制造业，部分产品，如机床数控装置2017年的产量在全国占比高达9.6%，耐火材料制品占比也达2.12%，北京部分工业产品在国内仍具有较大影响力。煤电生产及加工产业集群是北京第三大产业集群，主要贡献反映为能源及燃气生产。其他产业集群如石油化工产业集群增加值占比不断下降，说明虽然从产业间联系角度看，已经形成产业集群，但是其规模仍较小，如金属矿采选产品产业集群增加值占比仅为 0.4%，说明与全国平均水平相比，其发展不充分，具体如表 3 所示。

表 3   北京产业集群现状分析

单位：亿元，%

产业集群	产业名称	产业集群类别	集群增加值	占比
农林及一般加工	农林牧渔产品和服务；食品和烟草；造纸印刷和文教体育用品	1	466.84	8.65
煤电生产及加工	煤炭采选产品；金属制品、机械和设备修理服务；电力、热力的生产和供应；燃气的生产和供应；水的生产和供应	2	950.79	17.61
石油化工	石油和天然气开采产品；石油、炼焦产品和核燃料加工品；其他制造产品和废品废料	3	71.08	1.32
金属矿采选产品	金属矿采选产品	4	21.39	0.40
一般制造业	非金属矿和其他矿采选产品；木材加工品和家具；非金属矿物制品；金属冶炼和压延加工品；金属制品；专用设备；电气机械和器材；建筑	5	1671.51	30.97
纺织业	纺织品；纺织服装鞋帽皮革羽绒及其制品	6	46.71	0.87
高端制造业	化学产品；通用设备；交通运输设备；仪器仪表	7	1849.95	34.27
信息技术	通信设备、计算机和其他电子设备	8	319.53	5.92

2. 对国内产业基准集群的分析

下文进一步分析与我国的基准产业集群相比，北京的产业集群特色及其与基准群的内在联系。

北京产业集群增加值占比最大的是高端制造业产业集群，其与国家产业集群结构基本一致，说明北京在该领域具备相当大的影响力，其发展水平与我国整体水平是一致的，并且是处于领先位置。北京影响力最大的产业集群是信息技术产业集群，其聚集结果也与全国的基准产业集群结构是一致的。北京是我国信息技术产业的重要发展基地。另外，北京具有影响力的产业集群如煤电生产及加工产业集群，其与全国产业基准集群不完全匹配，表明了该类产业集群的地域性。

北京其他产业集群如纺织业、石油化工、金属矿采选产品产业集群与我国的基准产业集群相一致，但是其增加值占比较小，影响力不大，这些产业集群中部分产品的国内地位值得进一步分析，为此，本文将进一步从产品产量角度对北京部分重要的工业产品做分析。

分析 2017 年北京市主要工业产品产量占全国产量比重可见，处于较高水平的有机床数控装置（9.62%）、汽车（7.75%）、发动机（7.56%）、集成电路（5.95%）、服务器（5.26%）和移动通信手持机（手机）（3.96%），均属于高端制造业与信息技术产业集群，在全国具有一定的影响力，是北京工业产品体系中的重要产品，部分产品在京津冀区域协同发展中发挥着重要作用，如北京与河北在汽车生产以及信息技术生产中建立了紧密的产业协作关系，北京的产业发展发挥了引领区域经济协同发展的重要作用。不过，一般制造业等其他产业集群产品产量的全国占比仍然不高，甚至仅占1%左右，区域影响力乃至全国影响力不足，不能带动区域产业发展（见表4）。

表 4　北京部分工业产品产量及全国占比

产品名称	单位	2017 年产量	2017 年全国产量	占比（%）	所属产业集群
机床数控装置	（套）	76979	80	9.62	高端制造业
汽车	（万辆）	225.0	2901.8	7.75	高端制造业
发动机	（万千瓦）	20210.6	267405.1	7.56	高端制造业

产品名称	单位	2017年产量	2017年全国产量	占比（%）	所属产业集群
集成电路	（亿块）	93.1	1564.6	5.95	信息技术
服务器	（台）	147663.0	280.8	5.26	信息技术
移动通信手持机（手机）	（万台）	7483.1	188982.0	3.96	信息技术
液晶显示模组	（万套）	15052.2	55.7	2.70	信息技术
数控金属切削机床	（台）	14877.0	60.9	2.44	高端制造业
微型计算机设备	（万台）	742.4	30678.4	2.42	信息技术
彩色电视机	（万台）	382.7	15932.6	2.40	高端制造业
风力发电机组	（万千瓦）	280.9	11822.9	2.38	高端制造业
耐火材料制品	（万吨）	48.5	2292.5	2.12	高端制造业
显示器	（万台）	360.8	17437.3	2.07	信息技术
冷轧薄宽钢带	（万吨）	86.1	5503.3	1.56	一般制造业
单一稀土金属	（千克）	1583545.0	10.5	1.51	一般制造业
中成药	（万吨）	4.1	383.6	1.06	高端制造业

资料来源：北京统计年鉴及中国统计年鉴。

四 结论及政策

（一）主要结论

本文梳理了产业集群识别方法，并以2017年投入产出表为基础，识别出我国22个基准产业集群和北京8个产业集群，基于产业集群类别，从产业集群增加值占比、重要工业产品产量占比等角度分析北京产业集群的发展现状、在全国所处地位以及产业发展重点。

我国基准产业集群高达22个之多，且产业集群内部产业关系清晰、特征突出，近年来产业集群结构基本稳定，也有部分产业集群识别得以优化，如交通运输设备产业集群中的核心产业更加明晰、专业化特征更加突出，表明我国交通运输设备产业集群快速发展。

北京当前第一、第二产业集群理想状态可分为 6~8 个大类，且产业集群类别与全国基准基本上是一致的。其中，北京信息技术产业集群特征突出，以汽车制造业、医药制造业为主的高端制造业产业集群在北京具有重要的经济地位，经济贡献突出，其他产业集群虽然也清楚地被界定为北京的产业类别，但经济影响力相对不足。

从北京部分工业产品产量占全国的比重来看，北京的重要产业集群均拥有在全国具备相当影响力的产品，如在信息技术、高端制造业等领域均有个别产品产量占比相对较高，且在京津冀协同发展中发挥着重要作用。要促使北京工业在京津冀产业协同发展中发挥更大作用，不断提升部分工业产品的全国影响力，形成凝聚力更强的产业集群。

（二）政策建议

产业集群分析有助于制定基于产业集群的产业发展政策、分析产业竞争力来源、了解产业集群发展现状、探索区域产业发展潜力，对于进一步通过推进产业集群发展来促进城市群发展，特别是抓住与产业发展规划相符合的产业链重构与发展机遇，促进区域产业协同发展，具有十分重要的意义。

北京要在京津冀产业协同发展中发挥更加重要的作用，应积极吸纳和集聚创新资源要素，以部分工业产品为突破口，特别是基于北京产业规划中重点发展的产业，打造创新产业集群，加快北京工业的发展。

创新是产业的核心竞争力，应以创新带动产品、产业及产业集群发展。从产业链重构与区域协作等角度加快产业集群发展，合力打造一批高水平的协同创新平台和专业化产业合作平台，发挥北京作为全国科技创新中心的引领作用，增强科技创新对转型升级的支撑作用，促进区域创新链、产业链、资源链、政策链深度融合，推动构建京津冀协同创新共同体。

参考文献

Porter M. E. , "Clusters and the New Economics of Competition," *Harvard Business Review*, 1998, 76 (6).

Feser E. J. , Bergman E. M. , "National Industry Cluster Templates: A Framework for Applied Regional Cluster Analysis," *Regional Studies*, 2000, 34 (1).

Czamanski S. , Ablas L. A. , "Identification of Industrial Clusters and Complexes: A Comparison of Methods and Findings," *Urban Studies*, 1979, 16 (1).

方创琳、宋吉涛、张蔷、李铭：《中国城市群结构体系的组成与空间分异格局》，《地理学报》2005 年第 5 期。

王小鲁：《中国城市化路径与城市规模的经济学分析》，《经济研究》2010 年第 10 期。

陈剑锋、唐振鹏：《国外产业集群研究综述》，《外国经济与管理》2002 年第 8 期。

廖重斌：《环境与经济协调发展的定量评判及其分类体系——以珠江三角洲城市群为例》，《热带地理》1999 年第 2 期。

方创琳：《中国城市群研究取得的重要进展与未来发展方向》，《地理学报》2014 年第 8 期。

贺灿飞、梁进社、张华：《区域制造业集群的辨识——以北京市制造业为例》，《地理科学》2005 年第 5 期。

王今：《产业集聚的识别理论与方法研究》，《经济地理》2005 年第 1 期。

张建华、张淑静：《产业集群的识别标准研究》，《中国软科学》2006 年第 3 期。

齐昕：《产业集群、城市集群耦合及其区域经济协调效应研究——以中国十大城市群的实证数据为例》，《北方金融》2020 年第 9 期。

京津冀协同发展视阈下首都数字经济建设对策研究

王 鹏 黎玫彤 张瑾瑜[*]

摘 要： 基于京津冀地区数字经济发展现状，结合上海社会科学院信息研究所发布的《全球数字经济竞争力发展报告（2021）》、北京大数据研究院发布的《2021 中国数字经济产业发展指数报告》、赛迪顾问数字经济产业研究中心发布的《2021 中国数字经济城市发展白皮书》、新华三集团数字经济研究院和中国信息通信研究院云计算与大数据研究所发布的《中国城市数字经济指数蓝皮书（2021）》及其城市数字经济指数查询平台，对当前京津冀地区数字经济发展进行系统分析。对标长三角地区和粤港澳大湾区，对北京及京津冀地区数字经济协同发展特点进行总结，分析存在的问题并提出针对性政策建议。

关键词： 京津冀地区 数字经济 区域协同发展

伴随着第四次工业革命浪潮，数字经济已成为全球经济体发展的重要导向，世界各国、各地区正在大力推进前沿科技创新和数字技术升

---

* 王鹏，博士，北京市社会科学院管理研究所副研究员；黎玫彤，西弗吉尼亚大学硕士研究生；张瑾瑜，对外经济贸易大学研究助理。

级，促使数字化深度融于产业革命。我国高度重视数字经济发展，习近平总书记强调，发展数字经济是把握新一轮科技革命和产业变革新机遇的战略选择。由此，基于党中央战略决策部署，北京市制定针对数字经济发展的系列规划，加速建设配套基础设施，增强政策软实力，着力打造数字经济发展的"北京样板"，努力形成以北京市为核心的数字经济发展引擎，助力京津冀数字经济核心要素集聚，形成京津冀数字经济协同发展格局。因此，在京津冀一体化背景下，如何推进北京及京津冀数字经济高质量发展是亟待解决的重要课题。就此，本文通过与长三角、粤港澳大湾区横向比较，对当前京津冀地区数字经济发展进行系统分析，总结北京及京津冀区域数字经济协同发展特点，分析存在的问题并提出针对性政策建议。

一　区域协同发展与数字经济的内涵与联系

（一）区域协同发展内涵与背景

随着经济的发展，不同城市之间的差距不断拉大；与此同时，由于城市间的经济联系越来越紧密，城市之间的经济合作范围与规模不断扩大，形成了长三角、珠三角、京津冀等集中型经济区域，因此实现经济协调发展成为我国重要的议题。区域经济一体化是指在自然地域内经济主体的内在联系和按照经济市场要素流向而形成的区域经济联合体，通过区域分工与协作推动区域经济整体协调发展。区域协同发展战略突破了行政区域划分限制，将各个城市主体整合为协同高效的整体，实现资源的有效配置和经济的协同发展，是我国目前创新发展格局下的重大战略。与世界五大城市群相比，我国的城市群发展仍存在一定差距，但具有很大的发展潜力。借鉴国外城市群的发展经验，结合我国经济区域的发展基础，我国在区域协同发展中要积极推动京津冀协同发展、长三角一体化发展与粤港澳大湾区建设三大国家战略的对接与联动，深化区域合作、创新我国区域协同发展的格局。

（二）京津冀协同发展背景

京津冀地区是我国北方经济规模最大的区域，包括北京、天津和河北三个省市。京津冀地区在文化、地域、资源条件、经济基础等方面都具备良好的协同发展条件。为了疏解北京的非首都核心功能，缓解京津冀地区经济发展不平衡问题，2014 年习近平总书记在北京召开座谈会，将京津冀协同发展上升为我国的重大战略之一。京津冀协同发展战略旨在通过探索京津冀区域经济协同发展路径，推进产业升级与转移，促进区域经济协作，弱化区域经济差异，形成京津冀整体协同发展的新格局。京津冀在协同发展中注重整体的功能定位，随着雄安新区的设立，京津冀区域的制造业逐步融合，各城市的比较优势逐渐凸显。北京市具有丰富的服务平台资源和产业人才优势，天津市具有较强的科技实力和生产研发机构，河北省具备扎实的制造业基础，雄安新区的设立更是聚集了大量龙头企业和大型企业。京津冀地区协同发展要按照各城市比较优势开展深度合作，在交通、产业、公共服务、生态等方面促成全方位的区域合作，加快市场联动，实现华北地区经济高质量发展。

（三）区域协同背景下数字化发展

区域协同发展战略注重利用地区自身资源禀赋，优化地区分工，突出发展重点，缩小地区间的差距，而数字经济可以为区域的经济、环境、资源协调整体发展赋能，因此数字经济使区域协同发展具备可能性和实践性。数字技术创新为区域经济的高质量发展带来了新的契机，数字经济可以通过区域规模经济影响生产成本，实现供需两端精准匹配，节约交易成本，提高经济增长质量。数字经济能打破地理因素等的限制，促进新的产业和市场发展，在实体经济融合的同时，深化区域间的分工与合作，促进区域协同发展。

在数字经济的背景下，产业数字化可以推动区域内传统的产业结构实现优化升级。在传统产业结构的优化升级中，利用工业互联网使信息更趋透明化，解决产业链上下游信息不对称的痛点；通过对目标客户企业的行为预测和市场环境分析，可以帮助企业及时进行生产调整和研发新产品，解决传统产业产能过剩的问题，帮助企业节约研发、生产、人力等各项成本开支。而数字产业化会催生新的产业和市场。随着数字技术在生产、生活、管理中的应用，未来的产业结构和竞争格局可能会发生相应的变化，数字经济为未来的产业发展带来了很多的可能性，新的数字产业可能会应运而生。

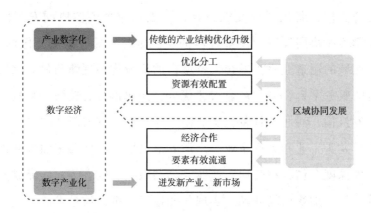

图1 数字经济与区域协同发展的联系

京津冀作为我国三大区域经济圈之一，政策、教育、科技等方面的优势使其具有发展数字经济的潜力。在京津冀一体化背景下，数字经济能为北京及京津冀数字经济高质量发展提供新的动能，是区域协同发展的重要方向。综观国内的主要城市群，长三角地区和粤港澳大湾区在数字经济建设、城市资源合作共享和区域一体化发展等方面均取得了不错的成绩。通过对当前京津冀地区数字经济发展现状进行分析并借鉴长三角地区、粤港澳大湾区的数字化发展经验，探讨北京及京津冀区域数字经济发展特点及其存在的问题，力争在京津冀协同发展的视阈下提出促进北京数字经济发展的对策。

二 京津冀与长三角、粤港澳大湾区数字经济发展现状对比

（一）京津冀创新资源丰富，长三角、粤港澳大湾区整体实力突出

从京津冀与长三角、粤港澳大湾区的整体发展情况来看，京津冀地区依托于较完善的产业政策和环境、丰富的数字经济发展资源，具有发展数字经济的潜力；长三角、粤港澳大湾区在数字经济规模、数字产业化、产业数字化方面具备较强实力。在长江三角洲协同发展中，上海、浙江、江苏、安徽资源共享，形成了互利共赢的超大城市圈，2020年数字经济规模高达10.83万亿元，数字产业化、产业数字化规模均列我国主要城市群之首。粤港澳大湾区作为我国经济最发达的地区之一，在数字产业化以及产业数字化方面也具备十分厚实的基础，数字经济建设已经成为促进区域经济协同发展的重要动力。

1.京津冀数据创新资源丰富

根据《2021中国数字经济城市发展白皮书》，在全国数字经济百强城市中，京津冀区域以北京为核心，共有9个城市入围。相比粤港澳大湾区和长三角区域，京津冀在数据要素方面拥有天然优势，在数据中心建设、数据存储处理、数据内容开发、数据加工挖掘等方面均略胜一筹，并具备优良的数字经济生态，集聚顶尖创新资源。2020年，京津冀地区数字经济规模达3.91万亿元。如图3所示，北京市的数字经济发展最为突出，数字经济规模占比超过50%，以绝对优势引领京津冀

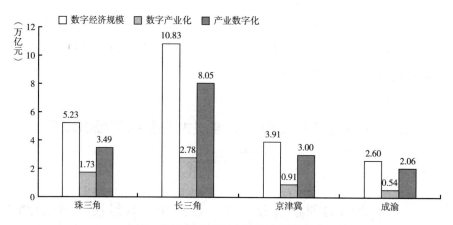

图 2　2020 年主要城市群数字经济规模

地区数字经济发展。天津市数字经济基础设施发展迅速，成为京津冀地区协同发展的连接点。河北省数字经济规模 2020 年超过 1.2 万亿元。

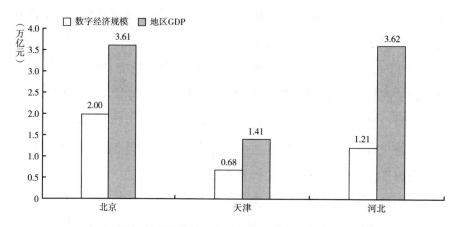

图 3　2020 年京津冀地区数字经济规模与地区 GDP 比较

2. 粤港澳大湾区专业化分工高

粤港澳大湾区的数字经济发展势头十分强劲。如图 4 所示，2020 年，广东省数字经济规模为 5.2 万亿元，约占全国数字经济规模的 13.3%，是 2016 年数字经济规模的 1.73 倍，成为我国数字经济发展的高地之一。同时，广东省数字经济占 GDP 的比重逐年提升，从 2016 年的 36.6% 提升到

2020 年的 46.8%。可见，数字经济在粤港澳大湾区经济增长中的地位逐渐提升。粤港澳大湾区以深圳、广州为核心，共计 8 个城市入围全国数字经济百强城市。其分工专业化程度首屈一指，深圳是科创中心，广州是贸易中心，佛山、东莞、珠海等是制造中心，产业链条完备且互补性极强。随着数字基础设施硬联通带动区域发展软联通的加快，"湾区一小时生活圈"基本形成，以广州、深圳为"双核"带动的粤港澳大湾区、珠三角城市群正加速浓缩为一个整体化的数字型国际大都市。

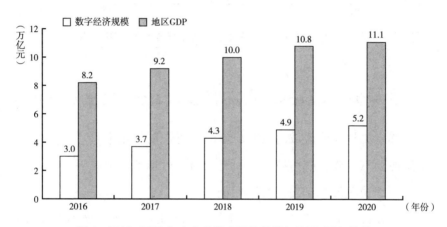

图 4　2016~2020 年广东省数字经济规模与地区 GDP 比较

3. 长三角总体实力突出

长三角区域以上海、杭州为核心，全面覆盖上海、浙江、江苏、安徽，共计 1 市 3 省 41 城，其中入围全国数字经济百强城市的数量达到 26 个，在全国数字经济百强榜中独揽 1/4 的席位，是中国规模最大的数字经济综合体。如图 5 所示，根据《长三角数字经济发展报告（2021）》，长三角地区 2020 年数字经济规模最大，为 10.83 万亿元，数字经济规模占全国数字经济规模总量的 28%，占长三角区域 GDP 的比重约为 44%，成为我国数字经济的发展高地。相较于粤港澳大湾区数字经济方面超强的互补性和发展潜力，长三角区域的数字经济容量和产业基础成为其突出优势。

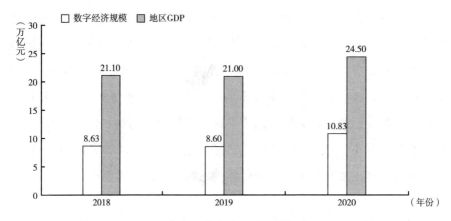

图 5　2018~2020 年长三角数字经济规模与地区 GDP 比较

（二）京津冀区域间发展差异较大，其他二区发展更加均衡

从京津冀与其他区域的核心城市的辐射带动作用来看，京津冀区域内部发展较不平衡，核心城市——北京的辐射带动能力有限。

1.京津冀区域内部发展较不平衡

综合分析 2017~2021 年京津冀与长三角地区、粤港澳大湾区数字经济竞争力总得分，北京的分值远远领先于区域内其他两省市；天津长期排在北京、上海之后，而河北省各城市综合得分平均值则远落后于其他省份，其中石家庄与北京、天津分别保持 20 分、10 分左右的差距，区域内部差异巨大。相较之下，长三角和粤港澳大湾区内部各城市的平均得分相对较高，内部差异性较小。

2.核心城市带动作用有限，京津冀区域数字经济的一体化和集约化程度相对较低

进一步探究各城市数字竞争力得分的离散程度，考虑到香港、澳门数字经济竞争力得分数据的缺失，以及在粤港澳大湾区建设的推动下，珠三角九市数字化水平的显著提高，参考 21 世纪经济研究院与阿里研究院共同发布的《2020 粤港澳数字大湾区融合创新发展报告》，采用珠

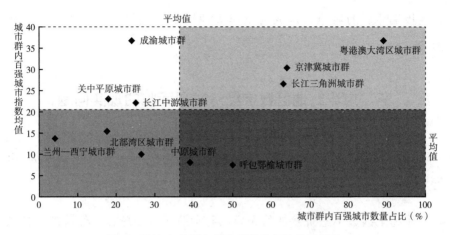

图 6　2021 年中国各城市群数字经济发展情况

三角竞争力明细数据代表粤港澳大湾区数字经济水平，如表 1 所示。

　　选取 2021 年京津冀、长三角、珠三角地区数字经济竞争力总得分数据，分别计算这三个地区排名最靠前的 5 个数字经济核心城市的分值与方差可知，京津冀的得分最为离散，长三角和珠三角方差波动较小，表现为高度集中。这表明，在城市辐射带动作用方面，京津冀的省市之间差异更大，集约化程度相对较低；而长三角和珠三角数字经济发展相对平衡，集约化程度高，更有利于整体发展。

表 1　2021 年京津冀与长三角、珠三角数字经济竞争力各项方差

区域	统计城市数(个)	统计城市	平均得分	方差
京津冀	5	北京、天津、石家庄、邯郸、唐山	70.9	144.0
长三角	5	上海、杭州、无锡、南京、苏州	84.6	26.7
珠三角	5	深圳、广州、东莞、佛山、珠海	79.0	81.5

　　同时，长三角和珠三角地区总体城市评分靠前，集中程度高，可见长三角和珠三角地区相较于京津冀地区在数字经济发展上存在较明显的优势。京津冀地区的一体化和集约化程度相对较低，且区域内存在少数

排名极端靠后的城市，这成为京津冀地区数字经济发展中的主要制约因素。

三　京津冀地区数字经济发展面临的现实问题

（一）发展呈现区域不平衡，数字经济产业规划缺乏统筹性

作为全国数字经济发展的先导区和示范区、全球数字经济的标杆城市、京津冀核心城市，北京为数字经济的根植提供了良好的发育土壤，但是由于京津冀各地市在资源禀赋、产业结构、经济基础等方面存在显著差异，京津冀区域内数字经济发展呈现出较大差异，京津冀的数字经济核心规划缺乏统筹性。各城市之间的数据资源流通和协同应用缺乏相应的机制和平台，产业链上下游未能相互衔接、相互渗透，各地规划的内容重合度比较高，京津冀在数字经济发展过程中出现重复建设、缺乏核心竞争力的问题。

从整体经济发展趋势来看，北京作为"四个中心"（即全国政治中心、文化中心、国际交往中心、科技创新中心），在导向性政策支持、协调性产业结构、人才技术等方面都拥有最优配备，经济发展水平远高于其他省份。天津作为距离北京最近的直辖市，在国家政策和科技创新方面具有一定的地缘优势，可受益于导向于北京的支持政策，各研究院也可依托南开大学、天津大学的教研平台，在北京、天津两地开展高效省时的学术研究交流。基于此，天津将滨海新区作为改革试验区和创新区，引入各类数字企业，建立研究试验园区，促进数字经济快速发展。但与北京、天津相比，河北省综合经济竞争力和数字经济发展基础较弱。河北省的三次产业结构中第一产业的占比仍然很大，数字经济占 GDP 的比重较低。2018 年，河北省数字经济仅占河北省 GDP 的 2.18%，电子信息产业主营业

务收入仅占全国的 0.86%，软件与信息服务行业主营业务收入仅占全国的 0.43%。另外，河北省各城市发展水平差异较大，其中沿海地区（唐山、秦皇岛）和离北京较近的城市（廊坊、保定）发展相对较快。

可见，京津冀数字经济在协同发展方面的辐射带动作用仍然不足，成为制约全区域数字经济发展的瓶颈。北京作为引领城市，其数字经济基础设施建设对京津冀其他区域尚未形成联动发展效应，与长三角和粤港澳大湾区相比仍存在一定差距。同时，京津冀地区中领先城市数字经济产业发展的辐射带动作用有限，数字经济产业集中分布在北京、天津等城市，河北省多数城市数字经济产业基础不牢，数字经济发展模式单一，缺乏拥有关键核心技术的知名企业，大多数中小企业的数字化生产管理程度较低，难以形成城市间的产业链协同分工。

（二）数字经济核心产业协作路径不明晰，融合实体产业有待加强

京津冀数字经济发展主要依托于北京"三城一区"主平台、中关村创新示范区主阵地以及"两区"建设等，重点发展人工智能、大数据、区块链、平台经济等新兴信息技术产业，培育了一大批数字经济、信息技术领域的龙头企业。然而，与长三角和粤港澳大湾区重点城市相比，京津冀地区数字经济龙头企业的大量用户和订单分散于全国，地区之间的合作力度不够，针对关键技术研发、政策资源互通、产业标准化仍然缺乏清晰的协作框架。另外，京津冀的数字经济建设仍处于初级阶段，一些数字核心技术和性能研究尚未成熟，大量的数字化、智能化应用场景和解决方案在京津冀区域落地方面尚显不足。

企业方面，京津冀地区企业数字化转型程度不一。从地区的视角来分析，北京拥有约 38 家互联网企业总部，是互联网企业总部最多的城市，天津只有 1 家互联网企业总部，而河北省还没有互联网企业总部。龙头企业和中小企业数字化转型程度的差距逐渐变大并制约着数字经济

在企业间的协同发展。京津冀地区的龙头企业加快数字化布局、抢占发展先机，但是数字化转型核心技术不成熟，与产业的融合度有待提升；对于京津冀地区的中小企业来说，数字化转型前期投入成本高、预期收益不确定性、企业自身预算有限等因素使其数字化转型缓慢，有的企业不敢进行数字化转型。在产业链的不同环节中，位于产业链上游的大多是提供生产原材料的传统中小企业，这些企业数字化程度不高，其数字与实体产业融合程度偏低；而位于产业链中下游的生产商、平台商和服务商相对来说是数字化技术融合应用度更高的企业。由于产业链上下游企业数字化转型发展程度不一，产业链上下游不同环节在运用数字化手段进行协同发展中面临瓶颈，制约了京津冀地区产业数字化转型。

可见，京津冀数字经济发展的优势、经验与能力并未全面赋能本区域的农业、制造业和服务业的智能化、数字化转型，各产业链数字化协同水平较低，数字经济与本区域实体经济融合发展还有待加强。

（三）要素流动机制有待健全，人力资本与经济发展存在差距

数字经济涵盖的领域广、技术融合程度高，对人才的知识面、专业性、复合性要求高，为此数字经济人才相对紧缺。数字人才不足已经成为制约京津冀地区数字经济发展的关键因素。近年来，京津冀区域加速人才引进进程，其核心城市——北京在吸引数字经济有关人才方面力度排名居全国前列。根据《2021年数字经济人才白皮书》，在全国数字经济人才数量最多的城市中，北上广深作为一线城市，数字经济人才数量表现突出。北京以16.0%的占比位列第一，上海紧随其后，占比15.8%，北京、上海人才总量优势十分显著。北京市拥有科研实力雄厚、创新能力强的高校和科研平台，对前瞻性的基础科学研究投入大，但各高校、研究机构以及企业之间还没形成深层次的系统合作机制，在数字技术人才供不应求的环境下，人才竞争在一定程度上加剧了京津冀

地区的资源稀缺程度。大津市科研资源和人才资源较为充足，但缺乏大型龙头数字企业，科研成果转化率不高。与北京、天津相比，河北省缺少数字经济和信息技术领域的高水平院校与研究机构，在数字经济相关方面的高级人才储备不足，再加上临近北京、天津两大城市，河北省在数字化人才方面面临"虹吸效应"，数字化转型与发展困难，制约了京津冀数字经济协同发展。另外，北京在数字经济综合发展、基础设施等方面排名均不理想，反映出北京市在数字经济发展中存在的供需不匹配和基础设施建设不足的问题导致其面临数字经济人才引进困难和人才外流问题。

四　京津冀加速数字经济建设的区域外经验

（一）长三角地区"深化融合"经验

1. 多城联动效应及总部经济聚集持续"深化融合"

上海注重在长三角一体化发展中发挥引领作用，借鉴长三角其他城市（如杭州）的经验，在快消、咨询、互联网等方面培育一系列企业，实现政企合作，以企业发展带动实体经济发展。在长三角区域，上海有17家互联网企业总部，江苏有6家互联网企业总部，浙江有4家互联网企业总部，安徽有2家互联网企业总部，可以说长三角区域在总部经济聚集能力方面比其他区域要强，可以更好地带动数字产业的发展，提高区域数字经济的影响力。在数字经济的发展过程中，长三角地区高度重视数字贸易发展，积极推动以跨境电商为代表的数字经济新业态。长三角核心城市之一——杭州近年来出台了一系列数字经济发展行动规划，并注重将阿里打造成国家级企业，重视阿里和浙江省政府的合作，在资源要素保障、基础设施配套、技术创新、业务应用推广、研发教育等方面加强服务。除此之外，杭州市政府专门成立战略合作协调推进小组，力争将杭州打造成国家级商贸服务中心。由此，为充分发挥长三角一体化的作用，区域内各核心城市一方面借鉴杭州发展经验，实现与杭州共同发展，另一方面依托于上海的发展，实现长三角范围内"多城联动"，整体推进长三角地区的数字经济创新，支持实体经济发展。

2. 金融资源与数字产业"深化融合"

在金融领域，长三角区域的金融发展水平在我国处于领先地位。上海拥有债券、股票、外汇、票据、期货等全国性金融要素市场；杭州市已经位列全球金融科技城市的第一梯队；苏州市也汇聚了许多数字金融企业，成为数字金融产业聚集区。长三角充分发挥上海证券交易所及科创板的作用，借助科创板支持一大批新兴科创企业发展，为其提供投融资渠道。数字经济企业与一般企业以实物为生产要素不同，其数字知识技术很难得到间接融资，也不适于采用发行债券这类传统融资手段，数字经济企业主要的融资方式首先是科创板。科创板通过支持新兴企业，促进数字经济发展，进而让投资者分享数字经济发展的红利。同时，科创企业借助上海金融中心的力量，通过科创板等渠道，能够得到充分的资金支持，进而推动数字经济和实体经济的进一步融合发展，为数字经济建设提供金融动能。

3. 数字经济与日常生活的"深化融合"

目前，全球各国互联网经济处于幼生阶段，市场潜力和空间极大。《长三角青年消费大数据报告》显示，上海得益于消费能力与地缘优势等因素，正在逐步成为新消费策源地，引领带动长三角经济发展。基于此，长三角地区联动发展，上海抓住新消费趋势，注重打造以互联网为核心的生态圈，使互联网覆盖衣、食、住、行等日常消费领域。随着互联网直播技术、直播平台的兴起，农业生产者通过互联网传播推广农业技术、销售农业产品，实现农户增收；江苏常熟服装城利用网络直播带货，在疫情期间服装业整体实现逆流而上；随着数字货币的推行，长三角地区借助人口聚集和消费升级，将信息技术与城市发展高度结合，推动数字经济与日常生活深度融合，全面支持实体经济发展。

（二）粤港澳大湾区"完善顶层设计"经验

1.完善数字经济发展空间布局

粤港澳大湾区基础数字资源非常丰富，根据《广东省数字经济发展规划（2018—2025年）》，广东省数据资源总存储量占全国数据总存储量的20%。利用自身数字资源优势，粤港澳大湾区明确了区域内数字经济协同发展的顶层设计与统筹分工，尤其强调空间布局上"双核一廊两区"（"双核"即广州、深圳两市，"一廊"即广深科技创新走廊，"两区"即"珠江三角洲国家大数据综合试验区"和"中国制造2025国家级示范区"）的定位。通过强化两核关键城市的辐射带动示范作用，引导前沿数字技术通过广深科技创新走廊向外流动，有效缓解大湾区各城市间发展不均衡问题，并通过区域融通工程，在"双核"周边地区建设类似"华为欧洲小镇"的若干科技特色小镇。

同时，空间布局上依托对外开放平台进行跨境投融资尝试。深圳依托于粤港澳大湾区平台，在地理位置上有着得天独厚的优势，毗邻香港，而香港作为国际第三大金融中心，在资本领域具有巨大的优势，为此，深圳便能够充分利用深港合作的优势，获取投融资便利。同时，深圳注重打造国家级科创中心，邀请大量企业赴港融资，与香港在资本和技术领域形成互补，一方面引导国际资本投向大湾区的优势产业，帮助企业参与共建"一带一路"，实现资本对接和资源融合；另一方面，打造一个大湾区企业跨境投融资业务平台，为优质企业在内地与香港上市、发行债券、跨境并购提供服务。因此，深圳充分借助粤港澳大湾区的发展平台进行跨境投融资尝试，加强与香港的合作，并通过前沿创新能力的提升，实现经济金融和科技的有效互补，进而推动资本和科技结合，推动实体经济的发展。

2. 完善信息基础设施构建良好数字经济环境

自 2018 年开始广东省推动"数字政府"改革，以"珠江三角洲国家大数据综合试验区"建设为契机，着手探索数据资产化，开展大数据交易流通试点，形成"管运分离"的新型数字政府治理方式，通过推进"互联网+监管""信用+""首席信息官""数据条例"等创新实践，推动数字经济营商环境的完善，为粤港澳大湾区数字经济的发展提供了良好的外部环境。

依托于改革以来的政策优势，深圳在资本市场建设方面先行先试，通过推进创业板改革并优化注册制上市流程，赋予经济发展重点领域的创新创业企业更多的融资便利，便于其在境内发行股票或存托凭证（CD-R），以此带动深圳在数字经济层面的改革，树立国内乃至全球的数字初创企业融资标杆。同时，深圳市完善各项配套制度，进一步提升创业板对本地产业和周边创新企业的吸引力，在融资便利和科创成果方面向外辐射至粤港澳大湾区。基于深圳的先进经验和发展利好，大湾区其他城市逐步确立科技支撑和应用带动的双轮驱动力，以构建新型数字全链条创新产业园为核心，持续优化本地营商环境，为创新经济扫清障碍、厚植沃土。

3. 企业数字技术溢出效应带动数字经济发展

粤港澳大湾区数字产业基础雄厚，以深圳、广州为核心，各城市重点发展 5G 通信技术、大规模集成电路、新型显示、先进计算、区块链等新兴信息技术产业，并使其成为数字经济发展中引领技术研发的重要支柱。

同时，粤港澳大湾区拥有华为、中兴、比亚迪、腾讯、网易等大量数字技术实力强劲的电子信息和互联网企业，电子信息和互联网行业在全国具有一定的优势。粤港澳大湾区鼓励区域内龙头科技企业参与科技自主创新，深入参与数字经济研发。根据《2019 年欧盟工业研发投资记分牌》等相关报告，在我国数字经济领域研发投入排名方面，华为、阿里巴巴、腾讯、百度、中兴位列前五。而在这五家企业中，有3家企业（华为、腾讯、中兴）总部均位于深圳。华为更是以127.4亿欧元的研发投入总量，排名全国第一。区内龙头企业通过不断创新、前瞻布局、业态变革和技术超越，将深圳打造为柔性显示、电子印刷、5G物联网和新能源材料等科技创新领域的国际领跑城市，形成了全球最完善的产业供应链、竞争优势突出。在知识和技术溢出效应的作用下，粤港澳大湾区的中小企业数字技术研发能力持续增强。由此可见，大湾区持续扶持头部互联网企业参与数字经济研究，促进互联网、大数据等前沿产业与实体经济的有效结合，不断推动深圳数字经济发展。

4. 数字化人才吸引力高，重点人才储备丰富

在粤港澳大湾区中，数字化重点人才储备比较丰富，深圳、广州、香港等地的科技创新企业以及高校在数字化、人工智能方面培养了大量的高级人才。根据清华经管学院互联网发展与治理研究中心发布的《粤港澳大湾区数字经济与人才发展研究报告》，粤港澳大湾区高水平人才的平均数字化程度达到26.98%，远高于其他地区，其中信息通信技术行业的人才数字化程度高达80%。从人才的吸引力角度来看，粤港澳大湾区对人才的吸引力也比较高，在数字人才、高水平人才、劳动力整体这三方面都处于净流入状态。相较于我国其他数字经济中心城市和地区，粤港澳大湾区在数字人才吸引力方面排名仅次于杭州，位列全国第二。

五　首都数字经济发展的对策建议

（一）加强高位协调统筹，推进基础设施建设与政策的协同发展

以数字化改革为牵引，实现北京统一高位统筹，在增强与中央数字经济建设标准化政策的协同性的同时，结合北京市数字经济发展现状和

基础条件，从顶层设计入手加强数字经济建设，建立健全北京市的数字经济标准化政策，完善产业标准、科技创新等政策与标准化政策。可以通过完善北京市的数字经济政策，推进数字基础设施建设，推进京津冀网间互联宽带扩容，提升流量转接能力。要充分利用数字资源，积极推进数字经济与农业、工业、服务业等产业融合发展，拓展数字基础设施服务的领域，促进产业结构升级。

另外，北京市要强化与区域数字经济标准化相匹配的政策指引，促进数字经济产业的相互衔接、相互配合。建议成立由市长牵头的北京市数字经济工作领导小组，统领数字经济工作大局，形成日常的对接机制。领导小组要深入分析监管的切入点和着力点，明确系统功能与平台监管框架，持续提高政府数字化监管水平。通过逐级拆解任务，明确各项子任务的牵头部门和协同部门，如市场监管局、税务局、金融局、商务厅以及各区级部门等协同推进，加强政府、协会、企业等社会团体之间的交流与协作，充分发挥数字经济的社会联动性。

（二）强化国际数字经济标杆城市目标，促进区域一体化协调发展

随着《北京市关于加快建设全球数字经济标杆城市的实施方案》（以下简称《方案》）的发布，北京"打造国际数字经济标杆城市"的宏伟蓝图徐徐展开。《方案》特别强调的全球属性，有利于推动建设现代化经济体系以及打造国家竞争新优势。一方面，对标全球，在数字经济发展中的基础设施建设、数据要素应用、技术产业发展、经济社会数字化转型等方面对标全球高水准，面向更广阔的全球市场，在确保安全的前提下也欢迎更多海外数字经济企业来华投资和开展业务。另一方面，促进京津冀地区数字经济协调发展。北京的数字经济需要发展区域数字经济的应用场景，推进新型智慧城市试点示范，加强京津冀城市合作。

打造全球数字经济标杆城市主要有三大路径：技术路径、管理路径

和国际路径。技术路径是指疏通北京数字经济发展中的堵点，提高北京市数字经济发展的绝对水平和国际竞争力。管理路径是指加强法律法规和体制机制保障，推动数字经济良性发展。国际路径是指坚持开放和安全并重的原则，推进数字经济领域更高水平的开放。具体对策如表2所示。

表 2　打造全球数字经济标杆城市的多维度对策

一阶维度	二阶维度	具体对策
对标全球	技术路径	加强人才储备建设
		加强前沿科技和数字经济整合
		加强释放数据要素价值
		加快推进数字产业化
	管理路径	加速地方性法规建设
		完善区域统筹协调机制
		加快京津冀区域内产业分工
面向全球	国际路径	加快数字贸易战略部署
		积极开展国际合作
		参与数字领域规则制定

在区域协调发展中，北京市要积极探索建立统一标准，建立健全京津冀各层次对接的长效合作机制，共同制定统一的数字经济发展规范。北京市要积极推进京津冀三地政府主管部门的合作，在现有协同渠道、方式与框架的基础上，积极推动各成员城市数字经济核心产业的统一规划，明确京津冀各成员城市的产业链分工，进行切实有效的项目对接，开展定期交流并督促重大项目的落地实施。在基础设施建设方面，北京市要利用好现有的框架以及自身的数字技术、数字资源优势，开放数据端口，发挥京津冀地区核心城市的中心辐射作用，积极推动智能感知网络、智慧城市时空信息云平台、空间信息服务平台等信息基础设施的建设，建设京津冀一体化互通的公共应用平台。在经济结构方面，北京市要以数字经济发展趋势带动京津冀地区资源结构和产业结构的调整，依

托北京、天津等中心城市的科研资源和数字技术产业基础，在京津冀地区联合打造一批产业链条完整、辐射带动能力强的数字产业集群，使数字经济与实体经济在更广范围、更高水平、更深程度上实现融合发展。

（三）加强数字经济公共服务保障，搭建首都科技人才引进机制

首都数字经济发展过程中，需要做到人才吸引和基础设施建设相匹配，最大程度完善公共服务保障体系，加快京津冀人才一体化政策的制定。一方面，依托于京津冀协同发展中数字经济领域的基础设施建设和合作机制，吸引高端数字人才，探索吸引创新型人才的长效激励机制，积极引进国际化数字人才。北京具有科研院校和平台企业集聚的优势，应合理优化高等院校学科设置，加强对应用型数字化人才的培养，构建校企合作人才培养机制，开展针对前沿技术的联合攻坚研究，提升新型基础设施核心技术的自主化水平，实现产研结合。另一方面，要加强对数字经济人才服务的保障，积极制定相关的数字经济人才发展计划或配套政策，给予数字经济特殊人才在落户等方面的支持，大力完善数字技术、数据安全、平台经济等领域的人才引进政策。将数字技术、数据安全相关人才列入紧缺人才目录，积极引进高端技术人才，完善创新人才培养机制。

（四）合理连接供需两侧，促进产业互联网融入数字经济

实现北京数字经济的高质量发展，应当连接供需两侧，多层次、多元化、多渠道、多形式地搭建供需对接平台，促使工业互联网与产业互联网更好地融入数字经济发展场景。基于北京工业、产业、农业互联网应用领域的技术知识和平台优势，推进产业系列化转型，并通过企业互联互通、政府发放财政支持补贴、减免定向税收等多种形式，推动首都

本地制造产业的数字化、智能化、信息化发展，加快企业数字化改造，打造前瞻性商业模式，重塑工业生产制造与服务体系，提升数字经济和实体经济的融合性。

要深入推动首都工业互联网、产业互联网和数字经济场景的融合，发挥北京作为"四个中心"和区域发展核心城市在前沿数字技术领域的引导作用，推动大数据、元宇宙、金融科技、数字科技、监管科技、数字医疗等前沿科技手段与数字经济结合，拓展行业场景应用宽度、深度，推进核心数字技术与关键产业知识的密切融合，催生首都各行业发展场景多元化和业态创新化。运用产业互联网，创新消费场景，构建消费领域生态圈。同时，鼓励首都各高校、研究院、头部工业企业开展关键核心技术和基础性技术研发，解决"卡脖子"难题，将北京数字经济研究成果和龙头企业的经验平台与京津冀三地大量应用场景相结合，促进数字经济更有效地服务于实体经济。

（五）完善数字金融的基础设施，加强投融资与信贷的顶层设计

北京市要充分发挥在京津冀区域发展中的核心引领作用，积极推动京津冀地区资金和商贸物资等的流动。另外，北京证券交易所的设立为首都数字经济的发展提供了新动力。北京证券交易所更加倾向于鼓励科创领域的发展，尤其鼓励科创企业赴北交所上市。要充分利用北交所成立契机，发挥北京在京津冀金融一体化过程中的领头作用，完善金融层面的顶层设计，借助新技术、新平台、创新团队和创新企业，积极探索数字资产证券化手段，为投融资、信贷乃至未来孵化提供场景，形成赴北交所上市的完整流程，使金融市场对首都本地数字经济发展起到推动作用。依托北交所，为更多新三板、创业板的小微企业，尤其是京津冀区域内科技领域的企业提供发展渠道，提高数字技术成果转化能力，使数据要素充分参与市场配置，推动京津冀经济一体化高质量发展。

　　面对京津冀一体化协同发展中存在的问题，北京市应充分发挥作为"北京样板"对全国数字经济发展的引领作用、示范作用和赋能作用，加强京津冀三地的统筹协调，有效对接实现京津冀信息、资源的融通，强化京津冀地区数字化产业的有机联动。京津冀三地各自明确定位后，应定期进行协同，共享资源，发挥各自优势，打好"配合战"。在北京作为战略决策中心、信息研究总部的背景下，充分发挥河北省的产业基础优势和工业制造发展潜力，并在天津开展服务贸易研发和场景应用创新，更好地实现分工，发挥区域联动优势。由此，将京津冀区域数字经济发展纳入首都数字经济发展的整体框架，推动首都数字经济逐渐向国际化趋势发展，使北京数字经济平台、金融科技、工业、产业互联网融入各类日常应用场景，包括物流、零售、医疗、康养、便民服务、文化旅游等，覆盖全人群及全生命周期，打造全球数字经济标杆城市，促进京津冀一体化协同发展。

参考文献

邓丽姝：《夯实北京数字经济新动能的战略思考》，《商业经济研究》2021年第12期。

赵正、王佳昊、冯骥：《京津冀城市群核心城市的空间联系及影响测度》，《经济地理》2017年第6期。

刘丽超、高婴励：《长江三角洲数字经济发展研究》，《数字经济》2021年第12期。

程必定：《以智能化推进长三角一体化更高质量发展》，《区域经济评论》2020年第5期。

刘志强：《长三角一体化发展的制度机制建设重点及路径》，《经济纵横》2021年第11期。

吴福象：《长三角区域数字经济的发展经验评析》，《人民论坛·学术前沿》2020年第17期。

艾尚乐：《粤港澳大湾区数字营商环境构建的核心问题与发展对策》，《商业经济研究》2021 年第 19 期。

韩永辉、张帆：《促进粤港澳大湾区融合发展的思路与对策》，《中国国情国力》2018 年第 8 期。

李文秀、黄宗启：《粤港澳大湾区产业集群高端化发展的现实特征及未来路径》，《广东经济》2021 年第 8 期。

曾坚朋、王建冬、黄倩倩、易成岐、郭巧敏：《打造数字湾区：粤港澳大湾区大数据中心建设的关键问题与路径建构》，《电子政务》2021 年第 6 期。

城市社会篇

数字经济背景下北京城市公共服务创新模式与路径研究

施昌奎　唐将伟　王　铖[*]

摘　要： 数字经济是当前城市发展的重要机遇，也是城市公共服务供给更加精准高效的重要战略支撑。北京作为全国数字经济发展的战略高地，也是引领全国公共服务高质量发展的重要样板。近年来，北京依托数字经济发展不断提升城市公共服务水平和质量，政府公共服务数字化能力不断增强，市场主体和社会力量参与公共服务数字化的步伐不断加快；但是仍然存在政府职能缺位、错位、越位并存，市场主体参与不足和失序叠加，社会组织力量缺乏与低效同在等问题。因此，在数字经济快速发展的背景下，必须进一步明确数字经济是北京公共服务创新发展和精准高效的战略抓手，而公共服务各领域是数字经济发展的依托场域，必须加快二者的融合发展；要通过重构政府公共服务供给主体结构，改变传统政府单一供给模式，促进专业化、市场化和社会化力量的参与，实现政府、市场、社会三方联动，从而助力北京公共服务的精准高效和创新发展。

关键词： 公共服务　数字经济　北京

---

　*　施昌奎，北京市社会科学院管理研究所研究员；唐将伟，博士，北京市社会科学院管理研究所助理研究员；王铖，博士，中共中央（国家行政学院）经济学教研部讲师。

当前全球数字经济发展方兴未艾。大力发展数字经济成为全球引领新一轮科技创新和经济增长的普遍共识。各国政府都通过不断加强公共服务创新引领城市数字经济发展，力图在全球科技、经济竞争当中抢占先机。北京作为全国政治中心、文化中心、国际交往中心、科技创新中心，公共服务在北京"四个中心"建设中扮演着十分重要的角色。同时，北京作为全国数字经济发展的战略高地，不断强化数字经济发展，加快全球数字经济标杆城市建设，着力打造数字经济发展的"北京样板"。在此背景下，本文以数字经济背景下北京城市公共服务创新模式与路径为研究主题，对北京建设全球数字经济标杆城市中的公共服务供给现状、存在的问题进行分析，通过构建城市公共服务创新的政府、市场、社会多元协同的"三方联动"分析框架，提出政府、市场、社会三方力量多元协同机制和现实路径，以期丰富数字经济背景下公共服务理论研究，深化公共服务创新，推动北京市数字经济发展，助力北京市加快建设全球数字经济标杆城市。

一　数字经济背景下北京公共服务发展状况

（一）公共服务数字化加快

近年来，北京市不断加快全球数字经济标杆城市建设步伐，以公共服务数字化助力全球数字经济标杆城市建设。北京高度重视公共服务数字化建设，整体发展呈现良好的势头。从纵向来看，北京市公共服务水平不断提高。根据中央党校（国家行政学院）电子政务研究中心发布的数据，2021年北京市网上政务服务能力指数总体得分93.06，在全国排名第2位，较2020年的第4位、2017年的第15位呈现良好的发展态势，[①]

---

① 数据源自2015~2021年中央党校（国家行政学院）电子政务研究中心《省级政府和重点城市一体化政务服务能力调查评估报告》。

如表 1 所示。从横向的网上政务服务能力的五个维度来看，2017～2021
年，北京市网上政务服务能力的各个方面也显著提高，在线服务成效度
指数从 2018 年的 71.13 上升到 2021 年的 90.93，在线办理成熟度指数从
2017 年的 78.09 提升至 2021 年的 93.00，服务方式完备度指数从 2017 年
的 92.20 提升至 2021 年的 92.94，服务事项覆盖度指数从 2017 年的 63.33
提升至 2021 年的 96.38，办事指南准确度指数从 2017 年的 86.21 提升至
2021 年的 93.52。这表明近年来依托数字经济技术，北京公共服务水平提
升效果明显。

表 1 2015～2021 年北京网上政务服务能力指数状况

年份	总体指数	全国排名
2015	81.55	13
2017	78.92	15
2018	85.89	6
2019	86.97	8
2020	91.33	4
2021	93.06	2

表 2 2017～2021 年北京网上政务服务能力的五个维度

年份	在线服务成效度指数	在线办理成熟度指数	服务方式完备度指数	服务事项覆盖度指数	办事指南准确度指数
2017	—	78.09	92.20	63.33	86.21
2018	71.13	81.17	89.14	90.29	88.87
2019	77.52	82.79	90.65	91.74	94.38
2020	88.33	90.38	93.57	90.61	94.90
2021	90.93	93.00	92.94	96.38	93.52

（二）市场主体参与公共服务供给

当前，北京市数字经济发展水平不断提高，数字产业化和产业数

字化以及数字要素化水平不断提升，企业市场主体参与公共服务数字化的能力不断提高。特别是随着建设全球数字经济标杆城市步伐的加快，北京加大了数字经济企业的培育力度。数字化龙头企业参与公共服务供给的能力不断增强，服务领域范围不断扩大。北京市数字经济企业数量快速增加，数字化龙头企业的质量不断提高。根据 2021 年《中国数字经济发展白皮书》，北京数字经济规模超过 1 万亿元，在全国处于领先地位。尤其是以人工智能、5G、物联网、VR 和 AR、大数据等为代表的华为、腾讯、百度、京东、滴滴打车等企业，围绕无人驾驶、通信、交通、物流、教育、卫生、环保智慧城市等领域提供市场化、专业化的公共服务，形成了包括数字城市操作系统创制、城市超级算力中心建设、北京国际大数据交易所建设、高级别自动驾驶全场景运营示范、跨体系数字医疗示范中心建设、数字化社区建设等在内的六大引领工程，有力地支撑了北京公共服务供给水平的不断提高。2021 年，《北京工业互联网发展行动计划（2021—2023 年）》提出，要通过核心技术研发突破，打造一批市场化服务能力突出的平台产品，形成 10 个以上面向重点行业的国内一流工业互联网平台，培育 50 个以上具有全国影响力的系统解决方案供应商。建成北京工业互联网安全态势感知平台，加快推进国家网络安全产业园区建设，形成 50 个以上的工业互联网安全关键技术产品，培育 50 家具有核心竞争力的网络安全企业。

（三）社会力量参与公共服务供给

公共服务本质上就是面向全社会提供必需的公共物品，尤其伴随着社会公共服务需求的专业化、复杂化和差异化，需要社会力量的广泛参与。近年来，北京依托数字经济的发展和数字技术的创新，不断为全社会提供更高效的公共服务。同时，北京也通过数字经济发展和数字技术创新，为社会力量参与公共服务供给提供了更大的社会网络空间，进一步推动了北京公共服务水平的提高。一方面，北京抓住数字经济的发展机遇，依托数字化技术手段使社会公众成为公共服务形成、供给和优化的重要参与者。北京通过打造数字政务大平台，推进"网上办、掌上办、自助办、智能办、区域办"，建成覆盖四级的网上政务服务体系，不断提高公共服务的信息化、网络化水平和可及性，有效地吸引社会公众参与公共服务网络体系建设的积极性、便捷性，提高公共服务供给水平。2021年，北京通过"北京通"App、微信、支付宝、百度等渠道或小程序上线1000余项服务，推进京津冀地域跨省通办，建设京津冀区块链数据共享平台。政务服务平台个人用户总数2040万，企业用户总数210万，81%的事项实现"全程网办"，138项事项实现"跨省通办"，9000余项事项实现市区两级"全城通办"。[①] 总体来看，北京依托数字经济技术手段，吸引了社会力量参与政务、交通、医疗健康、环保、社会治安等领域的协同共建，实现更高水平的公共服务供给。另一方面，社会第三方组织在参与公共服务供给中发挥的作用越来越大。近年来，北京依托首都资源优势，引进、支持和培育了中关村数字经济产业联盟、北京数字创意产业协会、APEC中国工商理事会数字经济委员会、数字中国产业发展联盟等独立第三方社会组织。这些数字经济领域的第三方社会组织在引导和规范公共服务供给与需求的良性发展、实现社会治理的科学化和规范化、防范社会风险等方面也发挥着越来越大的作用。

二 数字经济背景下北京公共服务存在的问题

（一）政府职能缺位、错位、越位并存

数字经济的快速发展为北京城市公共服务带来巨大的机遇，但是

---

① 引自《数字政府建设蓝皮书：中国数字政府建设报告（2021）》。

仍然存在政府缺位、越位、错位等问题，主要表现在以下三个方面：一是在公共服务的新需求领域存在职能缺位问题。对于数字经济发展中关系到社会安全、隐私和公共利益的公共服务，政府监管职能落实不到位、法规制度建设滞后于社会发展需要，对社会公众的新需求和新问题回应不及时，由此导致公共服务供给整体水平和质量难以满足社会需要，社会对公共服务的满意度降低。二是在数字经济快速发展的背景下，公共服务的一些领域存在政府职能和实际需求的错位，导致公共服务供给和需求的错配，基层职能部门面临"该管的没管好，不该管的乱管"的困境，导致公共服务秩序混乱、公共服务供给难以满足社会发展需要。三是在数字经济技术专业化、市场化不断加深的背景下，在一些需要专业化、市场化供给的领域，政府仍然存在职责边界和角色定位不清晰等引起的越位问题，对公共服务的供给的干预过多，影响了市场化、专业化的社会力量参与公共服务供给，影响了公共服务供给的效率。

（二）市场主体参与不足和失序叠加

当前北京依托数字经济不断加强城市公共服务创新，并取得了较大的成绩，但是城市公共服务中市场化主体企业参与不足、秩序混乱叠加的问题依然存在。一方面，从北京城市公共服务中市场化主体企业参与度来看，当前北京公共服务的核心领域仍然由政府及其直属机构主导，市场化、专业化的企业参与的深度和广度仍然有待拓展。近年来，越来越多的数字化技术企业不断参与公共服务供给，但是这些企业参与的深度相对较低，参与的领域面仍然相对较窄，更难以触及北京市公共服务供给不平衡、不充分等深层次问题。公共服务供给中市场化组织参与不足导致城市公共服务领域的大量数据沉淀，难以发挥其应有的价值。另一方面，从北京城市公共服务中市场化主体企业参与秩序来看，近年来北京市逐渐增加参与公共服务的市场化企业主体类型，但是也存在企业数据垄断、数据泄露带来社会公共安全问题以及公共服务数据分散、割裂导致数据要素之间的协同利用面临一定的困难。

（三）社会组织力量缺失与低效同在

当前北京市数字经济发展水平不断提高，但是与发达国家相比，数字经济领域的社会化组织在参与公共服务供给中发挥的作用还不够充分。参与公共服务供给的数字经济社会组织数量少、规模小、作用有限。数字经济发展背景下公共服务供给中的社会组织力量薄弱、主体缺乏，已有的社会组织运行低效，难以发挥应有的作用等。特别是在涉及公共服务的数字治理、公共安全和社会风险管控边界当中，行业协会、行业联盟、第三方组织等尚未能发挥专业化、社会化的指导作用，这也不利于北京公共服务供给领域的健康可持续发展。同时，已有的数字经济社会组织尚处于探索发展阶段，在公共服务的供给过程指导、社会需求引导等领域尚未能发挥高效的作用。从自身建设方面来说，第三方社会组织的自主化和专业化运营、可持续发展等仍然处于探索阶段，尚未能形成良性发展路径。

三　数字经济背景下北京公共服务创新发展路径

（一）明确公共服务创新发展的核心目标

在数字经济快速发展的背景下，围绕北京公共服务发展必须转变传统思路，明确公共服务创新发展的核心目标。首先要明确数字经济背景下北京公共服务发展的核心目标是为全社会提供精准高效的公共服务。要充分认识到数字经济发展与城市公共服务创新是相辅相成的。数字经济技术是北京公共服务创新发展和精准高效的重要支撑，而公共服务各领域是数字经济创新发展的重要依托场域，两者只有紧密结合、互动融合才能推动北京公共服务创新。尤其是公共服务各领域作为数字经济发展和应用的重要场域，是创造数字经济发展的基础数据、打造数字经济标杆城市的应用场景、实现数字经济技术升级的重要现实"实验田"。因此，打造全球数字经济标杆城市必须高度重视城市的公共服务创新，让城市公共服务与数字经济发展共生共长，在公共服务创新中促进城市数字经济发展，在城市数字经济发展中推动公共服务创新。

（二）重构公共服务创新发展供给主体

由于数字经济的先导性和战略性强、技术密集性和专业性要求高、领域渗透性广、用户群体庞大、社会影响广泛、安全风险较高，数字经济发展中的城市公共服务需求涉及利益主体较多、难度较大，单靠政府难以发挥作用。因此，在数字经济发展背景下，未来北京市应当重构公共服务供给主体结构，逐步摆脱传统的公共服务供给做法。在落实政府在公共服务供给的责任主体的同时，逐步吸引市场化、专业化的企业主体参与，充分发挥企业主体的专业、高效作用，促进城市公共服务供给的高质量、多样化、精准化发展。要通过建立完善的市场准入机制和法律规范机制，培育、引导和规范数字技术服务企业更好地参与公共服务供给。同时，要加大培育和组建社会组织的力度，依托行业发展协会、高校专家学者、数字产业界专业人员组建专业化、社会化的第三方组织，促进社会组织独立自主地参与公共服务各领域的活动。

（三）优化公共服务创新发展参与机制

随着北京数字经济的快速发展，必须进一步优化社会参与机制，推动公共服务创新与高质量发展。应当进一步改变政府单一供给主体局面，拓展市场和社会力量的参与深度和广度，形成"三方联动"的公共服务协同参与机制。通过重塑公共服务领域不同供给主体的角色，确保政府、市场和社会力量在数字经济发展中有所为和有所不为，形成政府为责任主体、市场和社会力量为支撑力量的三方主体协同参与机制，更好地促进数字经济背景下北京公共服务创新发展。具体来说，政府要充当和落实责任主体的角色，在公共服务的顶层制度建设上扮演更加重要的角色，通过法律法规的制定以及公共财政的支持，完善公共服务实施过程和结果的评估机制，通过有效地监督和规制，确保公共服务参与主体的权责统一。而在公共服务的具体实施领域，增加专业化、市场化、社会化的企业和社会组织数量，促进企业和社会组织利用数字经济优势参与公共服务高效供给，确保数字经济发展下形成政府、市场、社会力量多元互动的城市公共服务供给局面，实现各个服务主体的分工明确、有进有退、权责清晰。

参考文献

孙晋：《数字平台的反垄断监管》，《中国社会科学》2021年第5期。

江小涓、黄颖轩：《数字时代的市场秩序、市场监管与平台治理》，《经济研究》2021年第12期。

郭周明、裘莹：《数字经济时代全球价值链的重构：典型事实、理论机制与中国策略》，《改革》2020年第10期。

赵涛、张智、梁上坤：《数字经济、创业活跃度与高质量发展——来自中国城市的经验证据》，《管理世界》2020年第10期。

王世强、陈逸豪、叶光亮：《数字经济中企业歧视性定价与质量竞争》，《经济研究》2020年第12期。

刘淑春：《数字政府战略意蕴、技术构架与路径设计——基于浙江改革的实践与探索》，《中国行政管理》2018年第9期。

王彬燕、田俊峰、程利莎、浩飞龙、韩翰、王士君：《中国数字经济空间分异及影响因素》，《地理科学》2018年第6期。

刘洋、董久钰、魏江：《数字创新管理：理论框架与未来研究》，《管理世界》2020年第7期。

许宪春、张美慧：《中国数字经济规模测算研究——基于国际比较的视角》，《中国工业经济》2020 年第 5 期。

郭海、李永慧：《数字经济背景下政府与平台的合作监管模式研究》，《中国行政管理》2019 年第 10 期。

杜庆昊：《数字经济协同治理机制探究》，《理论探索》2019 年第 5 期。

张勋、万广华、张佳佳、何宗樾：《数字经济、普惠金融与包容性增长》，《经济研究》2019 年第 8 期。

超低生育水平下的北京城市发展
与应对思路

马小红[*]

摘　要： 利用全国第七次人口普查统计数据，本文对北京城市发展中的超低生育水平现象和未来发展趋势进行了描述与判断，并从第二次人口转变的角度对超低生育水平下的人口问题进行了分析，认为超低生育已成为不可逆转的人口趋势，需全方位积极应对。为此，从重视家庭功能在现代社会中的价值、营造尊重生育的社会环境，从"碎片化管理"向整体性治理转变和充分发挥人力资源对生育的支持作用等方面提出了应对思路。

关键词： 超低生育水平　少子老龄化　北京

超低生育是世界发达国家面临的普遍问题。随着我国城市化和现代化进程的加快，这一问题也成为我国尤其是首都北京这样的超大城市面临的现实问题，是经济社会发展中不可忽略的。

---

* 马小红，博士，中共北京市委党校（北京行政学院）北京市市情研究中心主任，北京人口与社会发展研究中心教授。

一 超低生育——不可逆转的人口趋势

（一）超低生育水平已持续多年

2021 年中国人口出生率为 7.52‰，死亡率为 7.12‰，自然增长率只有 0.43‰，接近人口零增长。全国第七次人口普查数据显示，2020年我国的总和生育率①只有 1.3，显著低于 2.1 的更替水平，在 200 多个国家和地区中排名靠后。和全国相比，北京有着更低的低生育水平，20 世纪 70 年代，北京总和生育率已降低至更替水平之下，至今已持续 50 余年。2021 年北京市常住人口出生率只有 6.35‰，显著低于全国 7.52‰的水平，较 2020 年的 6.98‰再次下降，从 2016 年的 9.23‰已连续下滑 5 个年份。七普数据显示，2020 年北京市的总和生育率仅为 0.87，和全国的总和生育率水平（1.3）相比有很大的差距（见表 1）。

表 1　1981~2020 年北京和全国总和生育率变化

年份	1981	1986	1989	1995	2000	2005	2010	2020
北京	1.612	1.466	1.334	0.821	0.688	0.677	0.707	0.87
全国	2.614	2.420	2.395	1.860	1.220	1.340	1.181	1.30

资料来源：1981~2020 年数据为全国人口普查和 1%人口抽样调查数据。

（二）北京户籍人口呈负增长

从户籍人口来看，2020 年北京出生人口只有 11.7 万，死亡人口达

---

① 总和生育率（TFR）是 15~49 岁各年龄组的育龄妇女生育率之和，是指育龄妇女如果按照计算年度各年龄组妇女生育水平度过其一生的生育过程中可能生育的子女数，是衡量生育水平的重要指标。总和生育率在 2.1~2.2 为生育率的更替水平，表示人口再生产规模不变；总和生育率持续高于更替水平意味着人口规模将呈现扩增趋势，反之则将呈现下降趋势。

到 15.8 万，死亡人口超过出生人口 4.1 万人，户籍人口呈负增长。[①] 从区域户籍人口来看，2020 年北京市 16 个区中，东城、西城、朝阳、丰台、石景山、海淀、门头沟、房山、怀柔、平谷和密云等 11 个区出生人口均低于死亡人口，呈现负增长态势（见表 2）。[②]

表 2　2020 年北京市户籍人口自然变动

单位：万人，人

区　域	总数	出生人数	死亡人数	自然增加人数
全　市	1400.9	116892	158304	−41412
东城区	98.0	6774	13592	−6818
西城区	149.1	10933	20338	−9405
朝阳区	214.8	17237	28918	−11681
丰台区	117.1	9043	17478	−8435
石景山区	38.9	3077	5930	−2853
海淀区	240.9	17238	22290	−5052
门头沟区	25.5	1933	3653	−1720
房山区	84.5	8035	8117	−82
通州区	82.0	8284	6870	1414
顺义区	66.2	6323	5602	721
昌平区	66.5	6768	6426	342
大兴区	74.8	8718	6037	2681
怀柔区	28.7	2520	2587	−67
平谷区	40.9	3760	3871	−111
密云区	44.1	3704	4084	−380
延庆区	28.9	2545	2511	34

资料来源：《北京区域统计年鉴 2021》。

①　数据来源于《北京统计年鉴 2021》。
②　数据来源于《北京区域统计年鉴 2021》"户籍人口自然变动情况"。

（三）育龄妇女大幅减少使超低生育趋势不可逆转

育龄妇女特别是生育旺盛期育龄妇女规模下降，是出生人口数量下降的重要原因。"十三五"时期，全国20~34岁生育旺盛期妇女年均减少340万人，2021年相比2020年更减少了473万人。北京情况亦然，普查数据显示，2010年北京市常住人口中15~49岁育龄妇女为613.9万人，2020年只有560万人，减少了53.9万人；从常住育龄妇女占全市常住人口的比例来看，2010年育龄妇女占常住人口的比例为31.3%，2020年下降至近40年来最低点，仅占25.6%，下降了近6个百分点（见图1）。户籍人口中的育龄妇女人数下降得更为明显，从2011年的338.2万人减少到2020年的296.3万人，减少41.9万人[①]，减少了12.4%。

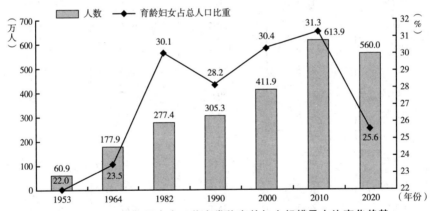

图1 1953~2020年历次人口普查常住育龄妇女规模及占比变化趋势

资料来源：北京市1953~2020年历次全国人口普查短表数据。

育龄妇女减少的趋势在未来若干年内都难以改变，七普数据显示，北京市15~24岁的育龄妇女人数只有92.3万，仅为24~35岁生育高峰期的人数（210.3万）的44%，即使考虑人口流动因素，未来10年育龄妇女大幅减少的趋势已不可改变。

---

① 数据来源于《北京统计年鉴2021》。

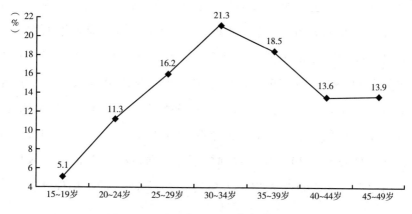

图 2　2020 年北京市常住育龄妇女年龄结构

资料来源：北京市 2020 年全国第七次人口普查短表数据。

（四）低生育意愿进一步加剧低生育现象

育龄人群的生育意愿持续走低，中国人口与发展研究中心的调查显示，育龄妇女平均打算生育子女数，2017 年调查为 1.76 个，2019 年调查为 1.73 个，2021 年调查降到 1.64 个，这一数据甚至显著低于发达国家 2.3 个的平均意愿水平。生育意愿是生育水平的先兆指标，国内外研究都显示，一个国家达到中等发展水平后，存在实际生育子女数小于意愿子女数的客观现象，因此，2020 年全国 1.3 和北京 0.87 的总和生育率是低生育意愿的自然结果，也预示着未来低生育水平的长期化。

（五）北京已进入深度老龄化阶段

"少子"与"老龄"是相伴相生的现象。长期的少子化必然导致老龄化，没有改善的少子化问题带来的是逐渐加剧的老龄化问题。我国从 20 世纪 90 年代开始，总和生育率低于 2.1 的更替水平的现象已经持续 30 余年，65 岁及以上人口占全部人口的比例从 1990 年的 5.6% 上升到

2021 年的 14.2%，已超过 14% 的深度老龄化①水平。北京市作为首都和超大城市，自 20 世纪 90 年代开始就进入老龄化时代。全国第七次人口普查数据显示，北京市 2020 年常住总人口为 2189 万人，其中 0~14 岁人口比重为 11.9%，15~59 岁人口比重为 68.5%，60 岁及以上人口比重为 19.6%，其中，65 岁及以上人口比重为 13.3%，与 2010 年相比，60 岁及以上人口比重上升 7.1 个百分点，65 岁及以上人口比重上升 4.6 个百分点（见表 3）。2021 年人口抽样调查数据显示，北京 60 岁及以上人口比例为 20.2%，65 岁及以上人口达到 14.2%②，老龄化程度进一步加深。

表 3　北京市和全国人口年龄结构

单位：%

年份	北京				全国			
	0~14 岁	15~64 岁	65 岁及以上	老少比	0~14 岁	15~64 岁	65 岁及以上	老少比
1953	30.1	66.6	3.3	11.0	36.3	59.3	4.4	12.2
1964	41.5	54.4	4.1	9.9	40.7	55.8	3.6	8.7
1982	22.4	72.0	5.6	25.0	33.6	61.5	4.9	14.6
1990	20.2	73.5	6.3	31.2	27.7	66.7	5.6	20.1
2000	13.6	78.0	8.4	61.8	22.89	70.15	6.96	30.4
2010	8.6	82.7	8.7	101.2	16.6	74.53	8.87	53.4
2020	11.9	74.8	13.3	111.7	17.95	68.55	13.5	76.48

资料来源：马小红、狄安翔：《北京人口发展变迁研究——基于七次人口普查数据》，载《北京市情研究文辑》，中国社会科学出版社，2021。

二　第二次人口转变——超低生育水平形成的深层原因

超低生育是我国及北京"十四五"时期以及未来若干年面临的人

---

① 深度老龄化：按照国际通行划分标准，当一个国家或地区 65 岁及以上人口占比超过 7% 时，意味着进入老龄化；达到 14%，为深度老龄化；超过 20%，则进入超老龄化社会。

② 数据来源于北京市统计局官方网站《北京市 2021 年国民经济和社会发展统计公报》。

口形势。如何认识并应对这一问题，需要从其产生的深层原因予以
分析。

（一）经济社会发展成为影响生育行为的主要因素

进入 21 世纪，尤其是国家生育政策逐渐宽松，经济社会发展成为
影响人们生育意愿和生育行为的主要因素。超低生育现象是现代化国家
普遍存在的，在世界范围内，以人口出生率、死亡率和自然增长率变动
的"高高低、高低高、低低低"三个阶段为特征的第一次人口转变被
广为接受，随着我国经济的快速发展，在网络化、全球化的大背景下，
我国民众尤其是大城市育龄群体的观念与行为在许多方面与发达国家走
向趋同。

（二）解释超低生育水平现象的第二次人口转变理论提出

第二次世界大战后，欧洲各国出现了短暂的"婴儿热"，但随后就陷
入了生育率的长期低迷状态，不少国家出现了人口负增长。基于这种人口
现象，20 世纪 80 年代中期，欧洲学者提出了第二次人口转变理论（Second
Demographic Transition，SDT），力图解释生育率持续下降并低于更替水平的
原因。Van de Kaa[1] 将第二次人口转变主要特点概括为：一是超低生育
率，从少生到不生。20 世纪末，欧洲整体进入了超低生育率时代，1995～
2000 年欧洲的总和生育率下降到 1.42，除北欧维持在相对较高的水平
（1.7）外，东欧、南欧和西欧分别降到了 1.29、1.33 和 1.52。二是生育
与婚姻的背离。在传统社会规范中，婚姻是生育的前提，以至于人们将
生育与婚姻的关系视为一种天然联系。然而，在当代欧洲，这种联系几
乎已经断裂，非婚生育在一些国家甚至成为生育的主流模式，家庭的弱
化成为第二次人口转变的主要特征之一。三是不婚和离婚现象增多。在

---

[1]　Van de Kaa D. J., "Europe's Second Demographic Transition," *Population Bulletin*, 1987
（01）.

生育行为模式转变的同时，欧洲的婚姻模式也发生了重要变化，即结婚的人越来越少、年龄越来越大，离婚的人越来越多。四是同居流行。不婚、迟婚和离婚并不意味着两性生活安排的分离，在欧美国家，同居已经成为一种十分普遍的现象，并且成为法律认可的两性生活安排。可以说，以个体主义、自由主义促使传统家庭关系解体和更加多元化，以及生育率长期处于低水平为特征的第二次人口转变逐渐在西方社会形成共识。

（三）第二次人口转变现象在我国逐步呈现

我国学者在介绍国外第二次人口转变理论的同时，对中国第二次人口转变现象也进行了研究。刘爽等[1]、马小红等[2]认为，第二次人口转变表现出的人口行为特质在当前我国的大城市，尤其是更具活力的特大城市尤为明显。国外学者所描绘的第二次人口转变场景，在中国的城市已露端倪。吴帆[3]运用文献研究方法，从第二次人口转变理论视角对我国家庭变迁及政策进行了研究，认为中国已经逐渐呈现出第二次人口转变的特征，进入了家庭变迁的关键时期。可以说，发生在欧洲的第二次人口转变现象正一步步地在我国，尤其是在北京、上海这样的超大城市呈现，对此我们应该有清醒的认识。於嘉、谢宇[4]认为，受现代化与个体主义的影响，结婚与同居这些更加个体化的家庭行为在我国发生的变化更加剧烈，男性与女性都不断推迟进入婚姻的时间，且不婚率也略有上升，伴随着晚婚这一趋势，越来越多的年轻人选择同居作为进入婚姻的

---

① 刘爽、卫银霞、任慧：《从一次人口转变到二次人口转变——现代人口转变及其启示》，《人口研究》2012年第1期，第15~24页。
② 马小红、李家琳、王晨方：《低生育背景下北京生育友好型社会构建研究》，《新视野》2020年第4期，第39~45页。
③ 吴帆：《第二次人口转变背景下的中国家庭变迁及政策思考》，《广东社会科学》2012年第2期，第23~30页。
④ 於嘉、谢宇：《中国的第二次人口转变》，《人口研究》2019年第5期，第3~16页。

过渡。受我国传统文化与家庭观念的影响，养育子女这一家庭的传统功能在当今社会依然非常重要，我国涉及养育子女的家庭行为几乎没有变化，婚外生育与婚内不育仍然很少见。这是我国不同于西方国家的情况。

（四）结婚率连创新低、离婚率节节攀升

现实也显示，以低结婚率、晚婚和高离婚率为特征的第二次人口转变现象在我国表现得较为突出。民政部 2022 年 3 月发布的统计数据显示，2021 年我国结婚登记数据为 763.6 万对。这是继 2019 年跌破 1000万对、2020 年跌破 900 万对大关后，结婚登记数据再次跌破 800 万对大关，仅为 2013 年最高峰的 56.6%。北京数据显示，从 2016 年开始，北京市结婚对数持续下降，2020 年，结婚对数只有 11.3 万，只有高点2009 年 18.2 万对的 62%。结婚对数下降，离婚对数却波动中上升，2020 年北京的离婚结婚比①为 72.1，达到历史峰值（见图 3）。

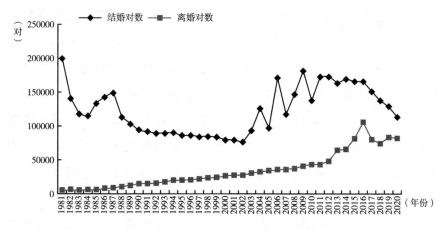

图 3　1981~2020 年北京市结婚对数与离婚对数统计

资料来源：《北京统计年鉴 2021》。

---

① 离婚结婚比，是指一定时期内（通常为一年）离婚对数与结婚对数之比，以每百名结婚对数相对应的离婚对数表示。离婚对数包括在民政部门登记的对数以及经法院调离和判离的对数。

三　超低生育水平下应对的思路

超低生育现象带来诸多的社会问题，如社会抚养比升高、劳动力结构发生转变、家庭结构发生深刻变化、养老问题凸显等，直接影响经济社会发展。为了应对低生育和低生育意愿现象，2021年5月全国第七次人口普查结果公布后，根据人口形势，2021年6月中共中央、国务院发布了《关于优化生育政策促进人口长期均衡发展的决定》，指出为了促进人口长期均衡发展，优化生育政策，实施一对夫妻可以生育三个子女政策，并取消社会抚养费等制约措施，清理和废止相关处罚规定，配套实施积极生育支持措施。国家卫生健康委员会在2021年7月发布了《关于贯彻落实〈中共中央　国务院关于优化生育政策促进人口长期均衡发展的决定〉的通知》（国卫人口发〔2021〕24号），提出了六项重点任务，包括提高优生优育服务水平、促进普惠托育服务发展等。2022年1月，中共北京市委、北京市人民政府印发的《关于优化生育政策促进人口长期均衡发展的实施方案》明确提出，为全面贯彻落实《中共中央　国务院关于优化生育政策促进人口长期均衡发展的决定》，组织实施好三孩生育政策及配套支持措施，推动实现适度生育水平，优化人口结构，促进人口长期均衡发展，建立健全人口服务体系。以"一老一小"为重点，建立健全覆盖全生命周期的人口服务体系。

当前我国人口变动的主要矛盾已从过去的人口总量过大转向人口快速老龄化，未来风险聚焦于生育率和生育意愿的"双低"，如果生育率长期过低，那么任何制度安排都难具持续性，因此，构建积极的生育支持政策体系已迫在眉睫。基于以上分析，本文提出以下应对思路。

（一）重视家庭功能在现代社会中的价值、营造尊重生育的社会环境

在社会变迁中，家庭正在发生巨大的变化，家庭形式、结构、关系、功能等方面的变动都超出了前人的想象，对个体的生命历程有着深刻的影响。良好的家庭功能是形成和发展优质人力资本的首要环境，尤其是在新形势下人力资本的新内涵（如社会能力、精神品质等因素）更与家庭有着千丝万缕的联系，国家生育政策和家庭政策有必要对此予以特别关注。[①] 支持家庭更好地承担养育培育子女的责任，阻断贫困和愚昧的代际传递，让育龄人群不仅"能生"，而且"敢生"和"想生"，以进一步挖掘生育潜力，同时，应在全社会营造尊重生育的良好氛围，倡导夫妻共担生育责任的家庭文化，肯定家庭劳动的价值。

（二）从"碎片化管理"向整体性治理转变

在国家鼓励生育的大背景下，各地纷纷出台了鼓励生育的相关政策，最突出的就是竞相出台延长育龄妇女育儿假政策，如北京、上海、湖北等地产假和生育假已达到158天，江西、青海等地达到188天，河北、陕西等地延长了三孩生育假。但一味地延长育儿假，将会是一把"双刃剑"，一方面会增加照料子女的时间，有助于抚育儿女；但另一方面会增加用人单位的负担，继而严重影响女性在就业市场上的竞争力。构建积极的生育支持政策是一项系统工程，完善落实生育休假制度只是其中一方面，要解决群众"想生不敢生"的问题，还应该从多方面着手。全社会整体的制度设计才是生育友好型制度的基础。比如，目前推行的"双减"政策就是减轻育儿家庭养育成本和照料压力的重要

---

① 宋健等：《中国家庭的"转变"与"不变"》，《中国社会科学评论》2020 年第 3 期，第 50~58 页。

举措，会大大减轻抚育和养育的经济成本与精神压力，但它不是一蹴而就、立竿见影的政策，需久久为功，才能切实减轻育儿负担。

（三）充分发挥老年人力资源对生育的支持作用

婴幼儿照料是育龄女性生育意愿提升和生育行为实现的关键因素，全社会都应予以关注。除了国家、社会大力发展托育机构外，居家育儿、隔代照料仍是重要途径。七普数据显示，2020年，我国平均预期寿命已达77.93岁，女性预期寿命更是超过了80岁，健康预期寿命①也在延长。我国一直有隔代照料的传统，但随着城市现代化，尤其是在超大城市，育龄群体的大部分父母都有工作，有相当一部分还没有退出劳动力市场，无法承担照料工作。建议设立弹性退休制，使长辈能根据儿女育儿的需要，灵活地决定自己的退休时间，以支持老年人口特别是相对健康年轻的老年人口相对自主地参与社会发展和家庭建设。与此配套的应是政府和社会的鼓励政策，可以学习新加坡的相关制度，倡导与长辈同住并实行减免税等政策。超低生育是一个国家和地区发展中出现的问题，也是应当通过发展去解决的问题。这个发展不只是指经济发展，还包括政府治理能力的提升和生育友好型社会的构建。北京作为首都和超大城市，应当在完善积极的生育支持措施、降低生育养育教育成本、促进人口长期均衡发展上走出特色、成为典范。

参考文献

Lesthaeghe R., Van de Kaa D. J., *Bevolking：Groei en Krimp*, Neth：Van Loghum Slaterus, 1986.

Van de Kaa D. J., "Europe's Second Demographic Transition," *Population Bulletin*,

---

① 健康预期寿命是一个人在完全健康状态下生存的平均年数，是一个相对数据。

1987（01）.

刘爽、卫银霞、任慧：《从一次人口转变到二次人口转变——现代人口转变及其启示》，《人口研究》2012 年第 1 期。

马小红、顾宝昌：《单独二孩申请遇冷分析》，《华中师范大学学报》（人文社会科学版）2015 年第 2 期。

马小红、李家琳、王晨方：《低生育背景下北京生育友好型社会构建研究》，《新视野》2020 年第 4 期。

吴帆：《第二次人口转变背景下的中国家庭变迁及政策思考》，《广东社会科学》2012 年第 2 期。

於嘉、谢宇：《中国的第二次人口转变》，《人口研究》2019 年第 5 期。

宋健等：《中国家庭的"转变"与"不变"》，《中国社会科学评论》2020 年第 3 期。

高质量发展视角下的城市更新趋势研究

宋 梅*

摘 要：本文基于近年来中国城市更新相关政策与实践，分析了城市更新的必要性与紧迫性。在全球城市竞争日益激烈的时代，每一个城市都需结合自身的社会、经济和文化特征，制定适应时代发展需要的城市更新政策。为此，本文在分析北京、上海、深圳、广州的城市更新行动计划的基础上，指出城市更新正被各级政府视为一项将社会、经济和安全结合起来的综合性城市建设任务。联系当下实践、展望未来，我国的城市更新政策将呈现出三大新趋势与特征：更新规模扩大、更新理念迭代升级、合作伙伴关系重塑。

关键词：城市更新 合作伙伴关系 城市建设

城市更新是基于政府、规划师、社区居民广泛接受的愿景的城市建设。城市更新概念最早出现在美国 1949 年的《住房法》中，主要是指对已发展成贫民窟的市中心区域进行规划和再利用，拆除不适宜居住的住房，开发住宅和商业综合体。具体而言，城市更新就是提高住房质量、降低社区居民健康风险、开展破旧建筑物维修、提高城市建筑存量

---

* 宋梅，博士，北京市社会科学院城市问题研究所副研究员。

和土地资源的有效利用水平。一直以来，城市更新被视为提升土地价值和改善环境的一种有效方法，有助于解决内城区衰退问题，改善市民生活环境，实现城市多重发展目标：基于商业价值和城市竞争优势的提高，城市更新不仅包括营商环境的改善，还包括城市产业优势的形成；出于社会、历史和美学等原因，城市发展不应破坏旧的城市结构和历史脉络；出于意识形态及社会正义等原因，城市更新需要有计划地进行干预以减少居住隔离带来的不平等现象。因此，城市更新不仅应被视为物理和经济发展命题，更应将其视为社会学、文化、经济问题，涉及城市生活的所有阶段以及社区的所有功能，对于创造一个真正宜居的城市环境而言至关重要。

城市更新基于当地生活和区域特征的发展，体现市民精神和城市特质，能够让城市在许多方面成长和发展，能够使得部分城市问题得到解决。但城市更新既不是自上而下可以简单推进的事情，也不是可以根据城市规划师制定的一般原则，通过向一个地方学习并模仿、实践就可以成功实现既定目标的。城市更新必须以本城市的风格、特色和基础设施为基础。在制定城市更新计划的过程中，需要分析城市的特质和社区邻里生活的方方面面，城市更新计划取得成功的基本前提是更新计划与地区的总规完全整合。

一 城市更新的时代命题：从增量向存量过渡

2020 年底，我国城镇人口达到 9.02 亿人，占总人口的比重高达 63.89%，房地产市场存量规模为 300 万亿元，住房供需错配造成我国住房市场结构性矛盾十分突出，人随产业走、人口向收入更高的核心城市和大城市群集中，导致我国一、二线城市房价居高不下，而三、四线城市去库存困难重重。一线城市的住房需求日益增加，土地供给有限，存量更新成为一线城市发展的新增长点。

随着我国城市化进程进入新阶段以及住房市场进入存量时代，2020年底中央经济工作会、2021年初全国两会政府工作报告均强调"要实施城市更新行动"。城市更新行动计划、政策纷纷出台。2021年3月，《中华人民共和国国民经济和社会发展第十四个五年规划和2035年远景目标纲要》提出，要实施城市更新行动，推动城市空间结构优化和品质提升，"十四五"期间要完成2000年底前建成的21.9万个城镇老旧小区的改造。2021年8月，北京市发布了包含22项政策清单的《北京市城市更新行动计划（2021—2025年）》，城市更新被视为重要的长期发展战略，事关城市的经济、社会、环境的可持续发展。

显然，城市更新已成为国家城市振兴战略的重要组成部分，而城市发展中的问题是真实存在的，需要以可持续和包容的方式对现有城市资源进行再利用。

二 城市更新的政策比较：从"千城一面"到差异化发展

北京、上海、广州、深圳是中国最具代表性和最具活力的一线城市，城市化率均已超过80%，为了保持城市的整体竞争力，"北上广深"在城市空间品质的改善、核心区功能的提升方面出台了各自的城市更新办法，为城市更新实践提供了值得借鉴的宝贵经验。

表1　北上广深城市更新的政策比较

类别	北京	上海	广州	深圳
重点	规划引导、以减量提质更新为主	政府引导、减量增效	分类改造实现更新管理	分对象管控城市更新活动
管理规定	《北京市人民政府关于实施城市更新行动的指导意见》	《上海市城市更新实施办法》（细则）	《广州市城市更新办法》	《深圳市城市更新办法》（细则）

类别	北京	上海	广州	深圳
对象分类	旧小区、旧楼房、旧厂房、旧办公用房、核心区平房	市政府认定的城市更新区	旧厂、旧村、旧小区	综合整治、功能改变、拆除重建
规划体系	圈层引导＋街区引导	区域评价＋城市更新单元	1+3+N 编制体系	整体引导＋城市更新单元
政策特点	政府推动，市场运作	政府引导、双向并举	从市场主导到政府主导	政府引导、市场运作
运作实施	审批控制、产权主体申报	审批控制、试点示范项目	审批控制、政府收储	审批控制、多主体申报

不难发现这四个一线城市的具体实施措施存在较大的差异，这是由城市不同的功能定位和文化特征决定的。城市规划学家沙里宁曾指出，城市发展并不是单纯的土地存量的扩张，而是在传承历史文化、面向未来的创新过程中，迸发出全新的力量。城市更新是基于现有的城市建成环境赋予城市新的生命力。北京作为首都，在城市更新中更强调"保护"式更新；而深圳作为仅有四十余年建城史的新型国际城市，更强调为促进经济发展而实施的功能转变以及同步进行的综合整治行动。同时受城市空间形态的鲜明特征的影响，北京城市呈现出明显的"圈层"化特征，以"环线"为空间尺度开展综合整治，这是防止"内城"衰落和凋敝的重要更新方法。在政府与市场的关系方面，不同城市选择的路线也不完全相同。

城市更新不仅涉及居住条件的改善，而且可以通过增加教育、安全和健康环境方面的投资来增强城市活力。当代的城市更新侧重于推动地区经济发展和产业功能升级。在后工业化时代，科技进步、时空分离、产品和生活方式的多样性，使城市更新面临新的挑战，但城市更新是促进城市可持续发展的政策优先选项以及解决城市问题的重要实践方法。在实践中，城市更新计划必须以整体的方式予以推进，基于对城市地区的社会、经济以及地区的空间物理性质等多领域的影响研究，处理多样性和复杂性问题。

三　城市更新的趋势：从范围的扩大到理念的迭代

城市更新是城市政策的重要组成部分。城市更新政策必须将政策的实施过程与社会和经济议题相结合，聚焦增强社区安全、改善邻里关系以及加强住房环境管理。城市更新不能只从物质层面、地理空间层面来衡量，更应将其视为一项综合性事业，将社会、经济发展结合起来。展望未来，可以预见我国的城市更新将呈现出更新规模扩大、更新理念迭代升级、合作伙伴关系重塑等新趋势与特征。

（一）更新规模扩大

与"棚改""旧改"政策相比，城市更新涉及的范围更广、市场化程度更高，除了居民住宅，还包括旧工业区、旧商业区、城中村等。住建部统计数据显示，全国共有老旧小区约 17 万个，涉及居民超过 4200万户，建筑面积约 40 亿平方米。存量市场规模为 300 万亿元，若按每年 2%的城市更新速率计算，每年市场规模达 6 万亿元。此外，房地产市场未来每年会有 16 万亿元的增量，而如果转化率大于 2%，每年城市更新规模会超过 10 万亿元，这预示了城市更新市场广阔。

"十四五"规划指出，加快推进城市更新，改造、提升老旧小区、老旧厂区、老旧街区和城中村等存量片区功能。"三区一村"是"十四五"规划中城市更新的重点，老旧小区改造是城市更新的重要内容之一。建于 2000 年前的很多老旧小区以政府建房及集体建房为主，存在的主要问题是楼栋低矮密集、设施陈旧、物业管理匮乏，因此国家对老旧小区改造的重视程度不断提升。2020 年 7 月，国务院办公厅印发《关于全面推进城镇老旧小区改造工作的指导意见》，明确全国城镇老旧小区改造工作的对象和范围。同时也确定了 2020 年、2022 年和"十四五"期末发展目标，到"十四五"末结合各地实际，力争基本完成 2000 年底前建成的需改造城镇老旧小区的改造任务。

"三区一村"中的"三区"是指老旧小区、老旧厂区和老旧街区，"一村"是指城中村区域。"三区""一村"的更新目标和特点各不相同。在"三区一村"更新中，"三区"和"一村"的更新难度存在巨大的差异。"三区"更新在各国普遍存在，具有普遍性。对老旧街区进行干预是迫切的需求，近二十年来城市向郊区拓展，中心城区的商场规模与娱乐活动已远远不及新城区，中心城区的商业辐射半径在几十年内发生了变化，新城区的大型 Mall 形成了新的极点，消解了传统中心城区的商业影响力。传统商业街区通常位置优越，但其潜力尚未被充分开发且管理不足，需要在街道布局、道路等级、公共设施和土地调整方面进行改革，以提升其商业价值。

（二）更新理念迭代升级

当代的城市更新既需要符合建筑规划理念的时代更迭，也需要适应科技人文的发展变化，更需要满足经济增长需求。中国的城市更新有着广阔的发展空间和无比巨大的市场规模，但在城市更新的先进理念上既需要继承，也需要向国际城市学习。

1. 有机更新

城市有机更新是由吴良镛教授提出的，是指从城市到建筑、从整体到局部，如同生物体一样是有机联系、和谐共处的，主张城市建设应该按照城市内在的秩序和规律，采用适当的规模、合理的尺度，依据改造的内容和要求，妥善处理关系。

2. 可持续的城市更新

联合国在 2015 年提出了城市可持续发展目标，包括 17 个大目标 169 个小目标，涉及环境、社会和经济等议题，如住房、贫困、健康、教育、能源、生产和消费、水、气候变化和基础设施等。因此，与城市可持续发展目标相适应的城市更新理念，并不是一个容易实施和推进的过程，其需要地方和专业行为者的参与，旨在创造更可持续的环境。

在全球和区域新使命、新目标的影响下，可持续性已成为城市更新的基本目标。环境维度的可持续性可以通过考虑减少城市地区的碳足迹，提高建筑物的能源效率、公共交通可达性以及城市形态的密度和紧凑性得以实现。然而，可持续性的其他两个维度——社会和经济维度的可持续性在地方难以轻易实现。

可持续发展理念影响城市更新的重要因素包括公共服务的可及性、就业机会、社会资本和社区福利、社区归属感、社区民主参与。城市更新的过程应该始终涉及潜在利益相关者的动员和当地社区的能力建设。可持续发展理念通过思考人和城市生活方式，提供了使空间发展更具可持续性的机会。城市中的地理空间意义高于农村地区，可持续的城市更新，需要政府提高对土地的规划和管理能力。

为了实现城市的社会、经济和美学等目标，各地各级政府不仅从政策层面加大对城市转型的干预力度，而且从实施层面强化对城市更新过程的参与。将城市更新计划纳入城市发展长远战略，更新活动需要面向未来。通过广泛征集设计方案和创意，探索更新地区可行且有意义的未来发展替代方案，回应市民的诉求。规划人员可以基于专业知识挖掘社区发展的潜力，并提出如何利用空间优势有针对性地发展某些商业或产业。需要充分考虑与地区发展长期相关人员的利益，并将长期利益相关者会做出的选择作为公共决策的基础和重要依据，长期利益相关者的选择和政府公共决策相结合更容易实现城市更新的成功。

3. 包容式城市更新

城市更新往往被支持者视为经济发展和住房体制改革的引擎，被批评者视为城市控制机制。无论是加固现有的住房，还是拆除旧房子，城市更新都会产生一系列社会弊病，因为许多人在自然、情感和经济上与其生长或生活了很长时间的地区有联系。这是一个重要的社会公正与居住正义问题。从这个意义上讲，有必要在城市更新过程中重新思考以下重要问题：①城市中低收入群体对城市基础设施的负担能力和获得公共服务的机会；②社区能够通过更新提高生活质量的物理条件；③将公平和健康、需求、环境改善等传统社会政策领域的原则与理念融入城市更新；④充分考虑到以工作和居住环境为媒介的社会关系影响。

随着时代的发展，城市更新一直受到不同理念的影响。从物质匮乏时代建立起来的城市优先考虑的是可以感知到的城市景观和城市发展过程中的功能主义需求，在决策过程中社会参与程度较低。

21 世纪 20 年代以来城市建设迎来了一个新的历史时期：从规划到执行和实施的不同阶段都鼓励居民参与。包容式更新是在政府、企业、社区居委会和居民的参与下进行的城市更新，能够实现居民需求的被感知、过程的监督、公共空间的占用以及地方文化的延续。

（三）合作伙伴关系重塑

城市更新是城市公共部门、与私人企业部门和居民之间建立良好的伙伴关系的过程。公私合作伙伴关系的建立，源自政府将无法独立承担的城市建设任务分包给企业或社会。

21 世纪以来，一方面城市系统日趋复杂，分工越来越细化，城市问题的解决、监管需要协调和整合更多的专业技术，公共部门和企业部门的伙伴关系确立为解决任何一方都无法解决的问题提供了方案。伙伴关系的确立可以使参与城市更新的企业获得中央和地方政府资金的支持，通过邀请私营企业提供服务，行政机构能够更好地实现地方发展目标，创新应用技术解决方案。在提供服务方面，私人企业部门往往较高效。城市更新中的公私伙伴关系建立不能视为公共部门私有化的一种形式，恰恰相反，是政府部门为了公益性目标，向市场购买更好的服务后提供给社会。

政策举措在促进城市转型和城市更新方面起着核心作用。第一类是顶层政策设计，是在国家战略层面影响城市的社会、经济和环境发展目标。第二类是各城市发展政策，是由各城市出台的，侧重于提升城市经济竞争力、解决弱势群体问题和避免内城区衰退的措施。城市更新需要置于更广阔的经济、社会发展背景下，在诸多政策中寻求平衡。

总之，城市更新是应对城市变化的重要政策工具，能够在多大程度上产生预期效果取决于如何应对城市面临的新挑战以及实施什么样的城市更新实践。未来的城市更新需立足于国家整体城市发展战略目标，采用综合的、多元化的理念和方式来解决城市发展中存在的各种问题，致力于城市经济、社会、环境的可持续性发展。

参考文献

Couch C., *Urban Renewal: Theory and Practice*, Macmillan International Higher Education, 1990.

Ujang N., Zakariya K., "The Notion of Place, Place Meaning and Identity in Urban Regeneration," *Procedia-social and Behavioral Sciences*, 2015 (170).

Glasson J., Wood G., "Urban Regeneration and Impact Assessment for Social Sustainability," *Impact Assessment and Project Appraisal*, 2009, 27 (4).

翟斌庆、伍美琴：《城市更新理念与中国城市现实》，《城市规划学刊》2009 年第 2 期。

董玛力、陈田、王丽艳：《西方城市更新发展历程和政策演变》，《人文地理》2009 年第 5 期。

鼓励养老设施向非城区布局发展的
实施路径研究

曲嘉瑶*

摘　要： 北京市城区人口老龄化及高龄化问题凸显，养老服务设施及养老服务的供给能力面临较大挑战。鼓励养老设施向非城区布局，是缓解城区养老资源压力、满足部分人群异地养老需求的途径之一。本文基于人口推拉理论，分析了城区的"推力"、非城区的"拉力"及其中的障碍因素，提出分步骤优化养老设施空间布局，立足需求侧明确设施供给方向，建立区域智慧养老信息共享系统，加强区域医疗健康服务协同，推动区域间政策制度协同发展。

关键词： 养老设施　非城区　异地养老　推拉理论

一　北京市人口老龄化快速发展

北京市进入老龄社会的时间较早。1990年，60岁及以上的常住老年人口达到110万人，占常住人口总数的10%，标志着北京市进入老龄社会。其后，北京市人口老龄化速度不断加快，并呈现老年人

---

* 曲嘉瑶，北京市社会科学院城市问题研究所副研究员。

口基数大、增长快、高龄化等特征。《北京市老龄事业发展报告（2020）》显示，截至2020年末，北京市60岁及以上常住老年人口已达429.9万人，占常住总人口的19.1%，比2019年增加11.6万人。人口高龄化趋势明显，2020年末，北京居民平均期望寿命为82.43岁；全市80岁及以上户籍老年人口63.3万人；百岁老年人达到1438人。

据预测，从"十四五"时期开始，受生育率下降和预期寿命延长的影响，老年人口数量及其占比将持续上升（见图1）。预计2025年，北京市60岁及以上人口的比重达到23.5%，将比2020年上升4.4个百分点。"十四五"时期后，人口老龄化将加速。预计2030年，60岁及以上人口比重为27.6%，2035年达到31.6%，2040年达到35.7%，2045年达到42.2%，到2050年，北京市60岁及以上人口规模将达到1128.8万人，占常住总人口的比例高达50.0%，届时每两个人中就有一位是60岁及以上的老年人。

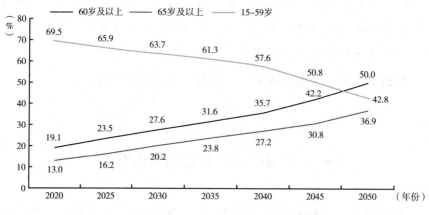

图1　2020~2050年北京市主要年龄人口比重变化

二 养老设施向非城区地区布局发展的积极意义

（一）有利于缓解城区养老资源压力

北京市老年人口区域分布不均衡，多集中在城区。60 岁及以上常住人口排前五位的是朝阳区、海淀区、丰台区、昌平区和通州区，共计242.1 万人，全市近六成（56.3%）常住老年人居住在这五个区，养老资源压力较大。五大生态涵养区（平谷、密云、怀柔、延庆、门头沟）60 岁及以上常住老年人口共计48.7 万人，占比为11.3%。

城区 80 岁及以上高龄户籍老年人口数量庞大，超过 10 万人的区为海淀区及朝阳区，高龄户籍老年人口均达 12.1 万人；西城区、丰台区和东城区紧随其后，高龄户籍老年人口分别为 7.8 万人、6.8 万人和5.3 万人。以上五个区的高龄户籍老年人口共计 44.1 万人，全市近七成（69.7%）高龄户籍老年人口都集中这五个区。高龄老年人口是长期照护的刚需人群，由此可见，中心城区面临的养老照料压力更大。

老年人口规模的持续扩大、占比的急剧提升，对北京市养老、医疗等公共服务供给构成了严峻挑战。《北京市居家养老相关服务设施摸底普查报告》指出，尽管近年来北京市的养老设施快速增加，养老服务体系逐步完善，但是养老服务供给仍然跟不上需求增长的速度。养老设施建设面临土地、人力等资源约束，养老服务成本日益提高，养老资源的供需矛盾凸显。因此，吸引老年人口到非城区养老，可以大大减缓城区养老资源的供给压力。

（二）符合新生代老年人多元化的养老意愿

越来越多的老年人意识到，非城区，如生态涵养区等，自然生态条件优越、环境宜居，更有利于康养。北京市社会科学院课题组与首都经济贸易大学合作的 2021 年北京市城区中老年人（55 岁及以上）养老意愿调查（以下简称"城区调查"）结果显示，异地养老或将成为本市一半中老年人的养老新选择。在异地养老意愿方面，有两成多（22.3%）的表示愿意异地养老，有三成多的表示不确定（31.2%）。总的来看，愿意异地养老及持不确定态度的中老年人占比共计53.5%。预计本市愿意异地养老的中老年人比例将达到两成（约 132 万人），最多可能达到五成（约 317 万人）。

异地养老将成为高收入群体品质化养老的选择，也是刚需群体的经济之选。愿意异地养老的中老年人中，57.8% 的选择在京郊养老，18.6% 的选择在环京地区养老。异地养老最看重的因素是医疗资源丰富、养老设施配套齐全、风景好空气好和距离城区近等。异地养老的住房需求更加多元，其中，老年公寓、田园式房屋最受中老年人欢迎。

支持异地养老，推动养老设施向郊区及环京地区布局。"60 后""婴儿潮"一代进入老龄阶段，将成为拉动银发经济发展的重要力量。应把握发展机遇，多措并举，积极满足中老年人异地养老需求。

三 基于人口推拉理论的分析

人口推拉理论认为，人口流动的动力由迁出地的推力（排斥力）与迁入地的拉力（吸引力）共同影响。基于该理论的基本思想，可总结城区的"推力"特点，有的放矢，鼓励养老设施向非城区布局，增强非城区的养老资源"拉力"。

（一）城区养老资源的推力因素

1. 老年人的居住环境不适老

九成以上老年人居家养老，但老年人住房老旧、不适老的问题突出。2016 年北京市城六区老年人居住环境调查发现，近八成（74.4%）

的老年人居住在 2000 年以前建造的住宅中，老旧住宅居住人口老龄化甚至高龄化。有 12.7% 的老年人居住在平房里，住房条件较差，近六成（59.5%）的老年人居住在没有电梯的多层楼房里，上下楼困难，两类老年人比例达 72.2%。近八成（77.5%）老年人认为住房存在不适老问题。综上分析可见，城区范围内，超过七成老年人的居住环境不适老、不宜居。

老旧小区加装电梯比例较低，难以满足日益增加的老年人无障碍出行需求。截至 2020 年底，全市累计加装 1843 部电梯，政府投入巨大，但适老化改造进度仍难以满足数以百万计老年人的养老需求。

活动场地有限，影响老年人的锻炼及社会参与，且容易引起代际矛盾。《北京市居家养老相关服务设施摸底普查报告》显示，北京市无任何室外活动场地的社区占比 11.8%，只有一块场地的社区占比 28.5%。城区绝大多数社区的室外活动场地非常紧张，难以满足居民特别是老年人日常活动的需要。

2. 北京城区养老设施服务能力有限

居家养老服务设施缺口大。《北京市居家养老相关服务设施摸底普查报告》显示，有 1/3 的街道和 3/5 的社区没有配套养老设施。养老设施建筑面积普遍偏小，50~99 平方米的设施所占比例最高，且 64.3% 的设施中没有任何床位。

养老机构床位供需存在结构性矛盾。一方面，养老机构供给空间分布呈现"内密外疏"，养老机构在北部的延庆、密云、怀柔等分布较多，人均床位数呈现"北多南少，中心不足"的趋势，中心城区与郊区县养老机构供给状况差异较大，存在中心城区"一床难求"、周边地区"难求一人"的供需困境。[1] 另一方面，养老机构床位的利用率仅为

---

[1] 闫萍、石万里、崔书锦：《北京市养老机构设施布局特征、问题及优化建议》，载尹德挺等主编《北京人口发展研究报告（2021）》，社会科学文献出版社，2021，第 197~212 页。

49.7%，供需矛盾突出。从区域来看，城六区的养老机构入住率较高，郊区县的养老机构入住率较低；从机构性质来看，收费高、豪华型的营利性企业办养老机构床位空置率较高，收费适中的公建民营及民办非企业机构入住率较高；从床位种类看，普通养老床位与护理型养老床位结构失衡，护理床位较少。满足失能、失智老人养老服务需求的护理性养老床位少，所占比重低，不能满足部分老年人的刚性需求。

3.医疗服务可及性矛盾突出

基层医疗卫生机构服务能力不足。目前，社区医疗卫生机构无论在服务水平还是在人力保障方面，均不能满足老年人的就医需求，老年人只能去离家较远的大医院就诊。《北京市居家养老相关服务设施摸底普查报告》显示，北京市每个社区卫生服务中心平均要服务9000名老年人，压力较大，昌平、西城、朝阳、丰台和东城等每个社区卫生服务中心要服务老年人高达1.1万~1.7万名。全市55.3%的社区卫生服务站实现了医护人员与老年人家庭的签约上门服务，平均每个服务站签约的老年人为703名，但平均签约的医护人员数仅为4名。此外，对于购买慢性病药品、上门医疗等老年人最需要的服务社区医疗机构难以满足。

"医养结合"型养老机构比例较低，服务效果有待提升。《北京市养老机构现状及问题》显示，北京市仅有半数的养老机构开展了医养结合服务，且难以发挥实质性作用。在开展医养结合服务的机构中，六成采取医疗机构与养老机构协议合作建立绿色通道的方式，但是由于合作的医疗机构之间距离较远、北京市大型公立医院医疗资源有限、难以优先提供医疗资源等问题，服务效果受到影响。

（二）非城区的拉力因素

1.成本优势

一是土地成本优势，非城区的土地资源较丰富，土地成本相对较低，养老设施建设成本明显低于城区，有利于控制设施运营成本，从而降低收费标准。

二是人力成本优势，非城区的人力成本较低，有利于降低养老设施的运营成本，吸引养老机构落户。

三是生活成本优势，非城区的消费水平较低，有助于降低老年人的异地养老生活成本，减轻老年人的经济负担。

四是交通成本优势，非城区的交通拥堵指数低，出行便捷。京津冀三地综合交通运输体系逐步形成，"一小时交通圈"为养老设施向非城区布局提供了便利的条件。随着高速铁路的发展，山西、内蒙古等地也将融入京津冀"两小时交通圈"，便于老年人及其家人出行。

2. 资源优势

一是生态环境优势。老年人越来越重视养老机构所处的自然环境，倾向于将风景优美、人口密度较低的地区作为异地养老的首选。非城区的空气质量良好、水资源或森林资源充足，有利于推动生态康养型老龄产业发展。

二是医疗资源可及性优势。可及的医疗资源是老年人作出异地养老选择的先决条件。非城区养老设施离优质医疗资源的距离更短，医疗资源的可及性更高，有助于满足老年人的医养结合需求。

3. 试点优势

近年来，北京市积极深化"政策跟着老人走""补贴随着机构转"的扶持政策，将本市养老机构能够享受的扶持政策给予协作地区，支持养老设施更好更快地向首都以外地区延伸布局。积极打造京津冀养老服务协同体，为推动区域间养老服务协同发展积累了有益的经验。京津冀民政系统共同签署《京津冀养老工作协同发展合作协议（2016年—2020年）》，试点养老机构收住京津冀户籍老年人，除可享受所在地民政部门的床位运营补贴政策外，还可叠加享受另外两地针对户籍老年人的床位运营补贴政策。截至2020年，4800名北京老人已入住位于津冀两地的60多家养老机构。

对于接收京籍老年人的环京周边地区医养结合服务机构，通过远程医疗、技术帮扶等方式，提升其医疗服务水平；按照国家基本医疗保险费用跨省异地就医直接结算工作部署和要求，进一步做好北京参保人员异地就医住院和门诊医疗费用直接结算服务，为京籍老年人异地养老提供更多的便利。

开展跨省异地就医住院直接结算，不断完善信息系统。为支持养老项目向北三县延伸布局，北京市与北三县依托国家异地就医结算平台已实现住院医疗费用直接结算平稳运行近4年，双方共有743家定点医疗机构（其中北京674家、三河市41家、大厂回族自治县7家、香河县21家）纳入了国家直接结算定点范围，可互为双方参保人员提供住院直接结算服务，基本解决参保人员在两地异地就近住院就医结算不便的问题。

试点探索推进京津冀区域门诊直接结算。2020年，《关于北京市基本医疗保险京津冀跨省异地就医普通门（急）诊医疗费用直接结算有关问题的通知》（京医保中心发〔2020〕40号）对本市门诊直接结算相关流程、经办规程进行了规范。京津冀门诊直接结算定点持续扩面，截至2020年底，本市与北三县之间已有32家定点医疗机构（其中北京23家、三河市5家、大厂回族自治县2家、香河县2家）纳入了门诊直接结算定点范围。津冀两地已有12个统筹地区134家定点医疗机构纳入试点运行范围，其中，本市周边重点地区北三县9家、雄安新区8家、曹妃甸1家。在试点中，北京市和协作地区制定了一系列优惠政策，鼓励养老设施进一步向环京地区布局。

（三）中间障碍因素

目前，养老设施向非城区布局主要受到供需两个层面的制约。从需求角度看，异地养老需求仍比较"小众"，且有效需求不足。从供给角度看，非城区医养资源不足。此外，地区间政策协同机制亦有待完善。

1. 异地养老需求尚未大规模释放

一是老年人购买力整体偏低。老年人收入来源单一,收入水平不高。城区调查结果显示,老年人主要收入来源是自己或配偶的离退休金以及房屋/土地等租赁收入,近七成(65.6%)的中老年人月收入为4000~7000元。收入不高造成老年人对于养老设施收费比较敏感,消费水平较低。

二是老年人观念层面的制约。老年人安土重迁思想浓厚,老年人对异地养老接受程度较低。"十四五"时期,随着"60后"进入老年阶段,老年人的需求也将发生明显变化。新生代老年人的整体经济实力、教育水平、健康状况提升,自主意识更高,消费意识也更强,更加看重生活品质,老年人异地养老将更加普遍。

2. 非城区医养资源不充足

一是各类养老设施信息统计不全面,影响布局决策。养老设施不仅包含养老机构,还应包括:各街道、乡、镇以及社区从事养老服务的各类设施(如托老所等)和公共服务设施(如社区服务中心),能提供老年医疗服务的各级医院、社区卫生服务中心和康复机构,开展养老服务的社会组织和企业,以及其他有意向开展养老服务的自有设施。目前,河北、山西等省份统计了养老机构数量、床位数、已入住老年人数等信息,针对其他类型养老设施的统计工作还有待加强。

二是优质医疗资源匮乏,区域资源配置不均。相较于北京,环京其他地区的医疗资源较匮乏。从人口规模和医院数量的角度比较,以河北省为例,截至2019年底,北京的医院总数为733家,河北为2120家,但河北三甲医院等优质医疗资源数量远低于北京,北京的人均优质医疗资源拥有量是河北的3倍以上。

三是专业技能人才不足,影响服务质量。专业技能人才是养老服务水平提升的关键因素,直接影响养老服务质量。目前,各地养老服务人才队伍都存在供给不足、结构性失衡、素质不高等问题，制约了养老服务质量的提升。

3. 政策协同机制尚待完善

首先，区域之间缺乏有效的利益协调机制。找到各自的利益诉求交叉点是开展协同供给的基础。北京与环京省份地缘关系紧密，经济和社会发展相互依赖，如何破解虹吸效应，促使养老资源要素流转，形成市场化的老龄产业城市群，是当前面临的难题之一。

其次，现有医疗保险政策影响协同发展。目前，我国医疗保险由于统筹层次低、区域分割，医疗保险政策不统一、保险信息不联网、异地报销困难、保障水平差异大等，降低了老年人异地养老的可能性，阻碍了养老设施的区域协同发展。

最后，各地养老服务政策、补贴政策差异大。一方面，由于经济发展水平的差异，各地在养老服务补贴水平与内容方面存在差异，河北省补贴水平显著低于北京，很大程度上限制了养老资源向河北流动。另一方面，北京的部分福利政策仅限于本地户籍且在本地居住的老年人，影响了老年人的异地养老。此外，养老设施相关的土地使用政策也是影响其建设的重要因素，如何鼓励非城区地区配置养老设施用地，以及充分利用闲置社会资源整合改造成养老设施，将是区域协同发展面临的挑战。

四　鼓励养老设施向非城区地区布局发展的路径

（一）分步骤优化养老设施空间布局

首先，充分发展生态涵养区养老设施。五大涵养区养老设施数量较为充足、医疗机构等配套设施较完善；生态环境优美，空气清新，土地资源较丰富；距离主城区较近，且养老设施和老年人都能享受北京市补贴政策，具有地缘优势。此外，能实现"离家不离京"，是多数老年人养老的最佳选择。

其次，鼓励养老设施逐步向北三县布局。北三县土地和劳动力资源较丰富，地处首都"一小时交通圈"内，且养老设施的运营成本较低。同时，北三县由于有前期试点经验、设施发展基础较好且政策协同性较好，可作为部分刚需老年人异地养老的场所。

最后，未来可向山西、内蒙古等区域发展。山西、内蒙古具有生态环境优势，生活成本更低，土地和劳动力资源更丰富，地处首都"两小时交通圈"内，但与北京市的政策协同性较弱，因此可作为未来老年人异地养老的目的地。

（二）立足需求侧明确设施供给方向

北京市九成养老机构床位空置且盈利状况不理想，要引以为鉴，在养老设施向非城区布局的过程中，以老年人的需求作为养老设施布局的出发点和落脚点，满足市场需要，完善设施供给体系，消除需求侧与供给侧之间的"鸿沟"。

首先，设施以社区居家型为主、护理型床位为辅，即多数实现"迁移老人家庭化"和"家庭生活社区化"，少数老年人入住照护型养老机构。城区调查结果显示，对于未来的养老地点选择，居家养老者数量多于机构养老者。四成老年人选择居家养老（40.5%），不足两成（14.9%）的选择去养老院，极少数（0.9%）的选择去子女家养老，另外四成多（41.4%）的没想好养老地点。可见，多数老年人倾向于不依靠子女而独自居家养老。据此推算，八成以上养老设施应建成"终身住宅"和"全龄型养老社区"["持续照料退休社区"（简称CCRC）]，以满足大多数老年人社区居家养老的需求。而针对少数失能失智老年人（比重约为15%），应为其提供失能失智照料、临终关怀等专业性服务，保证刚需老年人能以低于城区的支出得到更好的照护服务。

其次，收费价位要让老人"住得起"。从收费情况来看，养老设施应面向中等收入群体，不宜走高端、豪华路线。《2018年北京市养老现状与需求调查报告》显示，在选择养老机构时，收费标准是首要考虑因素，比重为63.6%，其次是医疗水平（56.4%）和服务水平（55.7%），地理位置的占比在三成以上。对于养老机构每月收费标准，85.7%的老年人的承受能力在4000元以下。2021年城区调查结果显示，六成老年人能承受的异地养老收费价位为4000~6000元/月，普遍追求经济实惠。

最后，养老设施一定要"老年友好"。从设计要求来看，硬件设施一旦建成改造难度大、浪费大，因此在建设前，要充分考虑老年人健康状况的变化及各阶段对居住环境的需求，按照相关标准、规范要求，采用"通用型"、适老化设计，打造能适应全生命周期需要的老年友好型设施。在此基础上，应配套紧急援助、上门医疗、康复护理、转诊绿色通道、辅具租赁等多样化的养老服务。

（三）建立区域智慧养老信息共享系统

针对机构同质化和重复建设的问题，为了避免布局的盲目性，应先"摸清家底"，养老设施专项规划要以数据为依据。民政部已启用"全国养老机构业务管理系统"，但仅统计养老机构的信息还不够，应尽快构建统一规范、互联互通的区域智慧养老信息共享系统。

首先，进行养老设施和闲置社会资源的全面普查，调查各区域内能够承担养老服务的所有领域、部门、机构和设施的数据信息、资质档案信息、设施和机构的照片信息、空间定位信息等。

其次，探索建立双向交流经营平台，打通老年人房屋与养老设施的置换及流通渠道。可建立住房置换平台，鼓励老人开展房屋置换养老，用出租闲置房屋的形式换取入住补助，促进各个市场主体的交流。

最后，构建区域养老信息咨询、发布、动态登记及行业服务管理平台，实行信息互通互联和统一协调监管制度，建立养老诚信系统和失信登记制度，推动各类养老设施和服务商之间的信息共享、深度开发和合理利用。

（四）加强区域医疗健康服务协同

首先，鼓励优质医养资源向非城区地区布局。协调卫生健康、医保等部门，为环京地区对接北京优质医疗资源，解决老年人最关注和最担心的医疗问题。一是共建医养服务机构、长护险定点机构，基于市内治疗老年病、心脑血管病等的医疗资源为非城区共建养老机构提供远程医疗指导、定期巡诊等服务，为护理员提供定期实训项目。二是推动重点医疗卫生项目合作，进一步扩大临床检验检查结果互认项目、互认医疗机构、医学影像资料共享的范围和规模。有序推进京津冀公共卫生领域的全面合作。

其次，推动医养结合发展。鼓励社会办医，丰富健康服务资源。优化社会办医营商环境，鼓励社会力量在医疗资源薄弱区域和健康管理、康复护理、临终关怀等领域创办医疗机构。鼓励利用央产、疏解腾退空间发展医养结合设施。

最后，加强养老人力资源职业体系的对接。建立养老行业职业资格体系，从政策层面为养老护理人才、社会工作者尤其是医务社工的培养、使用、晋升、福利待遇等提供保障。探索建立区域互认的养老机构院长、护理员及医务社工的从业资质认定机制，推动人力资源合理流动和有效配置。

（五）推动区域间政策制度协同发展

首先，强化区域老龄工作领导机构的协同，各地区老龄办会同卫健、民政、发改、金融、医保等部门，整合医疗、老龄产业政策资源，制订区域老龄事业与产业发展规划，形成统筹协调的政策体系和具体工作计划，并组织实施。共同探索大城市群积极应对人口老龄化的协同发展新路。

其次，加强养老及医疗保障制度的协同。一是推动京津冀区域内医师执业资质互认，推动三地医保定点医院实现医保实时结算。二是建立养老服务补贴、医保报销的异地结算机制。三是统一区域内养老机构设施、服务和管理标准，实现老年照护需求评估标准和评估结果的互认互通。

再次，完善养老服务支持政策。一是优化老龄产业营商环境，简化社会资本投资建设养老设施的立项前置手续；落实小微企业普惠性税收减免政策和社区家庭服务业税费优惠政策，落实各项行政事业性收费减免政策，减轻养老服务税费负担。二是协调养老服务补贴政策，逐步消除区域间各类补贴在内容和水平上的差异，强化养老服务跟着人走的政策导向，扶持政策要从"补砖头"向"补人头"转变。

最后，盘活闲置社会资源。引导社会力量参与，整合闲置的厂房、办公楼、医院、培训中心、疗养院等，按国家相关标准将其改造成养老设施，提高资源利用效率，减轻财政压力。建议在医疗资源较丰富的区县，如顺义、通州、亦庄、雄安新区等，鼓励国有企业盘活利用闲置资源并进行适老化改造，交由收费较低的护理型养老机构、特色退休养老社区来建设，通过媒体和社区宣传、组织现场参观、多点比较等方式让老年人及家庭充分了解其优势。增加不同收费水平的养老设施供给，满足多层次、多样化的养老服务需求。

参考文献

北京市老龄工作委员会办公室、北京市老龄协会：《北京市老龄事业发展报告（2020）》，2021年9月6日。

《北京发布〈2018年北京市养老现状与需求调查报告〉》，https：//www.sohu.com/a/259832787_100195306，2018年10月16日。

北京市居家养老相关服务设施摸底普查工作团队：《北京市居家养老相关服务设施摸底普查报告》，2016。

闫萍、石万里、崔书锦：《北京市养老机构设施布局特征、问题及优化建议》，载尹德挺等主编《北京人口发展研究报告（2021）》，社会科学文献出版社，2021。

城市更新视域下北京低碳创新
与社会重构研究

陆小成[*]

摘　要：城市更新是政府主导、市场运作、公众参与的空间再生产、利益再分配、关系再构建的城市社会演进过程。低碳创新是推动城市更新的题中之义与重要引擎。北京城市更新与低碳创新发展中面临创新政策不够完善、低碳创新能力不足、低碳产业发展缓慢、能源结构不够合理、低碳社会建设滞后等难题。立足新阶段，北京应加快低碳技术创新与低碳社会重构，完善低碳创新规划与政策，加快城市创新体制改革，提升城市低碳创新能力，加快构建低碳产业体系，大力开发低碳新能源，强化资源整合和公众参与，加快重构低碳社会，推动低碳高质量发展。

关键词：北京　城市更新　低碳创新驱动　社会重构

一　低碳创新：城市更新与高质量发展的重要引擎

城市更新是城市化演变到一定阶段后，对现有资源进行再分配与

---

*　陆小成，博士，北京市社会科学院城市所研究员。

再开发的过程。① 基于城市社会空间的视角，城市更新实质上是政府主导、市场运作、市民参与的空间再生产、利益再分配、关系再构建的城市社会演进过程。第二次世界大战之后，全球工业化、城市化进入新的阶段，产业衰退、城市贫民窟增多、贫富差距扩大等"城市病"问题出现，为了实现城市复兴，不少城市开展了大规模、社会重构式的城市更新活动（Urban Renewal）。城市更新是伴随工业化、城市化进程而产生的城市复兴、社会关系重构过程，也是推动城市产业振兴、拉动消费、增强人气、促进社会和谐稳定的再城市化过程。西方国家在经历全球产业转移后，城市传统产业特别是传统制造业衰败、旧工业城市能源耗竭、资源环境承载力不足、基础设施老化、公共服务水平下降、人口和产业外迁，许多城市面临诸多发展难题。在此背景下，不少国家或城市实施了旧城复兴或改造计划，力求改善内城及人口衰落地区的环境，刺激经济增长，提升城市活力，推动城市再开发与人口回流。

城市更新所涉及的内容丰富，其关键在于创新。城市更新主要包括技术创新、产业更新、空间再利用、社会关系重构、社会建设等多个方面。城市更新是技术改造升级、产业结构调整、社会关系转型、城市文化转变、工业布局变化，以及旧城、老工业区改造的过程，城市社会空间结构发生了从生产空间到生活空间、从单位化到社区化、从集聚到隔离及从空间分化到社会分异的重要转变。② 城市更新的动力来源在于创新，主要是通过技术创新与制度创新，推动城市经济、社会、文化、生态等各个方面的改造与升级，通过技术改进、过程优化、体制机制变革，进一步推进生态环境治理、空间结构优化、服务功能提升、社

---

① 严若谷、周素红、闫小培：《城市更新之研究》，《地理科学进展》2011 年第 8 期，第 947~955 页。

② 董丽晶：《老工业城市更新改造中的社会空间重构》，《未来与发展》2014 年第 10 期，第 17~21 页。

会隔阂消解、人居环境构建，推动城市空间的社会关系重构。比如，产业结构调整与经济社会重构是城市更新的关键内容，主要是依靠技术创新和深化体制机制变革，加快由以制造业为主导向以服务业为主导转型，由工业城市向后工业城市转型，推动对旧工业用地的整治再利用。在空间资源再利用方面，加快城市经济社会的绿色转型，实施对已污染"棕地"的可持续开发，以实现资源循环利用与绿色低碳发展。在社会建设方面，一方面，城市更新是对各种旧城的改造和历史遗存的保护式再开发活动，以及对旧城住宅区与生活区的更新再利用等，加强对社会弱势群体、失业者等的帮扶，鼓励和引导弱势群体重返社会，提高社会福利待遇，缩小贫富差距，减少社会不和谐因素，维护社会稳定。另一方面，城市更新要积极应对气候变化、环境污染治理、生态修复与改善等问题，加强城市社区的绿色低碳改造，增加城市绿地，扩大生态空间，重塑城市绿色低碳形象，培育城市人居环境和低碳社会格局。

低碳创新是推动城市更新与社会重构的题中之义与重要引擎。当前，城市更新不同于传统的城市化建设，不再简单地等同于旧房拆迁改造，还应包括更加丰富的内容。面对全球气候变化、绿色低碳发展、实现碳达峰碳中和目标的战略要求，城市作为碳排放的主阵地，承担着减少资源能源消耗、减少环境污染的重要责任。原有的城市产业结构、能源结构、社会空间难以满足现阶段的绿色低碳发展需求，难以满足人民群众对美好生活、宜居城市的新需求。城市更新需要破解城市高能耗、高污染、高排放等发展难题，更加注重新理念、新技术、新业态、新模式的嵌入。绿色低碳、生态宜居的社会关系重构是城市更新的重要组成内容。绿色低碳是城市更新的重要特征和关键要素。城市更新要贯彻新发展理念，大力推进生态文明建设，选择绿色低碳的发展模式，提升资源环境承载力和可持续发展能力。改变当前城市粗放发展模式和高碳排放的空间格局，加快城市低碳创新，发展低碳经济模式。发展低碳经济需要将低碳科技创新作为支撑。① 低碳创新就是以低碳经济模式为目标，通过技术、制度、文化、管理等多方面的协同创新，以低碳技术创新为核心驱动力，构建高能效、低能耗、低排放的新型城市更新模式。城市更新的"新"就是要改变过去片面注重追求城市规模扩大、空间扩张及其带来的资源能源耗竭、生态环境污染等问题，是以创新驱动、低碳发展为本质要求，营造更加宜居宜业的绿色低碳城市空间。立足新发展阶段，贯彻新发展理念，推动高质量发展，城市更新要融入创新、绿色、协调、开放、共享的发展理念，进一步提升城市应对气候变化、环境污染、自然灾害的低碳创新能力。加强城市更新的低碳创新驱动，就是通过城市更新，坚持以人为本、以生态文明建设为基本目标，加强面向低碳、节能、生态的技术创新和制度创新，推动城市经济社会的全面绿色转型。要发挥创新驱动的引擎作用，特别是加强面向绿色低碳的创新驱动，在城市基础设施、交通、建筑、社区、生态等各方面，融入创新、绿色、低碳元素，让城市变得更具韧性、更加低碳、更加安全，推动城市绿色低碳的社会重构与高质量发展。

加强低碳创新对于北京城市更新而言具有重要意义。2022 年 5 月，北京市政府印发《北京市城市更新专项规划（北京市"十四五"时期城市更新规划）》，为新阶段北京作为超大城市如何进行城市更新、实现高质量发展提供了重要的政策指引。北京城市更新主要是对城市建成区的空间形态、城市功能、城市环境等方面进行转型调整和优化升级，严控大拆大建，严守安全底线，严格生态保护。通过小规模、渐进式、可持续的城市更新，激活发展动力、增强城市服务、改善城市环境，推动城市绿色低碳、生态宜居。城市更新不搞大拆大建，不搞运动式搬迁，需要发挥科技创新的引擎作用。充分利用北京在绿色低碳、生态环保等领域的创新资源优势，在城市更新、空间整治、社会重构过程中，

---

① 岳雪银、谈新敏、黄文艺：《低碳技术创新在低碳经济发展中的作用及对策》，《科协论坛》2011 年第 4 期，第 142~143 页。

加快绿色低碳技术创新，将旧城改造、空间腾退、留白增绿等作为绿色低碳技术应用的重要空间场景，注重绿色低碳的转型发展，推动北京低碳社区、低碳社会、低碳城市建设。一方面，北京是全国首个减量发展的超大城市，必须打破传统增量发展、粗放发展的惯性思维，贯彻新发展理念，将创新、绿色等元素融入城市更新，推动城市的低碳更新与社会重构。另一方面，北京的城市更新不是简单意义上的旧城改造，而是要着眼于千年古都的城市更新与长远发展，着眼于率先实现碳中和与绿色高质量发展的战略要求，依托低碳创新驱动，加快城市产业、能源、交通、建筑等多个领域的设施更新、技术升级、低碳改造、创新应用等，培育低碳产业，发展低碳新能源，推动低碳高质量发展。加强低碳创新驱动，让低碳科技赋能，使城市更智慧、更低碳、更宜居，切实提升北京超大城市的生态承载力，破解"大城市病"，增进民生福祉，加强生态保护，提升环境品质，增加绿色空间，加快重构绿色低碳、水城共融、蓝绿交织、文化传承的新型城市社会空间。

二　北京城市更新与低碳创新的主要难题

北京城市更新要加快解决环境污染严重、环境治理滞后、生态承载力不足等问题。结合北京城市更新、创新发展、绿色低碳发展等工作实际，重点从观念、技术、产业、能源、政策、社会等多维度进行分析，北京城市更新与低碳创新发展面临许多难题，主要表现在以下几个方面。

（一）绿色低碳意识不强，创新政策欠完善

城市更新不能简单等同于旧城改造、房屋拆迁，更重要的是依托绿色低碳发展、创新驱动发展的再城市化过程。不少职能部门、企业、社

会组织在推进城市更新过程中，绿色低碳发展的创新意识不强，对传统粗放型城镇化模式存在严重的路径依赖性。绿色低碳发展的创新体制机制和利益机制不健全，产学研协同创新机制不够完善，导致创新成本高，企业容易产生短视行为，而针对这种短视行为监管和惩罚力度不足。企业缺乏足够的动力来推动节能减排和低碳创新。针对低碳科技创新政策缺乏专门的体系化设计，政策大多散布在不同的文本中，尚未形成较为系统的政策体系。[①] 许多地方不重视低碳技术创新，有关创新政策严重缺失，特别是面向市场的创新机制不够完善，缺乏促进自由竞争、有序竞争的规则和机制，同质化竞争、无序竞争、条块分割、地方保护主义等现象较为严重，创造要素流动不畅，创新动力不足。关于低碳技术创新的相关优惠政策、低碳产业发展政策、低碳消费政策、低碳产品推广政策、低碳产品采购政策等存在不足。

（二）创新主体地位缺失，低碳创新能力不足

技术创新是推动城市更新与高质量发展的根本动力，但受到多方面因素影响，技术创新水平低，特别是面向绿色低碳发展的低碳创新能力不足。不少地方政府、企业、社会组织等相关利益主体，在推动城市更新过程中，难以找到有效的技术创新突破口，只能依靠发展房地产业来驱动新型城镇建设，能够通过依靠某些关键性技术的创新与突破而实现高质量发展的很少。技术创新特别是低碳创新能力不足，是目前新型城镇化建设中面临的较普遍的问题。企业低碳创新的主体地位缺失，面向绿色低碳的创新投入少，金融、风投等机构对低碳技术项目的支持力度不够。城市更新需要有强大技术创新能力的企业及其项目进入，不能简单依靠传统产业或者传统技术发展路径予以推动。企业在绿色低碳创新链中的自主创新能力不足，难以成为城市更新的动力源和重要引擎，仍

① 谭显春、郭雯、樊杰、郭建新、汪明月、曾桉、苏利阳、孙翊：《碳达峰、碳中和政策框架与技术创新政策研究》，《中国科学院院刊》2022 年第 4 期，第 435~443 页。

未成为低碳技术创新的主导力量。此外，从创新人才看，低碳技术创新领域的人才严重缺失。

（三）低碳产业发展缓慢，能源结构不够合理

一是产业转型升级缓慢，低碳产业发展不足。城市更新需要一定的产业作为支撑与基础。传统城镇化建设与发展主要依靠的是高能耗、高污染、高排放等重化工产业作为主导驱动力，造成能耗和碳排放居高不下等环境污染难题，存在"碳污同源"问题。我国目前的生态环境问题，从本质上来讲是高碳能源结构和高能耗、高碳产业结构问题，呈现出显著的"碳污同源"特征。① 有的地方仅依靠土地财政、发展房地产业来驱动城镇建设与城市更新，产业转型升级滞后，低碳产业发展不足，难以支撑城镇化的高质量发展。北京实施疏解整治促提升行动，加快传统产业淘汰与空间腾退，但在城市更新与腾退空间再利用方面，如何引入高精尖产业、如何发展绿色低碳产业等还存在不足。

二是传统能源占比高，低碳能源开发利用滞后。从能源消费结构看，据计算，每燃烧 1 吨煤炭会产生 4.12 吨的二氧化碳气体，比石油和天然气分别多 30% 和 70%。煤炭消费占比大，碳排放强度高，应对气候变化和环境污染治理任务艰巨。在新型城镇化建设与发展中，一方面，传统能源结构不够合理制约了新型城镇化的建设与发展；另一方面，加快能源绿色低碳转型，加强新能源技术创新，大力开发低碳新能源成为新型城镇化低碳创新驱动的重要突破口。近年来，北京等地区采取以电代煤、以气代煤等退煤化行动，效果明显，但煤炭、石油等一次能源消费在京津冀城市群能源结构中的占比依然较大，燃煤、燃油集中排放也是京津冀地区大气污染的重要原因。根据北京市 2021 年统计年鉴数据，近 10 年来，北京能源消费总量持续攀升，如表 1 所示，从

① 王保乾、徐睿：《科技创新促进碳减排系统效率评价及其影响因素》，《工业技术经济》2022 年第 5 期，第 29~35 页。

2010 年的 6359.49 万吨标准煤上升到 2019 年的 7360.32 万吨标准煤，2020 年有所减少，为 6762.10 万吨标准煤，煤炭占能源消费总量的比重持续下降，2020 年煤炭、石油、天然气三大传统能源分别占能源消费总量的 1.50%、29.27%、37.16%。可见，北京传统能源消费占比高，作为能源对外依存度高的城市，在低碳能源开发与利用等方面存在不足，绿色低碳的新能源结构优化还有较大的空间和潜力。

表 1　2010~2020 年北京能源消费总量及构成情况

单位：万吨标准煤，%

年份	能源消费总量	占能源消费总量的比重						非化石能源消费量占能源消费总量的比重
		煤炭	石油	天然气	一次电力	电力净调入(+)、调出(-)量	其他能源	
2010	6359.49	29.59	30.94	14.58	0.45	24.35	0.09	
2011	6397.30	26.66	32.92	14.02	0.45	25.62	0.33	
2012	6564.10	25.22	31.61	17.11	0.42	25.38	0.26	
2013	6723.90	23.31	32.19	18.20	0.35	24.99	0.96	
2014	6831.23	20.37	32.56	21.09	0.41	24.03	1.54	
2015	6802.79	13.05	33.79	29.18	0.40	21.71	1.88	
2016	6916.72	9.22	33.14	31.88	0.66	23.37	1.73	4.60
2017	7088.33	5.06	34.00	32.00	0.65	26.15	2.14	7.20
2018	7269.76	2.77	34.14	34.17	0.61	25.68	2.63	7.80
2019	7360.32	1.81	34.55	34.01	0.67	25.79	3.17	7.90
2020	6762.10	1.50	29.27	37.16	0.84	26.96	4.26	10.40

资料来源：http://nj.tjj.beijing.gov.cn/nj/main/2021-tjnj/zk/indexch.htm，2022-5-5。

（四）城市资源整合不力，低碳社会建设滞后

从社会环境看，鼓励各方积极参与城市更新和低碳创新发展，对畅通经济循环、构建城市新发展格局、提升城市更新质量等而言至关重要。

一是创新资源整合力度不够。绿色低碳转型与创新发展，离不开社会各方面的资源整合。不少地区在推进城市更新中，没有很好地发挥中心城市或发达地区的辐射带动作用，未能充分整合中心城市的创新资源，创新合作力度不够，没有形成更加紧密的经济联合体，在创新发展、低碳发展等方面缺乏有效的资源整合与利益协调机制。以北京为例，北京各类科技创新资源丰富，但是核心城区与远郊区、城乡接合部等之间的发展差距较大，在科技创新、产业发展、人口分布、基础设施、公共服务等方面均存在发展不平衡现象，导致城镇化建设与发展中的利益统筹困难。区域间发展不平衡，城市功能过多地集聚在核心区，行政机构、教育、医院、商业、金融等资源过度集中在中心城区，导致人口、交通、资源、环境等方面的承载力不足。为此，发挥好中心城区的创新资源集聚优势，加快资源整合与低碳创新发展，推动城市空间腾退与更新任务艰巨。

二是社会参与创新匮乏，低碳社会发展严重滞后。一方面，社会资本、社会组织、社会公众对创新的重要性以及如何参与创新的认识不到位，参与创新动力不足，许多人认为创新仅仅是企业干的事情、政府管的事情，同时也缺乏基本的专业知识和技术水平，参与绿色低碳领域的技术创新与产业创新的积极性和主动性不够，缺乏参与低碳创新的平台与机制，这严重制约了绿色低碳技术创新在全社会的推广与应用。实际上，绿色低碳技术创新并非都是高精尖，更多的是与城市更新紧密相关的、与社会公众参与社会生产生活紧密关联的。目前，社会各界对绿色低碳技术创新的参与不足，严重制约了城市更新与低碳创新的互动发展。社会力量是低碳生活、低碳消费市场的主体，但传统的高碳消费习惯和消费模式严重制约了生活方式转型与低碳创新发展。目前，受浪费、奢侈、显摆等消费习惯和消费心理的影响，高碳消费模式到处存在。这些高碳排放的消费习惯、心理和模式直接引发对物质产品的过度消费，进而对低碳创新不够重视、对低碳产品和低碳消费产生抵制心理，导致对自然资源、能源、环境的过度消费和破坏，严重影响了低碳城市、低碳社会的生活方式转变与绿色低碳发展。

（五）城市生态修复缺位，低碳创新任重道远

从污染物排放与环境治理看，加快城市更新与低碳创新驱动发展任重道远。城镇功能的错位和以破坏环境为代价的城镇化模式可能会导致碳排放强度的增加。① 不少地区环境污染、环境治理难度大，生态空间严重受到挤压，成为新型城镇化建设与发展中的主要难题之一。从城市绿化与生态空间拓展来看，传统城镇化过程中面临的严重破坏生态环境、生态空间严重被挤压、城市绿化建设滞后等问题，也是制约新型城镇化绿色低碳创新发展的巨大难题。在传统城镇化过程中，依托土地财政，将更多的生态用地、农业用地转变为工业用地或建设用地，导致城市绿地少、生态空间少，城市的环境承载力严重下降。北京作为超大城市在推进城市化过程中，人口集聚、城市建筑和交通用地规模不断扩张，城市绿化发展空间严重不足，绿地总量偏低，难以形成绿色、生态、自然的城市景观。受利益驱动，过分重视经济利益，而忽视了城市在生活、生态、生存等方面的宜居和绿色要求，忽视城市自然景观、清新空气、绿色低碳环境对市民工作、生活、学习的重要性，严重影响对城市历史文化和生态环境的保护。

三　城市更新视域下北京低碳创新与社会重构的路径选择

新阶段深入实施新型城镇化战略、创新驱动战略，推进绿色低碳发展，实现碳达峰碳中和目标，加强低碳创新驱动、构建低碳社会，对于

---

① 龚翔、朱万春：《低碳经济环境下物流业网络构建对城镇化发展的影响》，《生态经济》2021 年第 3 期，第 101~105 页。

推动北京城市更新与绿色低碳的高质量发展具有重要的战略意义。北京城市更新类型多样，矛盾交错复杂。立足新发展阶段，贯彻新发展理念，结合北京实际，应加快低碳技术创新与低碳社会重构，探索与超大城市现代化治理相契合的高质量发展路径。

（一）完善低碳创新规划与政策，加快城市创新体制改革

推进城市更新，关键是要发挥低碳技术创新的驱动作用。要利用城市更新带来的良好契机，以及利用新型城镇化所释放的空间和发展活力，加快低碳技术创新战略布局，细化和完善相关发展规划。发达国家在推进城镇化建设与发展中，通过制定低碳规划，实施"零排放城市和区域规划"，有效构建了空气清新、经济低碳、环境友好的城市发展空间。应加快现代城市规划转型，制定和完善低碳创新规划，完善低碳创新政策。加快制定针对低碳技术创新的各项鼓励性、引导性政策，设立低碳创新基金，加大政府对低碳创新的经费投入，以必要的政府资金支持形成种子基金，引导社会资本、社会力量投入低碳技术创新领域，为低碳技术创新提供政策扶持和公共服务，降低低碳技术创新的社会成本。要加快深化城市创新体制改革，构建城市低碳创新系统，梳理科技创新各个领域、各个环节、各个层次的体制机制障碍，减少行政审批，减少制度障碍，依托体制机制改革，释放科技创新驱动的"制度红利"与"创新红利"，消除各种阻碍科技创新的强势利益集团和垄断行业设置的"壁垒"与"障碍"，以鼓励社会资本参与、多元化发展、创新驱动为基本理念，促进城市创新体制机制改革，加快构建新型城市低碳创新体系。

（二）夯实企业创新主体地位，提升城市低碳创新能力

充分发挥创新驱动的引擎作用，并将城市更新所覆盖的空间或区域作为技术创新的主阵地、试验田和战略实施高地，引入高校、科研院所

及科技创新型企业建立研发中心或基地，围绕节能减排、绿色低碳、生态环保等领域开展科技创新研究，夯实企业低碳创新的主体地位，不断破解"卡脖子"技术难题，不断提升低碳技术创新能力，为城市更新与低碳社会重构提供技术支撑。要利用新一轮技术革命和城市更新的战略契机及转型释放的空间和发展活力，加快部署绿色低碳技术研究，推广应用共性减污降碳技术，提高低碳创新能力和低碳竞争力。鼓励和引导企业加强技术创新，特别是面向低碳、生态、绿色的技术创新，以低碳技术创新突破实现企业竞争力提升，支持行业龙头企业联合科研院所、高等院校和中小企业组建低碳技术创新联合体，打造城市绿色制造研发及推广应用基地和创新平台。

（三）加快构建低碳产业体系，大力开发低碳新能源

新一轮科技革命和产业革命的孕育兴起，正在和中国新型城镇化、创新驱动战略实施形成历史性交汇，为城市更新、低碳创新发展、低碳社会构建提供了难得的历史机遇。北京应紧抓新一轮科技革命的机遇，以低碳技术创新为引擎，大力培育低碳产业，建立健全低碳能源体系，助推低碳城市与低碳社会重构。加快低碳技术创新、低碳产业发展、低碳能源开发是北京城市更新、推动高质量发展、率先实现碳中和目标的重要突破口和必然选择。一方面，在城市更新与产业布局方面，大力发展氢能、人工智能、生态环保、绿色制造、新能源汽车、生物医药等新兴产业，低碳技术创新与产业结构优化升级相结合，建立低碳产业体系，加快产业低碳化、数字化、现代化转型。另一方面，加大能源结构调整、能源技术创新力度，提高能源利用效率，尽可能降低能耗、碳排放。要先立后破，有序推进能源结构调整优化，发挥传统能源特别是煤炭、煤电的调峰和兜底保供作用。更重要的是要加强新能源技术创新与开发利用模式创新。要重视光伏、生物质能、地热能等新能源技术创新，破解新能源开发利用以及消纳、储能等方面的瓶颈性制约。创新新

能源开发利用模式，充分利用北京城市区域以及周边远郊区的建筑屋顶、广场，以及荒山、荒地、荒漠等其他闲置空地，大面积安装光伏风力等发电设备，包括建设屋顶光伏发电站、充储一体化的太阳能充电站、光伏电杆等，发展新能源汽车，推进能源替代，提高北京城市新能源占比，加快构建城市低碳能源结构。

（四）加强资源整合与公众参与，加快低碳社会重构

未来的城市应该是鼓励公众参与、重视社区融合、提倡绿色低碳的新型社会空间。在新阶段，应加快推动北京城市更新，加快低碳创新与社会重构，整合各方面的创新资源，引导和鼓励社会资本、社会组织、社会公众的有序参与。一方面，要发挥北京中心城区的创新资源集聚优势，完善创新利益分配机制，吸引更多的社会资本、社会组织、社会公众等参与城市更新和低碳创新，从基础设施建设与公共服务均等化布局等方面加快中心城区与发展新区、生态涵养区，以及城市与农村的一体化建设，使更多的创新资源、公共服务资源等与欠发达区域共享，加快老旧小区改造、绿色低碳社区建设，推动城市协同创新、城乡融合发展、绿色低碳发展。另一方面，加快低碳社会重构，鼓励和引导社会资本、社会力量参与低碳创新活动、低碳社会建设，倡导低碳生活方式，鼓励低碳消费，形成全社会低碳的消费习惯。要增强社会低碳发展责任，营造低碳消费环境，建立低碳交通体系，完善慢行交通系统，倡导公众参与造林增汇活动、生态修复和生态补偿，共同营造低碳创新、低碳生活、低碳消费的新型城市社会环境。

（五）加强生态环境治理，推动低碳高质量发展

北京城市更新强调生态环境保护与治理、山水林田湖草系统治理，重点要从交通尾气治理、绿色交通、绿色建筑、城市绿化等方面采取有效措施。一是加强机动车尾气治理，建立绿色交通系统。建立便捷舒适

的公共交通运输体系，大力发展公共交通，推广无污染交通工具，建立多样化的交通供给系统。加强绿色交通技术创新，特别是新能源技术与交通工具相结合，推广新型动力汽车，加快电动汽车智能充换电服务网络建设，鼓励发展电动车，完善充电站等配套基础设施。二是加快绿色建筑和屋顶绿化建设。加快绿色建筑技术研发，推广绿色节能建筑材料、绿色产品，制定新建建筑节能标准。加快既有建筑改造、绿色建材、建筑物耐久性等方面的绿色建筑共性和关键技术研发，推进建筑废弃物资源化利用。在城市更新、旧区改造中，要加强对建筑物的节能改造，全面打造绿色建筑，促进屋顶绿化。三是深入开展北京城市绿化行动，持续推进"留白增绿"。加强北京城市生态修复和环境保护，鼓励植树造林，提升生态系统质量和稳定性，大尺度拓展生态空间。立足新阶段，北京城市更新应以人民城市人民建为理念，以首都发展为统领，以低碳技术创新为驱动力，以低碳社会重构为支撑，全面提升北京城市生态系统质量和稳定性，推动北京城市低碳高质量发展，率先实现"双碳"目标，加快构建国际一流的和谐宜居之都。

参考文献

冀维：《浅谈大型城市综合体的火灾危险性和火灾防控对策》，《内蒙古煤炭经济》2021 年第 20 期。

金倩：《城市高层建筑火灾消防及安全逃生策略》，《大众标准化》2020 年第 21 期。

陈勇建：《大型城市商业综合体的火灾扑救特点及难点研究》，《消防界》（电子版）2022 年第 4 期。

李滨：《试论城市综合体火灾危险性及消防安全》，《绿色环保建材》2020 年第 8 期。

肖国清、黄仁和、邹瑞、陈春燕、何理：《大型城市综合体火灾风险评估研究》，《中国安全生产科学技术》2021 年第 8 期。

董丽晶：《老工业城市更新改造中的社会空间重构》，《未来与发展》2014 年第 10 期。

城市文化篇

大数据背景下北京中轴线空间格局演化及申遗策略研究

倪维秋*

摘　要：北京中轴线贯穿旧城，不仅是六朝古都的重要标志，也是当今世界上现存最长的城市中轴线之一，具有极高的历史文化价值。本文围绕北京中轴线申遗，综合运用大数据手段，通过对北京中轴线的历史价值阐释、空间格局解构、申遗策略制定等进行详细分析与阐述，以期为中轴线成功申遗提供参考和建议。

关键词：大数据　中轴线　申遗　空间格局

一　概念界定

《吕氏春秋》中写道："古之王者，择天下之中而立国，择国之中立宫，择宫之中立庙"，"国"即国都，"中"则为中心、中央，选天下之中做国都，选国都中央设宫城，在宫城中心设立祖庙，而中轴线则是居于都城中央的街道，祖庙便坐落在中轴附近。这句话体现了古代建都城的核心思想，即便在皇权未出现、中央集权尚未建立的时代已有居于

---

* 倪维秋，博士，北京市社会科学院城市所副研究员。

中央的思想。

中轴线，根据《中国建筑史》可定义为中国古代大建筑群在平面上统领全局的轴线，而《中国大百科全书》认为中轴线是组织城市空间的重要手段。综观中轴线的相关描述，均认为其是城市空间形态上的结构性要素，是城市空间格局上的骨架，可以使得城市具有较强的标识度、秩序感，同时提升城市活力、促进城市发展。中轴线本身固然重要，沿线周边区域也同等关键，相辅相成，凸显城市中轴线的存在，沿线区域称为城市中轴地区，指城市中轴线两侧联系密切的周边地区，主要是由中轴线两侧 500~1000 米的关键区域组成，是城市的核心组成部分，往往在城市中串联了行政中心、商业中心以及重要的公共空间，是城市扩张、新区建设的重要地带和关键平台，在城市发展中扮演了重要的角色。综合来看，中轴线一般是指轴线居于城市中心，形成轴线两侧对称、相对均衡的城市格局，统领城市空间与建筑布局。

二 中外城市中轴线对比

（一）中国城市中轴线

1.北京中轴线

北京中轴线，是指自元、明、清以来，使得北京城东西对称布局建筑物的对称轴。当前北京的诸多建筑物位于此轴线之上。明清中轴线南起永定门，北至钟鼓楼，直线距离长约 7.8 公里。但自 20 世纪 90 年代以来，北京市政府在原明清中轴线基础上向北逐渐拓展至现今的奥林匹克森林公园，以贯通城市中心并迎接亚运会、奥运会等重大活动。

梁思成在《北京——都市计划的无比杰作》中这样称赞北京中轴线："一根长达八公里，全世界最长，也最伟大的南北中轴线穿过全城。北京独有的壮美秩序就由这条中轴的建立而产生；前后起伏、左右对称的体形或空间的分配都是以这中轴为依据的；气魄之雄伟就在这个南北延伸、一贯到底的规模……有这样气魄的建筑总布局，以这样规模来处理空间，世界上就没有第二个！"北京市政府多位领导更是赞誉北京中轴线为旧城的"灵魂与脊梁"。

表 1　北京中轴线观点

人物	身份	观　点
梁思成	著名建筑师	一根长达八公里,全世界最长,也最伟大的南北中轴线穿过全城。北京独有的壮美秩序就由这条中轴的建立而产生;前后起伏、左右对称的体形或空间的分配都是以中轴为依据的;气魄之雄伟就在这个南北延伸、一贯到底的规模
蔡奇	北京市委书记	北京城市中轴线是北京旧城的灵魂与脊梁,蕴含着中华民族深厚的文化底蕴、哲学思想,也见证了时代变迁,体现了大国首都的文化自信
李伟	北京市人大常委会主任	北京中轴线是我国现存最长、最完整的古代城市轴线,是北京旧城的"灵魂与脊梁"

资料来源：根据公开资料整理。

2.曹魏邺城中轴线

曹魏邺城是中国古代城市规划理念的重要研究对象，其以城市中轴线贯通东西两座城门（金明门、建春门），将城区分为南、北两个部分，轴线以北为内城，宫殿、官署等坐落于此，轴线以南为外城，民居、商业、手工业等位于此处。这种以中轴线为界展开方格网式的城市布局对后代城市营建产生了重要的影响，如隋唐时期的大兴、长安以及明清时期的北京。[①]

（二）国外城市中轴线

中轴线并非中国独有，事实上，在世界许多著名城市建设中也存在

---

① 郑辉、严耕、李飞：《曹魏时期邺城园林文化研究》，《北京林业大学学报》（社会科学版）2012 年第 2 期，第 39~43 页。

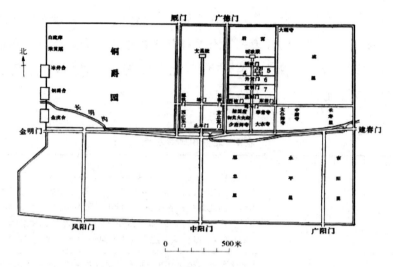

图 1　魏邺北城复原图

资料来源：沈丽华：《曹魏邺城都城空间与葬地初论》，载陈晓露主编《芳林新叶：历史考古青年论集》（第二辑），上海古籍出版社，2017，第315~332页。

中轴线，如澳大利亚堪培拉、美国华盛顿、西班牙巴塞罗那、德国柏林、法国巴黎等，其中法国巴黎中轴线较为著名。[1]

1. 澳大利亚堪培拉中轴线

堪培拉被视为"花园城市"的典型案例之一，该城市布局有若干座同心圆广场，经由城市轴线串联，并在中心广场周围延展出环状道路与居民区。同时，借助高达60%的绿化覆盖率，搭配以河流、湖泊、丘陵、山地等地形地貌，使得城市布局和谐。

但总体上看，城市轴线并非单一街道，而是成为三角的轴线系统，弱化了城市中轴线的作用与内涵。

2. 美国华盛顿中轴线

美国华盛顿是轴网式巴洛克城市的典型，后期则向着绿色、生态的花园城市维度发展。在朗方规划方案中，除放射状支线、对角线大街外

---

① 李建盛：《北京中轴线与国外重要城市中轴线文化空间和功能比较研究》，《北京联合大学学报》（人文社会科学版）2021年第1期，第46~58页。

的道路均以东西、南北方向正相交，与东西向中轴线保持一致，运用轴网结构的目的是"使新城市被快速、平均地定居和建设，同时交通畅顺，视觉效果丰富"。

3. 德国柏林中轴线

德国柏林中轴线最早可追溯至 1573 年，最初功能为骑马御道，以连接皇宫和西部皇家狩猎场。后来，皇室出售道路两侧土地为居民定居点，道路逐渐变成市政大道。1791 年，勃兰登堡门建成。18 世纪末，勃兰登堡门西侧皇家狩猎场改造为蒂尔加滕公园。

4. 法国巴黎中轴线

法国巴黎中轴线 17 世纪末为连通卢浮宫的步道，到 1836 年扩展成香榭丽舍大街。1852~1870 年，奥斯曼男爵主持大规模改造巴黎计划，建造星形广场和若干主要街道，奠定中心城区格局。此后，19 世纪末，香榭丽舍大街成为巴黎市城市中轴线所在。

（三）中外中轴线对比

1. 汇总对比

中外中轴线存在很大不同，从形态上看，国外中轴线更多的是以网络形态出现，与中国单一轴线或交叉中轴线很不一样。但就中轴线本身而言，多起源于政治目的与交通用途，或串联封建建筑，或出于车马所用，或出于狩猎御道。同时，其均不是一成不变的，而是与所处之城的发展息息相关，伴随着城市的发展而不断被赋予新的内涵、融合新的含义，但也有部分中轴线在演化过程中逐渐失去其原有功能与意义。

2. 分项对比

从起讫时间来看，北京中轴线历史最悠久，拥有近 800 年的历史，德国柏林中轴线次之，拥有近 350 年的历史，巴黎中轴线则拥有接近 300 年的历史，堪培拉、华盛顿、巴塞罗那中轴线均拥有不足 300 年的历史。从基本形态来看，北京中轴线较为特殊，以带状形态存在，而巴黎、柏林、巴塞罗那、华盛顿基本形成轴线网络，堪培拉中轴线则呈现三角网络结构。从当代城市功能来看，巴黎、柏林传统中轴线拥有交通轴、纪念轴、景观轴、政治机构、商业区、文化服务设施等六大功能，巴塞罗那和堪培拉中轴线则以纪念、景观、政治、文化等功能为主，缺少商业功能。相较之下，北京传统中轴线则缺乏交通轴和政治机构的功能，其文化内涵重于实际功能，成为旧城的核心骨架。

总的来看，北京中轴线在存续时间上较之于其他中轴线更为悠久，在形态上更为接近中轴线的概念，体现了东西方文化理念的差异，具有很强的文化特征。

表2 中外中轴线对比

城市	历史沿革	特征
法国巴黎 中轴线	17世纪末为连通卢浮宫的步道 1836年扩展成香榭丽舍大街 1852~1870年，奥斯曼男爵主持大规模改造巴黎计划，建造星形广场和若干主要街道，奠定中心城区格局 19世纪末，香榭丽舍大街成为巴黎市城市中轴线所在	兼具交通轴、景观轴作用，以轴线串联历史遗迹、纪念性建筑 著名建筑如卢浮宫、凯旋门等以及商业设施、政治机构居于轴线之上
德国柏林 中轴线	1573年，修建骑马御道连接皇宫与狩猎场 1674年，道路两侧土地被出售为居民定居点，成为市政大道 1791年，勃兰登堡门建成 18世纪末，狩猎场转化为蒂尔加滕公园	轴线串联起林荫大道、河流、公园等，兼具交通、景观、纪念等功能 重要建筑、博物馆、政治机构居于城市轴线之上
美国华盛顿 中轴线	起初是轴网式巴洛克城市的典型，郎方规划方案中以轴网系统串联交通，丰富视觉效果 1901年，麦克米伦领导完善朗方规划，延长景观带并用轴线结构串联起公园、草地等休闲空间 1943年基本完成轴线建设	除放射状支线与对角线大街外道路呈东西、南北正相交，形成轴网结构 轴线结构与公园、草地、水滨等公共空间相结合
澳大利亚 堪培拉中轴线	美国建筑师格里芬设计，1913年动工 1927年成为首都	轴线网络串联起中心圆形广场，形成三角网络结构 以中心广场为内核布局向外布局社区、绿地等，形成城市核心 轴线内涵与意义被弱化

城市	历史沿革	特征
中国北京中轴线	元代雏形初显，起于今鼓楼位置 明清传统北京中轴线格局基本形成，并不断完善 民国以来历经波折，老城墙拆除 如今逐步恢复原有风貌，重置原有传统秩序格局	中轴线串联起紫禁城，原宫城与外城门、宫殿等重要建筑居于轴线之上 庙坛建筑等位于轴线两侧 中轴线两侧近似对称，规模宏大
中国曹魏邺城	最早追溯到春秋时期齐桓公下令修筑，战国时期魏国曾定都于此 东汉末年曹操攻占并定都于此，邺北城为曹操下令所筑造，近似长方形	城市中轴线贯通东西两座城门（金明门、建春门） 城区分为南、北两个部分，轴线以北为内城（宫殿、官署等），轴线以南为外城（民居、商业、手工业等）

三　北京中轴线历史沿革

（一）元代：雏形初显

北京中轴线雏形最早可追溯至元代，元大都建设之初，在今天的鼓楼位置附近确立城市中心点，并以此为元中轴线的起点。初始轴线全长约 3.75 公里，自鼓楼附近所筑造的中心台开始，往南依次经过万宁桥、宫城、皇城，最后至丽正门。[①]

（二）明清时期：格局形成

明代在元大都基础上，从 1406 年至 1564 年基本完成北京城建设，初步形成了如今北京中轴线延续至今的整体格局，此后一直持续到清朝，该空间格局均得到了继承与延续，仅对中轴线上部分建筑群做了改

---

① 侯仁之：《元大都城与明清北京城》，《故宫博物院院刊》1979 年第 3 期，第 3~21+38 页。

造或调整。

明早期定都北京后，在元大都基础之上，将北京城整体南移，但严格保留了城市中轴线的主体格局与位置。以中轴线串联起宫城、内城，至正阳门，全长约 4.75 公里。明中后期逐步修建外城，中轴线往南延伸至永定门，逐步串联起紫禁城、内城、外城，全长约 7.8 公里，鼓楼、万宁桥、地安门、景山、紫禁城、正阳门、永定门等重要建筑均坐落于轴线之上成为节点，太庙、社稷坛、天坛、先农坛等坛庙建筑更是紧临轴线两侧布局。明后期至清朝则继承与延续大体格局，对局部建筑进行修葺、完善，如景山五亭等。

（三）民国至20世纪末：调整转变

民国以来，中轴线从封建制度的专属与象征逐渐走向公众化，以社稷坛作为中央公园向公众开放为标志，北京中轴线进入寻常百姓家的视野。一方面，中轴线上及其两侧的皇家建筑经历了一系列功能调整，许多原本传统的庙坛建筑、重要建筑等转变成为博物馆或公园。另一方面，中轴线的建筑风貌不断被赋予时代的痕迹，既有因不符合时代发展需求而被拆除的部分，如明清北京城的城墙逐渐被拆除，也有因响应时代需求而新增补充的关键节点，如天安门广场及相关历史建筑群的扩建。

（四）21世纪以来：呼唤新生

伴随着亚运会、奥运会、冬奥会等重大节事活动的举办以及北京城市发展的需求，北京中轴线在传统中轴线基础之上被赋予新的内涵，往北拓展至奥林匹克森林公园附近，往南更是拓展至北京大兴国际机场。步入 21 世纪，北京赋予旧城空前的重要的定位与历史使命，而中轴线作为旧城的基准正在申报世界文化遗产，并开展了一系列规划编制、专项立法、综合整治等重要工作。如今，北京中轴线各项历史风貌得到改善与恢复，并逐步恢复传统的历史格局与秩序，迎来新生。

四　北京中轴线现状评价

（一）研究设计

1.案例地选取

本文所研究的中轴线范围以北京中轴线申遗的 14 个遗产点为基础，这 14 个遗产点分别为永定门、先农坛、天坛、正阳门及箭楼、毛主席纪念堂、人民英雄纪念碑、天安门广场、天安门、社稷坛、太庙、故宫、景山、万宁桥、鼓楼及钟楼。人民英雄纪念碑实际上被天安门广场所包含，故将二者合并为一处。为了体现中轴线概念，将万宁桥地段向南延伸，成为地安门北大街地段。基于此，又加上了南锣鼓巷、什刹海、后海、前门大街、天桥南大街五处中轴线沿线的道路及景点最终共选取 18 个点作为研究对象。

这 18 个研究对象相较于北京中轴线申遗的 14 个遗产点，淡化了遗产价值，强化了旅游价值。其空间关系连续，面积大小均衡，沿中轴线的对称性好，更加适用于社会网络分析。

2.研究方法及理论依据

本文主要对由北京中轴线沿线的 18 个研究对象组成的社会网络进行分析，同时对其配套的道路设施与服务设施数据进行综合分析。

社会网络是指由许多节点以及节点间关系构成的一个网络结构，在本文的研究中，中轴线沿线的每一个研究对象都被视为一个节点。而社会网络分析法则是在图论基础上发展而来的用于评价节点、连接关系的一种定量分析方法，对于衡量中轴线各节点中心度、重要性起到了很好的辅助作用。

在进行社会网络分析时，本文主要使用了以下四个指标：一是度中心性（Degree Centrality），是评价节点在网络中的中心性程度的最直接

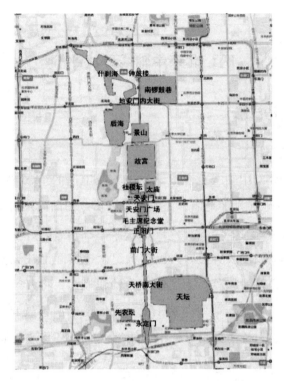

图2 研究范围示意

指标。在网络中，与一个节点直接连接的其他节点数量之和为该节点的度中心性，一个节点的度中心性越高，其在网络中就越重要。二是接近中心性（Closeness Centrality），用于评价一个节点与其他节点的接近程度，可用一个节点与所有其他节点最短路径的距离和表示，值越低，那么此节点的接近中心性就越大。三是中介中心性（Between Centrality），用于评价一个节点作为最短路径的程度。可用经过某个节点的最短路径数目来衡量，中介中心性越高，则该节点在网络中起到的中介作用越大。四是限制度（Constraint Efficiency）。介绍限制度概念之前，首先要介绍结构洞，结构洞是指两个节点之间的非冗余关系，如对于三个节点p、q、r而言，如果p和q关联，q和r关联，而p和r不关联，则称p和r之间存在一个结构洞。而限制度正是指一个人在自己的网络中拥有的运用结构洞的能力。

基于网络分析的结果，结合各项 POI 设施点分析及道路分析，可得到设施配套、道路布局与北京中轴线网络的匹配程度，进而基于以上综合分析提出规划改造的方向和建议。

3. 数据说明

（1）数据内容及类型

研究中所需数据内容、类型、来源和获取方式、使用目的和作用如表 3 所示。

表 3 研究所需数据详细信息

数据内容	数据类型	数据来源和获取方式	数据使用目的和作用
景区范围数据	ArcGIS shp 面数据	手绘	界定景区范围,判断游客轨迹是否进入景区
游客轨迹点数据	csv 表格文件	使用网络爬虫工具从六只脚网站（http://www.foooooot.com/）爬取	全北京范的游客轨迹数据,通过大数据判断游客在不同景区间的连接强度
POI 数据	csv 表格文件	使用网络爬虫工具从百度地图网站（https://map.baidu.com/）爬取	包括商店、停车场、医疗保健等各项服务设施的分布,用以核密度分析
道路数据	ArcGIS shp 线数据	从北京城市实验室网站（https://www.beijingcitylab.com/）下载	导入 DepthMap 软件进行空间句法分析

（2）数据预处理

①游客联系矩阵的预处理

从六只脚网站爬取的数据最初只以 csv 文件的形式储存起来，需要将其导入 ArcGIS 软件，根据其投影坐标系及坐标信息，生成 shapefile 点文件；然后按照时间属性将一次出行的轨迹点连接成线，生成 shapefile 面文件；最后投影至与景区范围数据相同的坐标系。

使用空间连接工具将景区范围数据（面文件）和游客轨迹数

（线文件）使用 ArcGIS 中的"空间"连接工具进行连接，得出每条轨迹经过的各个景区的编号，将结果导出为 csv 文件。

编写 python 程序对上一步所得 csv 文件进行处理，得到各景点间游客联系矩阵，如表 4 所示。

设定阈值（本研究的阈值设置为 100），将游客联系矩阵二值化，高于阈值的值设为 1（有明显联系），低于阈值的值设为 0（无明显联系），得到各节点间联系情况。

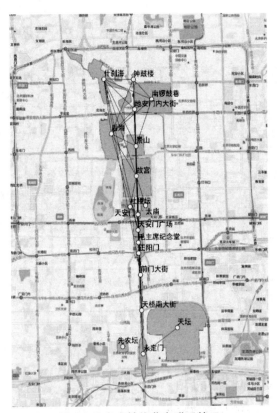

图 3　北京中轴线节点联系情况

②POI 的预处理

按照位置选择北京中轴线范围内的 POI 点，并根据实际需求对兴趣点进行分类及进一步分析。

表4 北京中轴线节点联系强度矩阵

名称	永定门	先农坛	天坛	天桥南大街	前门大街	正阳门	毛主席纪念堂	天安门广场	天安门	社稷坛	太庙	故宫	景山	后海	地安门内大街	南锣鼓巷	什刹海	钟鼓楼
永定门	0	26	125	137	173	302	71	86	69	0	17	136	192	16	94	47	71	169
先农坛	26	0	11	12	7	4	0	2	5	0	0	11	9	0	2	6	7	0
天坛	125	11	0	87	66	82	56	69	36	0	43	64	83	57	38	34	53	70
天桥南大街	137	12	87	0	97	84	20	44	17	6	6	34	50	14	66	23	28	48
前门大街	173	7	66	97	0	274	64	131	86	26	42	149	216	51	131	56	110	172
正阳门	302	4	82	84	274	0	247	206	205	67	62	277	299	45	109	52	94	183
毛主席纪念堂	71	0	56	20	64	247	0	171	153	25	51	204	125	29	32	30	42	65
天安门广场	86	2	69	44	131	206	171	0	184	59	46	254	241	146	105	83	163	184
天安门	69	5	36	17	86	205	153	184	0	47	50	331	208	77	47	44	80	94
社稷坛	0	0	0	6	26	67	25	59	47	0	24	120	73	32	17	15	35	43
太庙	17	0	43	6	42	62	51	46	50	24	0	105	77	40	18	19	39	35
故宫	136	11	64	34	149	277	204	254	331	120	105	0	474	167	118	99	176	201
景山	192	9	83	50	216	299	125	241	208	73	77	474	0	479	285	196	374	417
后海	16	0	57	14	51	45	29	146	77	32	40	167	479	0	277	262	523	330
地安门内大街	94	2	38	66	131	109	32	105	47	17	18	118	285	277	0	423	555	398
南锣鼓巷	47	6	34	23	56	52	30	83	44	15	19	99	196	262	423	0	593	367
什刹海	71	7	53	28	110	94	42	163	80	35	39	176	374	523	555	593	0	649
钟鼓楼	169	0	70	48	172	183	65	184	94	43	35	201	417	330	398	367	649	0

（二）结果分析

1.节点功能性评价

将北京中轴线各节点联系矩阵导入 UCINET 软件进行度中心性、接近中心性、中介中心性以及限制度的分析，结果如表 5 所示。

以度中心性、接近中心性、中介中心性、限制度四个指标为基础，本文对北京中轴线网络各节点的中心地位以及各节点的中介运转程度进行了评价。

表 5 节点社会网络分析结果

名称	度中心性	接近中心性	中介中心性	限制度
永定门	7	43	29	0.371
先农坛	0	—	0	—
天坛	1	58	0	1
天桥南大街	1	58	0	1
前门大街	8	42	2.117	0.434
正阳门	9	41	4.7	0.388
毛主席纪念堂	5	47	0	0.648
天安门广场	10	42	3.367	0.353
天安门	5	47	0	0.648
社稷坛	1	52	0	1
太庙	1	52	0	1
故宫	13	37	37.317	0.244
景山	12	38	13.2	0.296
后海	7	45	0.8	0.488
地安门内大街	9	43	1.917	0.39
南锣鼓巷	5	49	0	0.648
什刹海	8	44	1.217	0.434
钟鼓楼	10	40	6.367	0.352

（1）节点中心地位

评价节点中心地位时，选取度中心性和接近中心性两个指标，令两个指标均大于均值+标准差的节点为核心节点，令两个指标均大于均值的除核心节点以外的节点为一般节点，令两个指标均小于均值但不同时为0的节点为边缘节点，令两个指标均为0的节点为孤立节点，基于以上标准，共界定出核心节点2个，一般节点8个，边缘节点7个，孤立节点1个，具体如表6所示。

表6　北京中轴线节点中心地位

单位：个

节点类型	节点名称	数量
核心节点	故宫、景山	2
一般节点	永定门、前门大街、正阳门、天安门广场、后海、地安门内大街、什刹海、钟鼓楼	8
边缘节点	天坛、天桥南大街、毛主席纪念堂、天安门、社稷坛、太庙、南锣鼓巷	7
孤立节点	先农坛	1

其中故宫、景山由于与其他节点直接连接程度高，且与其他节点平均距离较短，成为中心地位较高的核心节点。

（2）节点中介运转程度

评价节点中介运转程度时，选取中介中心性和限制度两个指标，选入标准为中介中心性大于均值且限制度小于0.5，经过数据遴选最终选出4个节点，分别是永定门、故宫、景山、钟鼓楼。事实上，这四个节点都在后面的组团分析中在各自的组团发挥了很大的中介作用。

2.网络分析

（1）派系分析

派系（Cliques）是指彼此之间相互紧密联系的组合。派系不会被更大的派系包含。派系之间并不会互斥，即一个节点可能被多个派系包含。将游客联系矩阵导入 UCINET 软件进行派系分析，最终识别出了6个派系。

派系1：前门大街、正阳门、天安门广场、故宫、景山、地安门内大街、钟鼓楼。

派系 2：正阳门、毛主席纪念堂、天安门广场、天安门、故宫、景山。

派系 3：天安门广场、故宫、景山、后海、地安门内大街、什刹海、钟鼓楼。

派系 4：前门大街、天安门广场、故宫、景山、地安门内大街、什刹海、钟鼓楼。

派系 5：永定门、前门大街、正阳门、故宫、景山、钟鼓楼。

派系 6：景山、后海、地安门内大街、南锣鼓巷、什刹海、钟鼓楼。

观察以上结果，可以发现 4 个具有整体影响力的节点：天安门广场、故宫、景山、钟鼓楼。相应的派系以这些节点为核心，构成了完备的派系网络。

（2）组团分析

将游客联系矩阵导入 NetDraw 软件，进行组团分析，结果如图 4 所示。

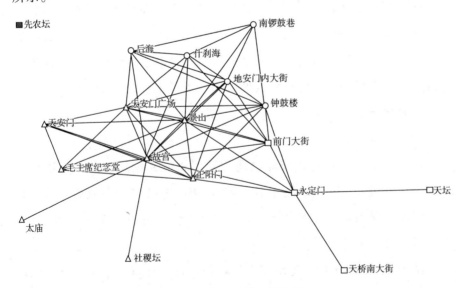

图 4　北京中轴线组团分析

北京市中轴线包括 3 个组团和 1 个孤立节点。三个组团分别为前门大街组团、故宫组团、什刹海—南锣鼓巷组团。前门大街组团是以永定门为核心，与前门大街、天坛、天桥共同形成组团；故宫组团是以故宫、天安门广场为核心，与景山、正阳门、天安门、毛主席纪念堂、太庙、社稷坛共同形成组团；什刹海—南锣鼓巷组团是以钟鼓楼为核心，与南锣鼓巷、后海、什刹海、地安门内大街共同形成组团。在空间位置上，这三个组团分别位于北京中轴线的南部、中部和北部。孤立节点为先农坛，由于新中国成立后先农坛面积锐减，加之知名度不够，故与其他节点联系较弱。

分析组团之间的关系可见，前门大街组团与故宫组团以正阳门为主要联系节点，故宫组团与什刹海—南锣鼓巷组团以故宫、景山、地安门内大街、钟鼓楼为主要联系节点，而前门大街组团与什刹海—南锣鼓巷组团由于距离较远，联系则较弱。

（3）交通网络分析

出行者的行为轨迹受交通网络的影响，为更科学的对北京中轴线地区的交通联系网络进行评价采用空间句法进行分析。考虑到北京中轴线地区范围较小，将其置于北京旧城范围内进行分析，同时引入整合度、穿行度两个概念进行评价。整合度是衡量街道"中心性"的指标，可以反映空间吸引到达交通的潜力；穿行度则是作为最短路径的街道可能被穿行的次数，可以反映一个空间作为运动通道的潜力。

使用 DepthMap 软件分析发现，前门大街片区、什刹海—南锣鼓巷片区的"中心性"较高，这在一定程度上表明前门大街片区和什刹海—南锣鼓巷片区形成两个组团得益于其较高的通达度。从穿行度来看，历史街区的穿行度较周边地带高，这也主要是由于传统历史街区的街道网络相对较为密集，因此在交通通达度上作为最短路径穿行到另一地块的次数更多。而这也有助于人群聚集与疏散，从而在空间上形成组团。

a. 整合度   b. 穿行度

图5 北京中轴线地区空间句法分析之整合度和穿行度

（4）旅游空间结构

基于百度地图爬取得到POI数据，并对其进行分类，包括交通服务设施（01）、餐饮服务（02）、生活服务（03）、住宿服务（04）、风景名胜（05）、购物服务（06）、科教文化服务（07）、公司企业（08）、医疗保健服务（09）、金融保险服务（10）、政府机构及社会团体（11）、体育休闲服务（12）、商务住宅（13）、公共设施（14）等14类。

对于这14类的目标人群，可以按照游客端和居民端进行划分，游客端包括交通服务设施（01）、餐饮服务（02）、住宿服务（04）、风景名胜（05）、购物服务（06）、科教文化服务（07）、体育休闲服务（12）等7类；居民端包括生活服务（03）、公司企业（08）、医疗保健服务（09）、金融保险服务（10）、政府机构及社会团体（11）、商务住宅（13）、公共设施（14）等7类。

对居民端、游客端的POI数据使用Arc Gis空间分析工具进行核密度分析，扫描半径发现，居民端与游客端的服务与设施用地供给在空间格局上呈现显著差异。

①游客端

游客端的交通服务设施主要集中分布在前门大街附近，其次是什刹海、故宫东北角；餐饮服务主要集中分布在前门大街，其次是南锣鼓巷与什刹海；住宿服务主要集中分布在前门大街附近；风景名胜主要集中分布在故宫和什刹海，北海附近次之；购物服务则主要集中分布在什刹海的烟袋斜街、南锣鼓巷、前门大街；科教文化服务则呈现多中心分布状态，在什刹海、南锣鼓巷、先农坛附近、什刹海、天坛附近等都有一定的集聚；体育休闲服务则主要集中分布在什刹海、南锣鼓巷。

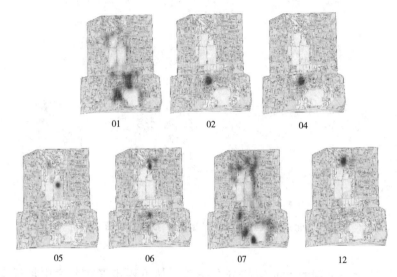

图6 北京中轴线地区游客端 POI 数据的核密度分析

从针对游客端的 POI 空间分布来看，其集聚程度极高，密集分布在热门旅游地。从供给层面看，中轴线上以故宫为界分为前门大街和什刹海—南锣鼓巷两大片区。而这与前文基于六只脚行为轨迹所做的社会网络分析发现的三大组团相一致。为此，在一定程度上可以认为供给层面的服务与设施用地塑造了出行者的行为轨迹所反映的文化网络结构。

②居民端

从居民端来看，生活服务主要集中在先农坛附近；公司企业则集聚在先农坛附近以及崇文门外大街以西；医疗保健服务集聚在先农坛附近和什刹海西北部；金融保险服务则集中分布在先农坛附近和原北京市政府附近；政府机构及社会团体集聚在原北京市政府、前门大街、国家体育总局附近；商务住宅则在先农坛附近、北海以西、中南海以西、南锣鼓巷北部、原北京市政府附近呈现多中心分布；公共设施包含了大量的公共厕所，在一定程度上可同时为居民和游客提供服务，其集聚在前门大街、什刹海、南锣鼓巷等与旅游功能更加密切的地方。

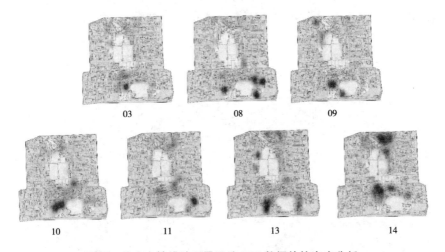

图7　北京中轴线地区居民端 POI 数据的核密度分析

从针对居民端的 POI 空间分布来看，其主要集聚在北京中轴线南部地区，其中先农坛附近居多。该空间特征在一定程度上可以解释先农坛成为"孤岛"的原因。

五　北京中轴线遗产界定

（一）申遗机遇

1. "打包"申遗成为主流

从我国近年来入选《世界遗产名录》和《中国世界遗产预备清单》的各种遗产类别可以看出，单体遗产"捆绑式"申报已成主流。北京中轴线是继丝绸之路、京杭大运河之后又一项提出申遗的线性遗产。2014 年，京杭大运河和丝绸之路成功入选《世界遗产名录》，这对北京中轴线申遗提供了可借鉴的经验。

2021 年，泉州市以"泉州：宋元中国的世界海洋商贸中心"入选世界文化遗产名录，这种并非以单一建筑或若干建筑群组合申遗的案例，更是"打包"申遗成为主流的体现。尽管北京中轴线上已有若干建筑入选《世界遗产名录》，"打包"申遗或成为北京中轴线申遗的一大机遇，并以此为契机向世界推广中国传统文化中的"礼制"思想。

2. 市政府大力支持

2017 年，北京市市长蔡奇来京工作第一次视察中轴线时就感慨道，中轴线是北京古城的灵魂。自北京中轴线启动申遗以来，得到了市政府的高度重视与大力支持，并将其列入北京市政府重点工程。此外，北京中轴线相关规划工作全面展开，包括但不限于申遗文本编制、保护管理规划制定、城市设计导则出台、综合整治计划、三年行动计划等提升中轴线保护管理水平，指导申遗保护整治实施项目的重要工作也在同步推进中。

（二）申遗难点

1. 中外文化差异，中轴线接受度低

"人法地，地法天，天法道，道法自然"，中轴线在中国传统哲学之中，体现着人与自然和谐共生的世界观，是自然山水与城市营建融合的证明。此外，中轴线体现出大一统的政治观，"中"具有中央集权象征意义，也是中国悠久历史文化积淀的结果。[①] 由于中外文化存在差异，而申遗需解决普世价值的问题，如何向外国人士讲述中国传统文化理念并得到认可，是北京中轴线申遗的难点所在。

---

① 杨桂珍、姚欣悦、张勃：《北京中轴线内涵挖掘与文脉传承——第 22 次北京学学术年会综述》，《地方文化研究》2020 年第 6 期，第 104~108 页。

2. 文化遗存较少，历史风貌欠佳

一是本体局部缺失。北京中轴线南端的永定门、北段的地安门被拆除。在专家的呼吁下 2004 年复建了永定门城楼，恢复了北京中轴线南端的标志性建筑，但当时考虑到交通等原因，没有一并复建永定门的箭楼和瓮城，北京中轴线的南端略显不完整。

二是风貌与视域的影响。南中轴线东侧天坛的坛墙内有许多建筑，其中有天坛口腔医院和 20 世纪 60 年代建成的十余座三层简易楼及十余栋二层居民楼等。西侧先农坛的历史景观也因坛墙内的现代建筑而受到极大影响；其北面紧邻中轴线于 70 年代建成的商业建筑改变了这一区域的历史环境，影响了中轴线宽阔的传统视野。

3. 实体还是虚体，学术争议较多

由于北京中轴线缺乏一条贯通南北的主干道，特别是其传统轴线有接近一半为故宫建筑群和大型广场用地，缺乏实轴的感觉，大大区别于国外中轴线如法国巴黎香榭丽舍大街上可直接远眺凯旋门。基于此，北京中轴线很难从行人视角获得直观感受，更多来源于文化心理与想象重构，因此存在实体与虚体之争，也是北京中轴线申遗中需要解决的一大关键问题。

（三）政策建议

基于中外中轴线对比与北京中轴线历史沿革梳理，借助大数据对北京中轴线空间格局演化进行分析，并提出如下政策建议。

1. 恢复传统北京中轴线格局与秩序

北京中轴线并非一成不变，而是动态变化的，是不断进化的有机体，伴随着历史发展与时代需求，在保留原有整体格局的前提下，其不断内化新的事物与需求，并融合形成全新的面貌。但在历史进程中，部分历史节点与核心部分遭到较为严重的损毁，对传统北京中轴线的格局与秩序形成了破坏，特别是北京中轴线南端先农坛等边缘节点。

2.贯通传统北京中轴线，形成真正意义建筑实体

当前北京中轴线的文化内涵侧重于实际内涵，并不存在贯通南北的道路，因此在学术界存在"实体"与"虚体"之争。北京中轴线如能真正贯通于鼓楼至永定门，形成一条可穿行的路线，其相关争论将得到平息。就现实而言，彻底贯通难度较大，或可借助其他方式，如组合式贯通，间接实现其具象化。

3.加强北京中轴线文化符号宣传推广

当前北京中轴线知名度不高，相较于紫禁城、北京旧城等，其曝光度相对不足，除政府官方推广外，还可采用文化旅游路线、文创产品等形式进行推广。同时，将中轴线根植于北京城建城历史之中，凸显中国传统文化内涵在城市建设之中的功用。

4.以世界遗产要求组织申报与保护管理

世界遗产是基于遗产价值的保护与管理体系，因此北京中轴线申遗，势必需要按照世界遗产的要求，对其申遗内容、适用原则、保护策略与手段等进行综合评估，并就如何保护展开有效性论证。如以"北京中轴线及周边建筑群"等相似内涵开展申遗，一方面贴合"打包"申遗这一主流趋势，实现对北京中轴线的整体保护，包括以遗产点为代表的中轴线建筑遗存，以及历史道路、轴线两侧遗产区和缓冲区等；另一方面凸显中国文化中对轴线礼制文化内涵的推崇，并展现其实体价值。

参考文献

侯仁之：《元大都城与明清北京城》，《故宫博物院院刊》1979 年第 3 期。

李建盛：《北京中轴线与国外重要城市中轴线文化空间和功能比较研究》，《北京联合大学学报》（人文社会科学版）2021 年第 1 期。

阙维民：《"北京中轴线"项目申遗有悖于世界遗产精神》，《中国历史地理论丛》

2018 年第 4 期。

沈丽华：《曹魏邺城都城空间与葬地初论》，载陈晓露主编《芳林新叶：历史考古青年论集》（第二辑），上海古籍出版社，2017。

杨桂珍、姚欣悦、张勃：《北京中轴线内涵挖掘与文脉传承——第 22 次北京学学术年会综述》，《地方文化研究》2020 年第 6 期。

郑辉、严耕、李飞：《曹魏时期邺城园林文化研究》，《北京林业大学学报》（社会科学版）2012 年第 2 期。

历史商业街区有机更新研究

——以北京市王府井商业街区为例

袁 蕾*

摘 要： 北京市王府井商业街区实施了以环境整治、业态更新和文化建设为主的更新改造，街区商业质量、公共空间品质和文化影响力得以提升，焕发了新的活力，吸引了本地消费者回流，但仍存在文化资源转化不足、商旅文融合发展有待深入、街区空间结构有待优化、新业态比重需要进一步提高、缺乏统筹更新管理机制等问题。历史商业街区的核心优势在于历史文化，应围绕突出地域人文特色加快城市历史商业街区的有机更新与高质量发展。

关键词： 商业街区 城市更新 历史文化 王府井

历史商业街区一般位于老城核心传统的商业繁荣地带，为了更好地发挥商业功能，部分街区禁止车辆通行，形成了步行街区。历史商业街区一度曾是城市地标与最具活力的城市公共空间。但是，随着城市的快速拓展，新兴商业形态与新的商业中心不断崛起，历史商业街区的空间环境、商业规模、业态结构与经营模式等不能满足消费者日益升级的需

---

* 袁蕾，博士，北京市社会科学院城市问题研究所副研究员。

求，大多面临着衰落与商业地位下降的困境。历史商业街区有机更新势在必行。

有机更新是将城市看作一个具有新陈代谢能力的有机生命体，对其空间和功能进行优化调整，使之不断成长更新，保持活力，提升城市品质和竞争力。

王府井商业街区是全国著名的历史商业街区之一，其有机更新实践对于促进我国历史商业街区的发展具有一定的借鉴意义。

一　基础现状与城市更新实践

王府井商业街区始建于元代，其中，东单三条至灯市口大街段为步行街，以王府井步行街为核心向周边辐射形成了 1.66 平方公里的商业街区。

王府井曾经是北京市最繁荣的商业中心，是北京的一张"金名片"，但其发展中出现了很多问题，如违建、临建和巨幅广告破坏了建筑外观与街区环境，假冒老字号、旅游纪念品以及水吧等低端业态充斥街头巷尾，市政设施相对落后、交通拥堵等。随着国贸、三里屯、五棵松等新兴商业中心的崛起，王府井商业街区的商业地位下降，消费者以外地游客为主，本地客流大幅降低至 20%。

2018 年，王府井步行街成为商务部 11 条改造提升试点步行街之一，由此王府井商业街区开启新一轮更新改造。2019 年，《王府井商业区更新治理规划》提出，打造独具人文魅力的国际一流步行商业街区。

（一）环境更新改善街区公共空间品质

整治街区环境。建立广告牌匾动态管控机制，拆除尺寸超标、色彩杂乱、破坏街区整体风貌的广告牌匾，清退 10 处水吧，拆除 1.76 万平方米违法建筑、临时建筑以及占道经营设施。精细化提升主街周边 15

条街巷胡同环境，采取移动保洁车网格式巡回作业的模式，街区步行舒适度得到明显改善。"一店一策"、滚动推进传统设施整体改造。完成穆斯林大厦等 7 处商业设施的整体改造，改造面积达到 7.8 万平方米。

塑造高品质公共空间。对百货大楼音乐喷泉广场进行升级改造，改造后的广场成为网红打卡地之一。挖掘校尉胡同历史文化，拆除违建、腾退土地后建成了 3000 平方米校尉胡同口袋公园，构建有绿量、有故事、有细节的绿地休闲空间。将背街小巷改造为"东街休闲区"。将儿童艺术剧院前广场改造升级为西街儿童主题广场。实施老北京风情街立面改造和公共空间绿化景观等硬件升级工程，建成中心广场。实施北延段综合景观提升工程，增加了 1.8 万平方米纯步行空间，形成新的街区活力中心。增设可移动花箱座椅和树池、"五牛五福"铜牛雕像，为王府井街区增添了具有浓厚艺术氛围的公共休憩空间。

（二）业态更新丰富街区商业结构

推动业态更新，引入休闲娱乐、文化体验等多元化业态。传统商业街区一般以商品销售和餐饮为核心经营内容。而新兴商业街区则重视体验互动和文化休闲功能，发展为多元化休闲娱乐综合体。王府井商业街区布局体验式、互动式新业态。成功引进首店、旗舰店、网红特色店 119 家，占存量的 70%，经营面积占街区商业经营总面积的 11%，百货大楼撤掉 200 个专柜，引入全球单体面积最大的哈姆雷斯儿童玩具旗舰店，建成全国首家"京味"沉浸式消费体验空间——和平菓局，银泰百货引入乐高中国旗舰店，工美大厦设立了北京冬奥会特许商品旗舰店。此外，王府井商业街区还引入了 ZARA 全球旗舰店、adidas 国际品牌中心、FILA 全球全新概念店等。

引入高端商业文化设施。开展新一轮更新改造以来，引入高端商业文化设施 21 万平方米，包括零售旗舰项目王府中环引进品牌 133 个，其中国际顶级品牌 40 个，米其林餐厅 3 家，高端精品酒店 1 家。

经过业态更新，步行街零售业态减少 4.4%，文化体验和休闲娱乐业态分别提高 1% 和 5.5%。年均客流量达到 8000 万人次，年销售在亿元以上品牌店 20 家，本地消费群体占比提高了 10 个百分点，达到 30%以上，客单价在商务部 11 条试点街区中居首位。

（三）文态更新提升街区文化魅力

挖掘历史文化，打造公共文化空间。开发利用王府中环西侧绿地，引入高品质文化艺术、景观装置、时尚活动等，打造市民公共文化空间和时尚体验魅力空间。世界级拍卖和藏品展示中心——嘉德艺术中心建成开业，成为街区文化艺术的新地标。推动拥有百年历史的吉祥戏院重张开业，成为弘扬国粹艺术的文化圣地。

通过国际化、专业化、多元化的文化主题活动营造街区文化氛围。举办澳门北京周、莫斯科主题周、墨西哥主题日、德国老爷车拉力赛抵京仪式等国际文化交流展示活动。依托嘉德艺术中心举办多场重量级文化艺术展。以"国际品牌　开放商街"为主题举办王府井国际品牌节，其间举办了"王府井论坛"，探讨商业消费领域前沿问题。近三年举办文化、艺术、商业、旅游、运动休闲和展览展示等活动达 142 场次，年均活动天数占比 63.3%。

基于以形态、业态和文态为主的更新改造，王府井商业街区空间环境、商业品质和文化影响力大幅提升，历史商业街区焕发新活力。

二 历史商业街区更新面临的问题与挑战

（一）文化资源转化不足，商旅文融合发展有待提升

王府井街区积淀了丰富的历史文化和近现代文化资源。重点文化资源包括东堂、协和医院旧址等 31 处，首都剧场、中国儿童艺术剧院等

文化设施 11 处，非物质文化遗产 17 项，东来顺、吴裕泰、盛锡福等老字号品牌 35 个，还有东交民巷使馆、教堂、名人故居、街巷胡同等多元化文化资源。

王府井已经在商旅文融合和公共空间文化体验上开展了一定的实践探索，但是街区整体的文化辨识度仍然不高，文化氛围不够浓厚，商业内容、建筑形态和街道肌理的人文体验不足，体现街区文化特色的标识性符号不强，导致街区文化活力不足、人们体验兴趣不高。街区文化资源的保护和展示利用仍不足，文化展示和体验互动场所不足，集聚的大量文化资源尚未很好地转化为可消费、可体验的文化旅游产品，与其他城市步行街严重同质化。比如，首都剧场、商务印书馆、中华书局等场所提供的文化消费场景仍然不够多元化和现代化；人民日报等"红色报业文化"、百货大楼"一团火"商业文化精神等背后的历史故事有待挖掘，老字号的非物质文化遗产有待开发。"故宫—王府井—隆福寺""文化金三角"仍处于实施初级阶段，尚未充分挖掘和转化"金三角"的文化资源 IP。文化创新创作、文化展示消费的融合发展态势尚未形成。

（二）街区拓展联动不够，公共空间品质有待提升

街区空间结构不合理，缺乏主街向周边区域的立体拓展和功能融合。王府井商业街区以步行街为主街，南北直街贯通到底，与支马路之间的联通性与引导性不强，主街向东西延伸的空间和功能仍然不够，与相邻街区的建筑形态、功能协同和业态互补之间缺乏统筹规划。这种南北直通的格局缺乏消费体验的空间层次感和神秘感，导致消费者的体验单一乏味，部分区域商业价值被低估，客流密度分布不均。从街区形象来看，现代建筑与传统建筑混杂，城市界面缺乏特色设计，缺乏体现街区形象和功能特色的标识符号，缺乏可供吸引人们驻足的精品景观，缺乏可供市民休憩驻足的游憩设施铺陈，影响了整个步行街的活力。街区

建筑夜间照明设计与消费业态融合不足，造成夜间消费氛围不足，在全国 11 条主要步行街中夜间消费的支付笔数排名末位。

（三）新消费业态不足，本地和年轻客群占比仍偏低

国内外著名商业街区都具有"本地人常去，游客必去"的特征，而旅游客流的消费能力低于本地客流，因此以本地消费者为主、兼顾游客需求的业态结构才可以促进商业街区的长期繁荣。王府井商业街区更新之后本地消费者大幅回流，占比提高到 30%，但与天津金街的 60% 和重庆解放碑的 70% 相比，本地消费群体占比仍然偏低。而且王府井消费群体平均年龄较大，年轻消费群体占比偏低，调查数据显示，2020 年北京王府井步行街"90 后""00 后"客群占全部客群的比例仅为 28.9%，在全国首批改造试点步行街中为最低。这与王府井街区的业态结构和街区氛围有直接关系。目前，王府井商街的业态主体仍然是餐饮零售，休闲娱乐类业态占比偏低，与新兴商业中心相比，体验式、互动式新消费业态不足，商业与文化、艺术、体育等多元功能的融合不够，智慧街区相关科技项目有待深入建设，街区公共空间和商场内部的时尚科技氛围仍然不足，缺乏个性化的主题定位和独特的体验，对主流本地客群和年轻消费群体的吸引力还远远不足。

（四）楼宇产权多元分散，更新管理机制有待完善

王府井商业街区历史悠久，产权较为复杂分散，外资、国有、私营产权占比分别为 55%、38%、7%，只有不到 5% 的产权属于北京市东城区政府，王府井地区管委会统筹更新管理的难度较大。整体推进王府井街区有机更新的周期很长，不仅涉及大量资金投入，而且需要产权主体让步短期经济利益进而实现长期收益增加。然而分散的产权导致难以实现对不同产权主体的统一管理，街区更新方案难以落地。以丹耀大厦为例，楼宇内有 40 多家产权人，产权单位层层转租，终端租金价格高，

更多地吸引了小吃、旅游纪念品等单位面积租金承受能力高的消费业态，符合街区更新升级要求的消费业态难以进入。王府井大街 277 号院存在类似情况，改造进展缓慢。为了解决分散产权整合或合作问题，王府井地区探索了回收产权、物业租赁、置换等多种资源整合方式，并成立了王府井置业公司，力图打造"街区管家、商家保姆、运营平台、合作主体"。但目前该平台公司的"运营平台、合作主体"功能发挥较弱，市场化运营管理能力仍然不足，尚未探索形成有效的街区资源整合与运行管理机制，工作重点仍然落在公共区域维护、物业管理以及信息平台建设等街区管家、商家"保姆"功能上。由于对产权主体缺乏约束力，目前王府井地区管委会和王府井置业公司对街区具体商业项目的定位方向、经营业态、店招形象等的约束力偏弱，仍然在探索切实可行的引导、监督和淘汰机制，亟须建立健全街区统筹运行管理机制。

三　结论与建议

历史商业街区的核心优势在于特定地域空间的历史文化。作为城市经济社会活动的传统集聚地，历史商业街区保存了丰富的物质与非物质历史文化遗产，展示着城市独特的历史风貌，蕴含着城市发展变迁的集体记忆。现代商业综合体和商业街区越来越同质化，建筑、业态与消费环境可以简单复刻，而历史商业街区的历史文化和地域空间特色是独特的、难以再现的，并在文化消费需求日益升级的今天彰显着越来越突出的价值。因此，保护和延续街区历史文脉、商业与历史文化相结合应该成为历史商业街区有机更新的核心思路。

王府井商业街区通过环境整治、业态升级和文化商业旅游相结合等方式进行了有机更新，但是街区大量文化资源尚未转化为可消费的文化产品、可体验的文化空间，历史文化特色不突出。在未来的城市更新实践中，迫切需要基于历史文化视角开展空间塑造与业态更新，建设具有历史文化特色的商业街区。一是文旅商深度融合发展，包括历史文化资源的重新梳理、发掘与展示，以及文旅商产品开发、文化活动举办和文化消费场景的构建等，努力将王府井街区打造成为集中展示数百年首都文化和商业文化变迁的一张名片。二是塑造具有历史文化特色的公共空间。保护历史建筑，重视街区景观的整体性，提升公共空间的文化特色，并在街区标识系统、城市家具、夜间照明等领域突出街区历史文脉特点。三是宣传营销，重视新兴媒体作用，提升王府井商业街区的国际形象和美誉度。四是探索多元主体统筹治理街区的模式。

参考文献

北京市规划和自然资源委员会：《首都功能核心区控制性详细规划（街区层面）（2018 年—2035 年）》，2020。

刘伟：《从文脉视角谈历史商业街区空间环境塑造——以合肥城隍庙商业街区公共空间为例》，《城市规划》2017 年第 1 期。

边兰春：《历史文化街区的保护工作应坚持"求同"和"存异"的基本价值判断》，《城市规划学刊》2018 年第 1 期。

朱颖、袁学松、庄智刚、林仲杰、周志清：《历史文化步行街区更新实践——以广州市北京路商业步行街改造为例》，《城乡建设》2020 年第 12 期。

黄珺斐：《德国：城市更新之路（续一）》，《北京规划建设》2005 年第 1 期。

黄斌、吕斌、胡垚：《文化创意产业对旧城空间生产的作用机制研究——以北京市南锣鼓巷旧城再生为例》，《城市发展研究》2012 年第 6 期。

乡村振兴背景下北京农业文化遗产
动态保护路径研究

杨　波[*]

摘　要：农业文化遗产往往分布在经济相对欠发达山区，而其所蕴含的深厚的文化积淀、独特的农业产品、丰富的生物资源、多样的景观资源和优质的生态环境使遗产地在现代生态农业发展下成为资源富集区。农业文化遗产独特的动态保护，不仅有利于这类地区生态系统的保护，还能促进农业的多功能化，推动经济社会可持续发展，并为其他欠发达山区的农业发展提供示范。本文阐述了北京市农业文化遗产动态保护的重要意义，通过分析当前遗产资源特征和发展潜力，从生产效益、生产要素、经营管理等多个角度探讨农业发展中的关键问题，结合农业文化遗产动态保护理念，提出针对当地农业文化遗产发展的"两层次、三方面、六途径"模式。

关键词：农业文化遗产　动态保护　乡村振兴　北京

实施乡村振兴战略是党中央对"三农"工作的全面部署，是促进城乡共同繁荣的根本途径。在这一背景下，提高乡村经济发展水平、缓解相对贫困、实现共同富裕成为"三农"工作的重要议题。长期以来，为

---

* 杨波，博士，北京市社会科学院城市所助理研究员。

了适应不同的自然条件，劳动人民在农业生产活动中创造了至今仍有重要价值的农业技术与知识体系，即农业文化遗产。[①] 为了对农业文化遗产进行有效保护和管理，2002 年联合国粮农组织（FAO）启动了"全球重要农业文化遗产"（Globally Important Agricultural Heritage Systems，GIAHS）项目，旨在为全球重要农业文化遗产及其农业生物多样性、知识体系、食物和生计安全，以及文化的国际认同、动态保护和适应性管理等相关工作的开展奠定基础。根据 FAO 的定义，全球重要农业文化遗产是"农村与其所处环境长期协同进化和动态适应下所形成的独特的土地利用系统和农业景观。这种系统与景观具有丰富的生物多样性，而且可以满足当地社会经济与文化发展的需要，有利于促进区域可持续发展"。[②]

中国重要农业文化遗产申报工作于 2012 年启动。针对中国重要农业文化遗产的挖掘、保护、传承和利用工作，不仅对弘扬中华农业文化，增强国民对民族文化的认同感、自豪感，以及促进农业可持续发展具有重要意义，而且把重要农业文化遗产作为丰富休闲农业的重要历史文化资源和景观资源来开发利用，能够增强产业发展后劲，带动遗产地农民增收，进而实现在发掘中保护、在利用中传承。农业文化遗产动态保护管理工作促进了农村产业融合发展和乡村全面发展。如何融合可持续生计与农业文化遗产保护两大理念，在保护重要农业文化遗产的基础上，提高农户生计水平，促进遗产地可持续发展和乡村振兴日益成为管理者和学者关注的重点。

近年来，农业文化遗产作为经济与生态价值高度统一的农业资源利用系统受到了广泛关注，[③] 遗产保护与研究工作不断推进。农业文化遗

---

① 闵庆文、何露、孙业红等：《中国 GIAHS 保护试点：价值、问题与对策》，《中国生态农业学报》2012 年第 6 期。

② 闵庆文：《关于"全球重要农业文化遗产"的中文名称及其他》，《古今农业》2007 年第 3 期。

③ 闵庆文、张丹、何露等：《中国农业文化遗产研究与保护实践的主要进展》，《资源科学》2011 年第 6 期；葛佩佩、张建国、蔡碧凡等：《农业文化遗产保护与开发研究进展》，《农学学报》2016 年第 11 期；闵庆文、张碧天：《中国的重要农业文化遗产保护与发展研究进展》，《农学学报》2018 年第 1 期。

产地所具有的多重价值使得其也成为资源富集区。农业文化遗产地拥有独特的农业产品，如提供香榧的浙江绍兴会稽山古香榧群；[1] 传统的农业模式，如青田稻鱼共生系统；[2] 丰富的生物资源，如拥有古茶树资源的普洱古茶园与茶文化系统；[3] 多样的景观资源，如四位同构的哈尼梯田景观，[4] 以及遗产中蕴含的灿烂的农耕文化。这些资源既能促进农业的多功能化，又能带动当地农民增收，推动经济社会可持续发展。

在农业文化遗产保护与发展研究中，学者们针对不同遗产的价值与特征提出相应的发展模式和对策。朱世桂和周杰灵以武夷分茶技艺为例，提出通过加大扶持力度，促进农业文化遗产中手工技艺价值得以实现；[5] 梁勇等在陕西佳县古枣园农业文化遗产保护与发展研究中提出培养保护栽培示范户、推进有机生产基地建设和合理发展旅游等措施；[6] 张爱平等提出通过可持续旅游发展等主要途径促进云南哈尼梯田农业文化遗产地的动态保护；[7] 李禾尧等对江苏兴化垛田开展价值评估，认为系统具有较高的产品价值，更具有丰富的生态价值与突出的品牌价值。[8]

---

① 顾雅青、惠富平：《绍兴会稽山古香榧群历史文化及其遗产旅游研究》，《中国农史》2019年第 3 期。

② 张剑、胡亮亮、任伟征等：《稻鱼系统中田鱼对资源的利用及对水稻生长的影响》，《应用生态学报》2017 年第 1 期。

③ 马楠、闵庆文、袁正：《农业文化遗产中传统知识的概念与保护——以普洱古茶园与茶文化系统为例》，《中国生态农业学报》2018 年第 5 期。

④ 白艳莹、闵庆文、李静：《哈尼梯田生态系统森林土壤水源涵养功能分析》，《水土保持研究》2016 年第 2 期；杨伦、刘某承、闵庆文等：《哈尼梯田地区农户粮食作物种植结构及驱动力分析》，《自然资源学报》2017 年第 1 期。

⑤ 朱世桂、周杰灵：《农业文化遗产中手工技艺的传承与保护发展探讨——以古代武夷分茶技艺茶百戏为例》，《安徽农业大学学报》（社会科学版）2015 年第 4 期。

⑥ 梁勇、胡远男、刘某承等：《陕西佳县古枣园农业文化遗产保护与发展策略研究》，《农村经济与科技》2014 年第 1 期。

⑦ 张爱平、侯兵、马楠：《农业文化遗产地社区居民旅游影响感知与态度——哈尼梯田的生计影响探讨》，《人文地理》2017 年第 1 期。

⑧ 李禾尧、何思源、闵庆文等：《重要农业文化遗产价值体系构建及评估（Ⅱ）：江苏兴化垛田传统农业系统价值评估》，《中国生态农业学报》（中英文）2020 年第 9 期。

乡村振兴战略有效执行的关键在于乡村产业振兴，农业文化遗产地脱贫和产业融合发展成为近年来的研究热点。张灿强和沈贵银总结了农业文化遗产的多功能价值，分析其产业发展方向和产业融合途径；[①] 张永勋通过实地调研并结合统计数据测算了遗产地产业融合发展状况。[②] 此外，还有许多学者提出以农业生产为基础，通过功能拓展实现遗产动态保护，并与文化产业、旅游产业融合发展，构建新的农村产业体系。[③]

尽管北京市申报中国重要农业文化遗产工作启动较晚，但作为国家首都和大都市地区，其"北京平谷四座楼麻核桃生产系统"和"北京京西稻作文化系统"两项遗产的成功申报也证明了北京对乡村振兴、农业发展和文化传承与保护的重视。北京作为文化古都，已有几千年的建城史，其农业文明历史悠久，农耕文化博大精深，留下了"永定河流域沙地传统农业"等极有特色的农业文化遗产，彰显了北京特有的文化底蕴，具有极高的文化价值和开发前景。作为传统文化的重要组成部分，北京市开展农业文化遗产发掘与动态保护工作将成为贯彻落实党的十九大精神、促进乡村振兴的重要举措。加强对农业文化遗产的发掘，可以提高现代农业发展的全面性、协调性和可持续性。通过对农业文化遗产的发掘，在保护的基础上，将农业文化宣传展示与现代农业发展有机结合，有效带动农民增收，推动经济社会发展。

一 北京市农业文化遗产保护与研究的重要意义

随着城市的发展，北京农业从单一生产功能拓展至涵盖生态、文化、

---

① 张灿强、沈贵银：《农业文化遗产的多功能价值及其产业融合发展途径探讨》，《中国农业大学学报》（社会科学版）2016年第2期。
② 张永勋：《农业文化遗产地"三产"融合发展研究——以云南红河哈尼稻作梯田为例》，中国科学院大学博士学位论文，2017。
③ 闵庆文、刘某承、焦雯珺：《关于农业文化遗产普查与保护的思考》，《遗产与保护研究》2016年第2期。

景观保护等多功能。北京农业被定位为以农业生产、生活、生态和示范功能为代表的都市型现代农业。北京市开展农业文化遗产研究，有助于推动文化产业链的延伸，更是对现代农业道路的一种探索，具有巨大的潜在价值和发展空间。与此同时，农业文化遗产发掘和动态保护将成为向世界展示中国文化繁荣发展成果的一个示范窗口和平台，也是打造文化名城的重要举措。北京市农业文化遗产发掘与动态保护，有利于促进多功能农业可持续发展，有利于实现遗产地农民增收，有利于提升与丰富北京市农业文化品位与生态内涵，有利于打造我国农业文化遗产展示平台。

首都地位更使该地区的遗产保护工作具有特殊意义。保护农业文化遗产，挖掘传统农业的价值，促进现代生态农业发展，是落实"五大"发展理念的具体体现。

首先，是坚定文化自信的重要抓手。北京作为文化古都，农业文明历史悠久，留下了丰富且极具特色的农业文化遗产，彰显了北京特有的文化底蕴，具有极高的文化价值。农业文化遗产的挖掘、保护、传承和利用工作对弘扬传统农业文化，增强市民对民族文化的认同感、自豪感具有重要意义。作为传统文化的重要组成部分，北京市开展农业文化遗产发掘与保护工作将有助于贯彻落实党的十八大以来关于"建设优秀传统文化传承体系，弘扬中华优秀传统文化"的决策部署，使之成为坚定习近平总书记文化自信重要思想的重要举措。

其次，是推进生态文明建设的主要载体。农业文化遗产的动态保护理念与生态文明理念高度契合，是建设美丽中国、绿色北京的生动实践和典型示范。北京市的农业文化遗产资源主要分布在生态涵养发展区，具有控制水土流失、涵养水源、提高极端气候条件的抵御与适应能力、提高资源利用效率等多种生态服务功能。遗产保护工作对于维护地区生态安全具有重要的引领作用，同时良好的生态与环境质量使农业文化遗产地具有发展特色生态农业的资源优势，完美地诠释了"绿水青山就是金山银山"这一生态文明核心理念。

再次，是助推都市农业转型升级的创新途径。农业文化遗产地特有的生物资源、传统的文化习俗和优美的乡村景观，使得发展特色农业和农产品加工业、手工艺品制作、生态与文化旅游以及生物资源产业、文化创意产业等颇具优势。深入挖掘其中的丰富价值，有助于推动休闲农业和乡村旅游发展，促进一二三产业融合发展，延伸农业的价值链、产业链，促进农民增收，维护农村和谐稳定。北京市农业文化遗产发掘与保护可以有效促进首都地区具有更高附加值的特色农产品、高端消费品和旅游纪念品的升级，带动全面、协调、可持续的现代农业发展，增强农村发展活力。

最后，是中华文化成果的示范窗口。农业文化遗产的传承是践行开放、共享发展理念的具体行动。我国在联合国粮农组织"全球重要农业文化遗产"保护和发展的国际交流中发挥了重要作用。北京作为国家首都，在区位条件、科学研究、科普展示、人员素质等方面具有得天独厚的优势，北京市有潜力且更应当成为全国农业文化遗产保护和管理的示范区和先行地，也有条件成为展示中心、交流中心、培训中心、科研中心。同时，北京是传播中华文化的重要窗口，可以借助农业文化遗产向世界展示我国生态文明建设与绿色农业发展的典范。

二　北京市农业文化遗产资源特征

（一）北京市农业文化遗产资源概况

根据 2016 年中央一号文件关于"开展农业文化遗产普查与保护"的要求，农业部办公厅于当年 3 月发布《农业部办公厅关于开展农业文化遗产普查工作的通知》（农办加〔2016〕5 号），北京市农业局于当年 5 月设立专项，对 13 个区农业文化遗产进行全面普查。① 通过农业文

---

① 闵庆文、阎晓军主编《北京市农业文化遗产普查报告》，中国农业科学技术出版社，2018。

化遗产资源。普查发现，北京市具有丰富的农业文化遗产资源。普查结果显示，全市共有系统性农业文化遗产 50 项，要素类农业文化遗产 485 项，已消失的农业文化遗产 316 项。

其中，系统性农业文化遗产资源中林果复合系统最多，达到 32 项，农作物种植系统、水土资源管理系统和中草药栽培系统最少，均为 1 项，此外，另有蔬菜瓜果栽培系统 10 项、禽畜鱼虫养殖系统 5 项，如图 1 所示。这些农业文化遗产主要分布在房山区、门头沟区、大兴区和昌平区。

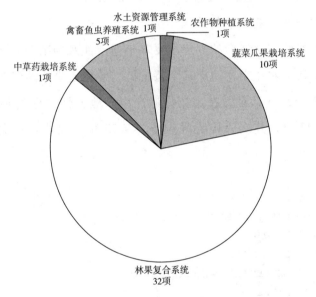

图 1　北京市系统性农业文化遗产类别与数量

资料来源：根据文献自绘。闵庆文、何露、孙业红等：《中国 GIAHS 保护试点：价值、问题与对策》，《中国生态农业学报》2012 年第 6 期。

除了"北京平谷四座楼麻核桃生产系统"和"北京京西稻作文化系统"两项中国重要农业文化遗产外，系统性农业文化遗产资源也具有多重功能，如产品生产功能、景观保留功能、生物多样性保护功能、生态环境保护功能和文化传承功能等。

　　例如，顺义传统水稻栽培系统涵盖要素丰富，包括了传统水稻栽培技术、以渠道灌溉工程为代表的传统水土管理技术，以及具有当地特色的民俗活动杨镇龙灯会，这些要素增加了水稻系统保护和利用的价值。北京怀柔传统板栗栽培系统位于我国传统的板栗最佳产区，这一地区水土、气候等条件适宜板栗生长。系统内要素丰富，包括了传统品种、传统栽培技术，且有较高的品牌价值，2001年国家林业局授予怀柔"中国板栗之乡"称号，2006年，"怀柔板栗"成为国家地理标志保护产品。"怀柔板栗"具有原产地证明商标专用权，板栗产业初具规模，已形成农户+板栗生产基地+板栗加工企业+市场的产业格局，为农业文化遗产要素动态保护奠定了基础。

　　要素类农业文化遗产的判定主要基于遗产涉及的某一方面或某几方面内涵，反映了农业文化遗产某个特定类型或特定价值的资源禀赋。在普查认定的485项要素类农业文化遗产中，地方性农业物种资源类最多，达到127项，其次为传统村落类，有77项，农业景观类最少，为11项。

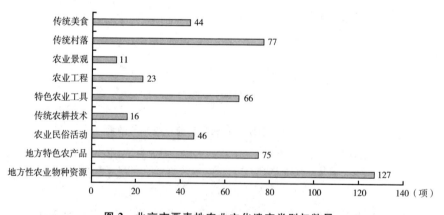

图2　北京市要素性农业文化遗产类别与数量

资料来源：根据文献自绘。闵庆文、何露、孙业红等：《中国GIAHS保护试点：价值、问题与对策》，《中国生态农业学报》2012年第6期。

（二）农业文化遗产动态保护工作中存在的问题

北京农业文化遗产资源丰富，然而在挖掘、保护和利用上，与国内其他省份相比相对滞后。农业文化遗产利用和农业旅游资源开发尚处于"吃农家饭""住农家院""赏花""摘果"等初级水平。工作中存在的问题主要有以下几个：一是各级相关部门认知水平亟待提高；二是体制机制不完善，现有管理机构在工作中发挥的作用有限，缺乏有效协调机制，任务分工难以落实；三是技术支撑有待加强，当前工作机制难以充分发挥驻京各科研院校的智力支撑作用；四是农业文化遗产的内涵挖掘不够、品牌价值没有得到充分体现。

此外，北京市农业文化遗产保护还面临着以下突出问题。

1.农业生产效益较低

无论是种植业还是林果业，多数遗产系统地处山区，规模化生产存在困难，在产量上难以形成优势；由于经营方式等相对落后，农产品价格较低，从事农业生产的收益远低于从事非农产业。相关农产品深加工发展滞后，与文化、旅游等产业的融合发展不够，农产品附加值提升空间受限。遗产相关主要产品多处于初级产品状态，产业多为资源型、粗加工型，深加工和精加工偏少。

2.农业生产要素流失

农业生产要素主要涉及劳动力和农地园地两大方面。由于从事种植业收入相对较低，同时农业生产付出的体力劳动量相对更大，部分农民从事农业生产农民的积极性降低。在此影响下，"弃耕务工""弃田经商"成为农民的首选。此外，随着城市化进程的加快，部分耕地、园地或林地转为建设用地，对农业文化遗产系统造成很大影响。

3.传统农耕文化受到冲击

在现代化的背景下，农村居民的饮食习惯、风俗信仰、节庆礼仪等面临冲击，随着农村人口大量外迁，乡土文化传统、文化活动等也随之淡出。与此同时，农业生产力的提高也改变了当地农民的生活方式。这不仅给提升农产品附加值带来了挑战，还对原有的传统农耕知识和技术构成威胁。

三　农业文化遗产动态保护的基本框架

依托重要农业文化遗产品牌，构建遗产地农业发展模式不仅有助于农业文化遗产的动态保护，更有助于解决当前农业发展中面临的主要问题。通过综合评估农业文化遗产系统特征与问题，依托资源优势、因地制宜，从两个层次、三个方面、六个途径构建农业文化遗产发展模式框架（见图3）。发展多功能农业是农业文化遗产地保护与发展的指导思想，其实现有赖于操作层次的支撑。其中，操作层次主要包括基础构建和价值提升两方面、六个途径，这六个途径又与多功能农业发展理念相辅相成、相互依托，进而形成遗产地发展的推动力。

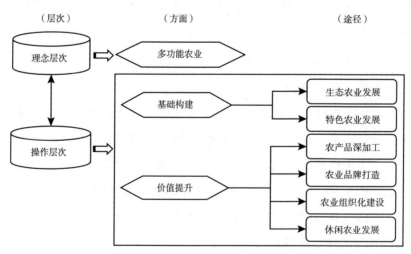

图3　农业文化遗产发展模式框架

（一）多功能农业发展

农业的多功能性体现在从单一的食品保障功能向原料供给、就业增收、生态涵养、观光休闲、文化传承等多功能拓展，多功能农业的发展有利于全面提升农业文化遗产价值。

为实现农业多功能的有效耦合与优势功能的深入拓展，使其产生更大的综合效益，农业文化遗产系统的多功能发展可以考虑以下三种途径。

1. 以生产和生态功能为主导的发展途径

依托农业文化遗产的生态环境和多样的农产品类型，打造以绿色农业、有机农业和无公害农业为主体的现代特色农业示范基地，通过提升科技含量和农产品加工能力来形成优势生态农业产业带和产业集群。此外，农业的社会功能和景观与休闲功能可作为其附属功能。

2. 生态—景观与休闲功能农业发展类型

文化体验与休闲功能可以延长游客的停留时间，从而为增收提供途径。充分利用各类农业文化遗产的文化价值和美学价值，将其作为农业文化旅游产业发展的载体，利用现代产业方法，在不破坏文化传承的基础上，尽量采用传统技艺制作本土原生态手工艺品。

3. 生态—科研与文化展示功能农业文化遗产博览园模式

建立活态农业文化遗产博物馆，直观展示传统农业所蕴含的地方性知识与生态智慧，以及传统农业所包含的文化遗产价值，使农业文化遗产展示、科研研究利用与旅游发展三者和谐发展。

（二）农业发展基础构建

遗产地农业发展基础构建主要有两个途径，即发展生态农业和特色农业。

随着绿色有机食品产业的发展，绿色生产和"三品一标"认证等工作的深入开展有助于农业文化遗产的动态保护。发展生态农业有助于提高资源利用率和土地产出率，促进农业可持续发展。通过推进标准化生产，促进农业由粗放型向集约型、由传统生产方式向现代生产方式转变。

特色农业产业发展是实现农业可持续发展的有效途径之一，也是实现农民增收和农村发展的直接手段。在发展特色农业过程中应厘清主次，保障特色农产品种植优先，因地制宜地安排其他类型作物的生产。在部分地区逐步恢复传统耕作方式，大力宣传和推广优质产品和优秀品牌，在有条件的地区先行建设适当规模的特色农业产业园区，推动乡村全面发展。

（三）农业发展价值提升

作为促进共同富裕的重点地区，乡村经济发展、农民增收是各利益相关者的共同诉求，也是农业文化遗产动态保护的基本要求。通过产业延续、文化价值发掘、组织化建设等，可以在夯实发展基础的同时有力促进农业价值的提升。

1.农产品深加工

农业文化遗产相关的农产品种类丰富，食品加工业是延伸农业产业链的重要手段，也是提高农民收入的主要途径。对包括林果类在内的各类农产品，应着重品质及培育技术的提高，强化科技支撑作用和品牌战略的实施。通过手工业产业整合，开发和加工制造各类艺术品、旅游纪念品，为当地农村经济发展注入新的活力。

2.农业品牌打造

品牌建设有助于农业发展的全面提升，农产品品牌建设有助于推动农业规模化、促进农业结构调整。将传统农耕文化内涵注入农业品牌，既有助于产品宣传，又可以提高农产品的附加值。品牌培育包括制定品牌的使用标准、范围和管理办法，建立淘汰机制与检查监督机制等。

3. 农业组织化建设

通过改变农业的经营主体，培育和发展能够带动农业产业升级的龙头企业和农业专业合作组织。围绕优势产业和特色农产品，组建各类专业合作组织，依托龙头企业的品牌优势、信息优势和销售渠道，促进农民从产业化中获利，通过争取各类扶持资金，促进合作组织发展，具体的措施包括：围绕主导产业，实施优惠政策，重点扶持规模大、带动能力强的企业；吸引第二、第三产业企业资本进入农业领域，与农户合作建立利益联结机制，为其创造良好的环境，延伸产业链。

4. 休闲农业发展

休闲农业发展既有助于改善环境、保护独特景观，还有助于保护传统文化、传承民族特色和地方特色。北京市农业文化遗产资源丰富的远郊区旅游资源丰富、类型多样，本地文化具有与农业相结合的潜力。因此，休闲农业发展首先应立足于发展特色、丰富的旅游产品；其次通过完善基础设施、丰富休闲内容和形式，提升接待能力；再次与农业生产活动和产品深加工相结合，开发农事体验和设计销售等具有文化内涵的旅游纪念品；最后要协调好旅游开发与遗产地保护之间的关系，保障休闲农业可持续发展。

四 北京市农业文化遗产动态保护政策建议

（一）加强农业文化遗产多功能性及价值研究

农业文化遗产多功能性有助于乡村地区社会、经济、文化、生态等各方面的发展。以多功能性为抓手，对农业文化遗产地进行全面价值分析是促进乡村全面振兴的重要基础。加大对农业文化遗产研究的支持和投入力度，重点支持遗产要素挖掘与价值评估研究，以此作为乡村科普宣传教育工作的主要着力点。

（二）开展农业文化遗产的资源评估，促进资源价值转化

由农业农村部门牵头，参照非物质文化遗产普查工作，组织农业文化遗产领域专家团队，制定符合北京市农业文化遗产资源特征和发展定位的清查办法。在前期普查工作基础上，继续深入各区县了解各遗产要素发展脉络与现状，选取重点发掘保护对象。在条件成熟的情况下，进一步开展中国或全球重要农业文化遗产地申报工作。

（三）北京农业文化遗产动态保护培训与宣传展示

开展形式多样的农业文化遗产动态保护宣传活动，引导公众积极参与。组织专家学者编写面向遗产地基层管理人员和农民的培训教材，对遗产所在地基层管理人员和农民进行培训；提升社会关注度，通过与新闻媒体交流、公开讲座等方式向公众展示项目成果，并编写面向公众的宣传图册。选取条件成熟的农业文化遗产地作为展示平台和科普展示基地。

（四）建设农业文化遗产数字化平台

依托数字经济发展，汇集农业文化遗产资源、相关科研教育资源、文化旅游资源，构建统合性、协同化的农业文化遗产数字化平台。平台主要涵盖遗产资源管理、展示和相关产品展销等主要内容。为科研、科普宣传等工作奠定基础的同时，也为特色农产品、手工艺品、旅游产品销售提供一个新的平台，促进农民增收。

五　结论

北京市农业文化遗产资源具有鲜明的特征，同时也面临着诸如生产效益低、农业生产要素流失、传统农耕文化受到冲击等挑战。普查结果

显示，北京市拥有较多的系统类农业文化遗产，拥有数量可观的要素类农业文化遗产，但因为理念、认识与发展过程中出现的问题，已经消失的农业文化遗产要素同样众多。如何保护与利用北京市农业文化遗产资源，成为提高远郊区农民收入、保护乡村传统景观与传统文化的重要方面。将多功能农业发展理念融入农业文化遗产地的发展，通过发展生态农业和有机农业构建农业发展基础，通过农产品深加工、农业品牌打造、农业组织化建设和发展休闲农业提升价值，有助于实现农村农业可持续发展。

对于经济欠发达的远郊区，农业文化遗产的发展需要地方政府予以积极引导，充分调动农民、村庄、企业与社会组织的积极性，形成多方参与机制，通过科学规划将农业文化遗产保护与利用纳入地方发展的总体布局，融入乡村振兴、生态文明建设、美丽乡村建设、文化产业发展等发展战略。本文提出的农业文化遗产发展模式可以为决策者提供参考。

参考文献

Tian M., Min Q., Lun F., "Evaluation of Tourism Water Capacity in Agricultural Heritage Sites," *Sustainability*, 2015 (11).

白艳莹、闵庆文、李静：《哈尼梯田生态系统森林土壤水源涵养功能分析》，《水土保持研究》2016 年第 2 期。

葛佩佩、张建国、蔡碧凡等：《农业文化遗产保护与开发研究进展》，《农学学报》2016 年第 11 期。

顾雅青、惠富平：《绍兴会稽山古香榧群历史文化及其遗产旅游研究》，《中国农史》2019 年第 3 期。

李禾尧、何思源、闵庆文等：《重要农业文化遗产价值体系构建及评估等：江苏兴化垛田传统农业系统价值评估》，《中国生态农业学报》（中英文）2020 年第 9 期。

李梅、苗润莲、张惠娜：《农业文化遗产保护与开发的几点思考——以北京市大兴区为例》，《农业考古》2015 年第 1 期。

李振民、邹宏霞、易倩倩等：《梯田农业文化遗产旅游资源潜力评估研究》，《经济地理》2015 年第 6 期。

梁勇、胡远男、刘某承等：《陕西佳县古枣园农业文化遗产保护与发展策略研究》，《农村经济与科技》2014 年第 1 期。

马楠、闵庆文、袁正：《农业文化遗产中传统知识的概念与保护——以普洱古茶园与茶文化系统为例》，《中国生态农业学报》2018 年第 5 期。

闵庆文、何露、孙业红等：《中国 GIAHS 保护试点：价值、问题与对策》，《中国生态农业学报》2012 年第 6 期。

北京乡镇文化创意产业集群的
竞争优势与发展策略

赵继敏[*]

摘　要： 在城市中，各类文化创意产业集聚在老厂房、古建筑以及新建的园区中，形成文化创意产业集群。在乡镇中，同样有一些文化创意产业集群，但是其类型与城市相比存在较大的差别。比如，绝大部分数字文化创意产业（网络影视、网络游戏等）难以在乡镇实现规模化发展，相反，一些文化产品相关的制造、手工艺等在乡镇取得了成功。本文首先分析了乡镇文化经济竞争优势的来源，其次对北京的乡镇文化创意产业的类型进行了分析，并在总结典型案例的基础上，提出了促进北京乡镇文化创意产业发展的建议。

关键词： 乡镇　文化创意产业集群　城市　文化经济

一　从城市到乡镇：不同空间场域文化经济
竞争优势比较分析

众所周知，文化经济在大城市有较多的布局，而且常常集聚形成产

---

* 赵继敏，博士，北京市社会科学院城市问题研究所研究员。

业集群。正因为如此绝大多数的关于文化经济（文化创意产业）的研究都是基于城市的。然而，有两个事实告诉我们，文化经济研究的方向需要进一步拓展。一是在广大的乡镇地区，也有很多文化创意产业的分布，比如北京有很多"画家村"，随着近年来文旅融合发展，呈现出进一步壮大的趋势。二是相较于城市，乡镇文化经济的总体规模不大，但是对于乡镇自身而言，其常常成为经济发展的支柱，对于乡村振兴有着无可替代的作用。

在城市，基于规模报酬递增和知识溢出的集聚效益，文化经济的发展具有非常重要的作用。乡镇文化经济显然不具备城市地区的规模，影响其发展的关键因素将有所差异，然而，关于这方面的研究较少。本文将从供给侧和需求侧两方面来分析乡镇文化经济的影响因素与关键动力。

（一）乡镇文化经济的影响因素与关键动力——基于供给侧分析

克里斯托福森曾经指出纽约州的小城镇和中小城市在发展创意经济方面面临着特殊的挑战，包括：①在已建立的城市中，大型文化机构支持创意经济活动，而小城镇和城市没有这种资源；②文化活动具有本地性，小城镇往往缺乏区域层面的支持；③许多中小城市没有明显的人口多样性；④中小型社区受到领导力和志愿者能力发展不足的影响。[①] 但是，上述四个方面并没有被纳入统一的分析框架。为此，需要一个系统性框架来将这些内容纳入。经济学的供给和需求框架无疑是一个比较有共识、有说服力的框架。

从供给侧来看，经济地理学家斯科特的《城市文化经济学》指出

---

① Christopherson, S., "Creative Economy Strategies For Small and Medium Size Cities: Options for New York State," Quality Communities Marketing and Economics Workshop, Albany New York, April 20, 2004.

创意场理论可用于解释文化经济布局的影响因素。[①] 所谓创意场，是指影响人类创造、发明的社会关系系统，由个人、公司、学校、大学、实验室、工会、贸易协会等其他专业组织构成，是新经济（文化创意和科技创新）中形成企业家精神、创新和经济发展的函数。在第五届产业集群年会上他进一步明确提出，生产者网络、地方劳动力市场、创意场等是文化创意产业集群形成的主要原因。

显然，城市和乡镇的文化艺术种类、文化企业规模和特征、创意人才的学历和来源等都有一定的差异，属于不同类型的创意场。二者的差异主要体现在以下几个方面。

一是在生产者网络方面，城市中的文化企业更关注本地企业之间的联系，乡镇的企业往往更关注大都市企业之间的联系。也就是说在一定程度上，某些乡镇的文化企业可能是依附于城市的一个文化企业而发展的。比如位于北京通州区的宋庄画家村的艺术作品往往依赖于位于市区的 798 艺术区的画廊进行销售。平谷东高村的小提琴也是依赖于北京城区的音乐家参与设计，并依赖于城区的销售网络发往世界各地。

二是与在城市中地方劳动力市场有着非常丰富多样的劳动力资源不同，乡镇一般不是高端的文化创意人才倾向于长期居住的地方。乡镇文化创意产业的人才有两个来源。其一是本地传统手工艺的传承者。比如北京的很多远郊区县都有一些非物质文化遗产的传承者。这些传承者带动了周边的村民共同从事传统的手工艺制作工作。其二是往返于城市和乡镇的迁徙性文化经济从业者。比如一些艺术家会在乡镇设立自己的工作室，有时候也会来这里工作和生活，但是并不总居住于此。

三是与城市中社会关系系统是由个人、公司、学校、大学、实验室、工会、贸易协会等其他专业组织构成的复杂的创意场不同，乡镇的

---

① Scott, A. J. , *The Cultural Economy of Cities: Essays on the Geography of Image-producing Industries*, London: SAGE Publications Ltd. , 2000.

创意场构成往往简单一些。除了个人之外，主要是当地的乡镇政府以及一些私营的企业，组成了社会关系系统。乡镇政府往往发挥了非常重要的作用，除了在土地等要素资源方面提供一些扶持，还常常对本地的手工艺人进行一些业务培训，以及组织一些节庆活动。

四是乡镇文化经济与城市文化经济发展的关键动力有所不同。北京市级的文化产业园区大约有 100 家，几乎全部都位于中心城区。其主要原因是这些文化集群发展的关键动力都是来自规模经济。这并不是说城市文化经济不需要其他的动力因素，而是说只要有规模经济，那么它就可以突破其他限制性条件成为城市文化经济发展的根本动力。一方面这些文化企业自身的规模比较大，在城市里可以得到更充分的人才和资金支持。另一方面在城市可以和更多的企业共享基础设施以及分享知识信息。显然乡镇没有城市所具备的规模优势。乡镇文化经济发展的关键动力来自三个要素：其一是文化景观。很多乡镇地区有一些非常富有特色的历史文化景观。比如密云区的古北水镇拥有南方乌镇一样的"小桥流水"，还有北京特有的司马台长城这样非常壮观的历史文化景观。这些景观不仅促成了古北水镇旅游景区的建设，还为景区吸引了一些演艺和会展产业在本地发展。其二是非物质文化遗产，特别是一些传统的手工艺技术。在通州区就有花丝镶嵌这类富有地域特色的传统手工艺。制作工艺一般是口口相传的，文化品牌和地域是紧密绑定的，决定了只有在其产生的乡镇地区才能形成与这些非物质文化遗产紧密联系的文化创意产业。其三是地方营造。地方营造是指空间在主体的创造下被赋予特殊意义的过程。① 很多城市中的文化创意产业集群也需要地方营造，比如北京的 798 艺术区的发展与其被打造为先锋艺术的基地这样一个品牌有很大的关系。乡镇的文化创意产业集群由于地理位置相对偏僻，往往知名度也不如城市的同类集群。为了能够在同类竞争者中脱颖而出，乡

---

① 孔翔、许杨博文：《历史文化街区餐饮业态与地方营造策略的空间分异——以黄山市屯溪老街街区为例》，《经济地理》2020 年第 6 期，第 147~155 页。

镇的文化创意产业集群更需要地方营造。常见的有一些地方标志性建筑和节庆活动。比如中国宋庄艺术节已经举办了 12 届。

表 1　城市和乡镇文化经济的供给侧因素

区域	生产者网络	地方劳动力市场	创意场	关键动力
城市	紧密的本地网络关系	丰富多样的劳动力资源	复杂创意场	规模经济
乡镇	与大都市建立联系	本地传统手工艺的传承者、迁徙性文化经济从业者	简单创意场、虚拟创意场	文化景观、非物质文化遗产、地方营造

（二）乡镇文化经济的影响因素与关键动力——基于需求侧分析

从需求侧来看，城市便利性相关理论为城市和乡镇文化经济集群的发展提供了重要参考。21 世纪初期，以佛罗里达[①]、格莱泽[②]、克拉克[③]为代表的美国经济学家和城市学者提出了创意阶层和城市便利性理论。相关学者主张在后工业化时期城市经济的发展根源于宜居宜业的环境。那些居住环境优良、生活设施齐全、文化包容性强的城市能够吸引到较多的创意人才。创意人才的集聚将有助于相关企业的发展。这些学者的观点被称为城市便利性学说。其实这些理论观点也可以应用于乡镇场景。无论是在城市还是在乡村，那些能够吸引文化经济人才集聚的地方，都一定具有适合其生活和工作的环境。从居住环境角度，城市交通便利，乡村有更好的自然生态环境。从商业环境角度，城市有更多的商

[①] Florida, R., *The Rise of the Creative Class and How It's Transforming Work, Leisure, Community and Everyday Life*, New York: Basic Books, 2002.

[②] Glaeser, E. L., "Review of Richard Florida's The Rise of the Creative Class," *Regional Science & Urban Economics*, 2004, 35 (5).

[③] Silver, D., Clark, T. N. and Rothfield, L., "A Theory of Scenes," University of Chicago, http://tnc.research.googlepages.com/atheoryofscenes, 2007.

业综合体，能够提供琳琅满目的消费品，乡镇则没有这样的便利条件。从文化氛围来看，城市具有很高的社会包容度。乡镇居民以当地人为主，观念趋于传统，社会包容度较低，但是具有较强的可塑性。一旦被营造出某种社会文化氛围，可能对这种特征的文化提供比城市更强烈的支撑。比如通州区的宋庄，因为艺术家的集聚，渐渐培育出了适宜先锋艺术发展的文化环境，对先锋艺术的包容度要明显高于其他地区。如果说创意阶层来到城市，是因为其居住、商业和文化方面的便利性，那么乡镇吸引创意阶层的自然环境和文化氛围，我们可以用舒适性来概括。也许这里的生活便利性没有城市高，但是对于来到这里的创意人才而言，往往是更喜欢其自然生态环境、富有特色的文化景观，以及对创意人才包容的环境，这些让他们感到更舒适。

表 2　城市和乡镇文化经济的需求侧因素

区域	居住环境	商业环境	文化氛围	关键动力
城市	交通便利	购物方便、种类多	包容度高	便利性
乡镇	自然环境好	购物不便、种类少	包容度相对较低但是具有更强的可塑性	舒适性

二　北京乡镇文化创意产业集群的类型和案例

（一）景观依赖型文化创意产业集群

一般认为，景观是指地球表面地理事物的综合体。景观分为自然景观和文化景观。相较于受到人类影响较少的自然景观，文化景观是指受到人类较强烈的影响所创造出来的景观。相对于城市，乡镇的文化景观富有特色，常常会成为文化创意产业发展的基础。一方面，文化景观为文化创意产业的发展提供了"生产资料"。大运河、长城、怀柔影视基地等文化景观为很多地方发展文化旅游或影视产业提供了环境基础。另一方面，文化景观也是吸引专业人才集聚的关键因素。从全国来看，北京作为历史文化名城，拥有丰富的文化景观，增添了城市文化的吸引力，是其在与其他大城市竞争中能够脱颖而出的关键因素之一。

古北水镇是北京郊区旅游景区，是"旅游+文化"相融合的典型代表。除了司马台长城和水镇，一系列的民俗文化演出，也是其吸引游客的核心因素。铁板书、民间杂技、京东大鼓、京剧、河北梆子、相声快板、皮影戏等一系列的传统文化演出与古北水镇的古典园林建筑相得益彰。原本这些演出活动在城市的剧场中更有生存的活力。毕竟在城市中演员更多、观众更多，对双方而言都更为便利。但是古北水镇有城市所不具备的古典园林化的场景，可以让观众获得城市剧场所不能比拟的沉浸式体验。这是其在乡镇能够发展壮大的关键所在。因而，这类文化创意产业集群可以称为景观依赖型文化创意产业集群。

（二）非物质文化遗产型文化创意产业集群

非物质文化遗产是具备一定历史文化价值的、世代相传的、以非物质形式存在的文化资源。花丝镶嵌就是这样一种世代相传并于2008年入选国家级非物质文化遗产名录的传统手工技艺。它是一门传统的制作皇家饰品的宫廷艺术，因包括"花丝"和"镶嵌"两种工艺流程而得名。在河北的大厂回族自治县以及北京市的通州区，都有制作这一产品的手工艺人，并且建设了数座工厂，形成了艺术产品的制造集群。北京的花丝镶嵌匠人多聚居在通州区，原北京花丝厂就设在此处。1999年，北京花丝厂划转归通州区管辖，更名为北京东方艺珍花丝镶嵌厂。花丝镶嵌产品曾经大量出口，于20世纪80年代开始走向衰落。近年来随着国家对非物质文化遗产的扶持力度加大，花丝镶嵌产品迎来了新的发展契机。

北京之所以能够出现花丝镶嵌这类非物质文化遗产型文化创意产业集

群，有以下几个原因。其一是北京作为皇城具有数千年的历史，培育了适宜花丝镶嵌这类手工艺发展的产业环境。花丝镶嵌是一门自唐代开始出现在历史记录里的宫廷手工艺，使用的都是金银珠宝等珍贵材料以及非常烦琐的手工艺技术。在古代只有在首都才有最大的市场，才能集聚数量非常多的金银以及全国最出色的手工艺人。其二是花丝镶嵌制作的手工艺产品，在今天仍有一定的市场需求。对当代的文化消费人群而言，具有民族特色的手工艺品，具有特殊的文化价值。特别是花丝镶嵌作为"燕京八绝"中最繁复的一项工艺，一件花丝镶嵌艺术品，要历经堆、垒、编、织、掐、填、攒、焊等八大工序，具有非常突出的历史文化价值，被收藏界视为珍宝。此外，近年来南京商人董恒江将花丝镶嵌工艺与时尚潮流紧密结合，把花丝融入钢笔、车标、书档、3C产品、家具配件等产品设计，并将其在精心打造的中国文创珠宝饰品跨境电商运营平台进行销售，获得了市场的认可。这也为北京的花丝镶嵌文化创意产业的发展提供了一些值得借鉴的经验。

（三）大都市依附型文化创意产业集群

北京最知名的乡镇文化创意产业是艺术家村落，也俗称"画家村"。比较知名的有宋庄、上苑等，数量最多时曾达数十个。国外研究指出一些画家会为自然风光而来到乡村从事艺术创造。北京周边的乡镇形成的一些艺术群落也有这方面的原因，但是并非主要原因。以宋庄为例，其自然风光在北京的郊区不算出色。事实上，北京的画家村最初产生于20世纪90年代圆明园周边的村落。除了房租便宜，距离北京大学和清华大学这样的名校较近、便于和周边的文化人进行交流、距离外国画商较近是其在此聚集的重要原因。后来出现的宋庄画家村，其艺术品大多通过城市中的798艺术区销往世界各地。宋庄有很多非常著名的艺术家，但是这些艺术家其实在市区中也有住所，经常根据工作和生活安排，不定时的迁徙生活。因而，这类文化创意产业集群本质上是依附于大都市的。

大都市边缘地区布局的另一类文化创意产业——文化产品制造业——也是依附于都市的。在国内外的很多关于文化创意产业的研究中，要么不涵盖文化产品的制造，要么将其置于文化创意产业的外围，属于非核心的文化创意产业部类。斯科特的《城市文化经济学》是个例外，其对洛杉矶的家具和珠宝产业的分析是与好莱坞的电影放在同一框架下进行的。北京都市边缘也同样有这类文化产品制造业，最典型的就是平谷区东高村镇的"中国乐谷"。分析乐谷的发展状况，我们发现大都市是周边乡镇地区文化产品制造业发展的关键动力源。

一是大都市为周边乡镇地区的文化产品提供市场和销售渠道。根据相关调查，1988 年，"从技校毕业回到家乡东高村镇的受访人 LJL 和 LYD 发现，国内外对于提琴的需求不断增加。北京是提琴需求很大的城市，但是京城琴行里的提琴大都由国外进口，鲜有国内自产的提琴，于是便决定兴办新星提琴厂"。[①] 可见，北京作为国内发展高雅音乐的中心城市，对于提琴的需求最大，同时，北京作为门户城市，也是提琴进出口最为便利的地区之一，这些都促成了东高村提琴制造业的兴起。

二是大都市为周边乡镇地区的文化产品制造提供创意人才和配套资源。东高村乐谷发展初期生产的提琴，主要由当地的村民个人学习研制而成。所制作的小提琴工艺水平较低，价格比较低廉，主要依靠低成本的优势与其他同类产品进行竞争。随着相关产业的壮大，东高村乐器制造开始向高端演进，而其产业能够实现高端化与邻近北京中心城区（相较于外省市）不无关系。一方面，部分北京知名院校的毕业生来到东高村从事乐器制造。比如，平谷区与中央音乐学院附中签署了战略合作协议；以华东乐器制造厂为代表的企业邀请中央音乐学院的老师教制琴人演奏，提高制琴人乐感；等等。另一方面，2010 年平谷区提出打造中国乐谷以来，发挥位于北京市、便于联系和组织音乐人开展活动等

① 戴俊骋、周尚意：《历史层累视角下的地方形成机制探讨——以北京东高村镇为例》，《人文地理》2015 年第 5 期，第 16~21 页。

优势，先后组织"中国乐谷北京国际音乐季""迷笛音乐节"等一系列演艺活动，力图以乐器生产为基础，打造形成集乐器制造、研发、交易和演艺于一体的全新产业链。

表3 北京乡镇文化创意产业集群的典型案例

集群类型	文化创意产业集群	产业大类	知名企业/艺术家	所属区和乡镇
大都市依附型	中国乐谷/平谷国家音乐产业基地	音乐	华东乐器制造厂	平谷区东高村镇
	宋庄艺术创意小镇	艺术	方力钧、栗宪庭	通州区宋庄镇
非物质文化遗产型	花丝镶嵌	手工艺	北京东方艺珍花丝镶嵌厂	通州区张家湾镇
景观依赖型	古北水镇	会展和演艺	北京古北水镇旅游有限公司	密云区古北口镇

三　北京乡镇文化创意产业发展策略

（一）挖掘历史文化资源，营造地方特色文化景观

从区域发展的角度，一些资源是可以从一个地方迁移到另一个地方的；而一些资源则专属特定地方，是不可以迁移的。历史文化资源显然属于后者，与地方紧密的绑定在一起，不可分割。这就决定了乡镇的这类资源不会像人才和资金等其他要素一样流向城市。因而，历史文化资源可以成为乡镇文化经济发展的核心驱动力。所谓历史文化资源，既包括物质形态的文化景观也包括非物质的文化遗产，二者都可以为乡镇文化经济的发展提供关键基础。以古北水镇为例，司马台长城和水库都是历史上就存在的，只有充分的挖掘之后，借由现代景观设计师的打造，才能成为独具特色、备受追捧的"北方乌镇"。因此，北京其他具有类

似历史文化资源的地区也要充分挖掘相关资源。比如，京杭大运河在通州地区也有上千年的历史，留存漕运码头等文化遗迹，必须要经过进一步的挖掘，打造特色景观，为游客提供更为直观的沉浸式体验，才能带动旅游和相关文化产业的发展。

就非物质文化遗产而言，更是如此。北京有很多传统的民间手工艺，这些工艺都有几百甚至上千年的历史。如花丝镶嵌的价值正在被不断挖掘，并融入现代工业品的设计。深度挖掘北京各类传统手工艺以及其他的非物质文化遗产，将其与乡镇的地方经济发展相融合，与现代工业经济发展相融合，是推动北京乡镇文化创意产业发展乃至形成新的文化创意产业集群的最有效的措施之一。

（二）建立与城市文化园区的合作机制

城市和乡镇在文化创意产业的发展方面具有不同的比较优势。城市具有规模优势以及基础设施方面的优势，能够吸引最高端的人才；乡镇则具有自然环境、办公空间以及低劳动力成本等方面的优势。大都市边缘区的乡镇，如果交通足够便利，再配套相关的支持政策，能够有效地整合城市和乡镇的不同比较优势，形成综合性竞争优势。所谓的配套支持政策，最核心的就是要建立城市和乡镇之间文化园区的合作机制。目前宋庄画家村和798艺术区之间的合作是艺术家和画廊之间自发行为的结果；东高村的提琴厂与中心城区的音乐学院之间的合作，局限在人才培养等个别领域。如果能够在政府的鼓励下，不同园区之间开展一些更为系统化的合作，相信一定能有效发挥不同地区的资源优势，提升北京文化创意产业的整体竞争力。

（三）提升居住舒适性和交通便利性

从需求角度看，城市的便利性和乡镇的舒适性是形成文化经济集群的原因。就乡镇而言，需要进一步发挥自身在舒适性方面的优势，进一步提升生态环境质量，充分吸引游客和创意人才聚集，从而形成和丰富自身的市场空间和资源要素。目前北京乡镇发展中存在的问题是，密云、延庆等区具备优良的空气质量以及优越的自然生态环境，但是距离中心城区较远，交通设施不足够方便；相反，大兴、房山等区交通设施比较方便，但是自然生态环境质量有一定的提升空间。北京的乡镇需要根据实际，着力于自身优势提升，才能吸引更多的创意人才及消费者，推动文化经济发展。

（四）培育文化产业小生境，打造迷你产业集群

乡镇的文化经济基础往往比较薄弱，很难像城市一样很快就形成规模较大的产业集群。在国外，将处于萌芽阶段的产业集群被称为迷你产业集群。所谓小生境则是指一个区域支撑产业发展的地方政策和配套设施。近年的一些成功案例表明，在乡镇地区充分挖掘地方政策空间，给予文化创意产业人才特定的扶持政策，培育产业发展的小生境，有助于打造迷你产业集群，进而为形成有规模的文化创意产业集群创造条件。比如通州区台湖镇的双益发文创园，就是在台湖镇打造演艺小镇的背景下，肉制品厂主动拆除了生产设备，把生产厂区改造为文创园区，进而吸引影视、戏剧、多媒体、非遗文化、原创设计等文化原创项目入驻的结果。目前北京乡镇的文化创意产业园，要么是由政府主导打造，要么是一些制造企业主动转型的结果。未来需要进一步加强政府和企业之间的合作，建立良性的利益共享机制，不断完善北京乡镇培育文化经济的小生境，布局更多、更具品质的迷你文化创意产业集群。

参考文献

Christopherson, S., "Creative Economy Strategies For Small and Medium Size Cities:

Options for New York State," Quality Communities Marketing and Economics Workshop, Albany New York, April 20, 2004.

Scott, A. J. , *The Cultural Economy of Cities*: *Essays on the Geography of Image-producing Industries*, London: SAGE Publications Ltd. , 2000.

孔翔、许杨博文:《历史文化街区餐饮业态与地方营造策略的空间分异——以黄山市屯溪老街街区为例》,《经济地理》2020年第6期。

Florida, R. , *The Rise of the Creative Class and How It's Transforming Work*, *Leisure*, *Community and Everyday Life*, New York: Basic Books, 2002.

Glaeser, E. L. , "Review of Richard Florida's The Rise of the Creative Class," *Regional Science & Urban Economics*, 2004, 35 (5).

Silver, D. , Clark, T. N. and Rothfield, L. , "A Theory of Scenes," University of Chicago, http: //tnc. research. googlepages. com/atheoryofscenes, 2007.

戴俊骋、周尚意:《历史层累视角下的地方形成机制探讨——以北京东高村镇为例》,《人文地理》2015年第5期。

城市生态篇

生态文明思想指引下北京城市
高质量发展研究

穆松林　袁　蕾*

摘　要： 生态文明思想是推动新时代高质量发展的科学理论体系，新发展阶段下加强生态文明建设是贯彻新发展理念、构建新发展格局、推动高质量发展的必然要求。北京城市高质量发展中，在深刻认知生态文明思想理论和实现内涵的基础上，厘清减量提质中"减少和增加"、城市更新中"增量和存量"、韧性城市中"发展和安全"的辩证关系，以"先舍后得"的减量路径、"改旧造新"的更新路径和"防危增韧"的安全路径，在实践中探索以生态文明建设赋能城市高质量发展的北京方案。

关键词： 生态文明思想　高质量发展　北京

新发展阶段下加强生态文明建设是贯彻新发展理念、构建新发展格局、推动高质量发展的必然要求。北京市坚持以习近平新时代中国特色社会主义思想为指导，深入贯彻习近平生态文明思想，坚持以改善首都生态环境质量为核心，科学推动城市以"绿色优先"的高质量发展，

---

* 穆松林，北京市社会科学院城市问题研究所副研究员；袁蕾，北京市社会科学院城市问题研究所副研究员。

努力提升城市治理体系和治理能力现代化水平，以生态文明建设赋能北京城市高质量发展。近年来北京持续深入贯彻推进生态文明建设，从开展"蓝天保卫战"到开展"碧水攻坚战"，从落实"一微克"行动到实行"河长制"，从普及"光盘行动"到推行"垃圾分类"，坚持生态优先，推动绿色发展，为实现"天蓝、水清、土净、地绿"的美丽北京建设目标和高质量发展，做出了重要的努力和贡献。

一 生态文明思想的理论和实践内涵

党的十八大以来，以习近平同志为核心的党中央立足新时代我国社会主要矛盾变化，适应和把握我国经济发展进入新常态的趋势性特征，着眼于提供更多优质生态产品以满足人民日益增长的优美生态环境需要，把生态文明建设纳入"五位一体"总体布局，深刻回答了"为什么建设生态文明""建设什么样的生态文明""怎样建设生态文明"等重大理论和实践问题，推动生态文明建设从理论到实践、从认知到路径发生历史性、转折性、全局性变化，形成了习近平生态文明思想。习近平生态文明思想是推动新时代高质量发展的科学理论体系，是新时代推进生态文明和美丽中国建设的根本遵循。

（一）理论内涵

从理论来源上说，习近平生态文明思想是马克思恩格斯生态思想和自然理念中国化、时代化的理论和实践成果，是以马克思恩格斯生态文明思想为指导，充分汲取我国传统文化精华，推进生态文明的理论创新、制度创新，形成了一系列关于生态文明及其建设的重要论断、思想理念和系统部署。这一理论成果成功地将生态文明建设与中国特色社会主义结合起来，建构和发展了中国特色社会主义生态文明理论体系。在生态文明建设中，习近平总书记对"两个一百年""五位一体""四个全面"等战略目标也都做出了非常明确的阐释。党的十九大报告指出，坚持人与自然和谐共生。必须树立和践行绿水青山就是金山银山的理念，坚持节约资源和保护环境的基本国策，像对待生命一样对待生态环境，统筹山水林田湖草系统治理，实行最严格的生态环境保护制度，形成绿色发展方式和生活方式，坚定走生产发展、生活富裕、生态良好的文明发展道路，建设美丽中国，为人民创造良好生产生活环境，为全球生态安全做出贡献。

（二）实践内涵

习近平总书记指出，建设生态文明、推动绿色低碳循环发展，不仅可以满足人民日益增长的优美生态环境需要，而且可以推动实现更高质量、更有效率、更加公平、更可持续、更为安全的发展。生态环境保护和经济发展是辩证统一、相辅相成的，保护生态环境就是保护生产力，改善生态环境就是发展生产力。生态环境高水平保护是贯彻新发展理念、构建新发展格局、推动高质量发展的题中应有之义。必须深入贯彻新发展理念，保持加强生态文明建设的战略定力，以经济社会发展全面绿色转型为引领，坚定走生态优先、绿色低碳的高质量发展道路。习近平总书记十分关心北京的生态环境，多次作出重要指示。为推进首都生态文明建设、解决生态环境问题指明了方向，提供了根本遵循。习近平生态文明思想是习近平新时代中国特色社会主义思想的重要组成部分，是新时代加强北京生态文明建设、做好生态环境保护工作的行动指南。

二　北京城市高质量发展的辩证关系

（一）减量提质：减少与增加的辩证关系

减量发展是北京现代化城市治理的时代特色，也是首都超大型城市善治的需要。减量发展的本质在于，在减少不可再生资源和一般自然资源消耗的基础上，构建新的发展模式。减量发展的"减"不是目的，重点是通过规模精简、功能减负和空间紧缩精准"减量"，促进北京高质量发展。北京经济发展方式已从资源驱动、规模报酬驱动转向创新驱动。需要通过提高北京的科技能级和产业去低端化，促进北京由相对减量发展阶段进入绝对减量发展阶段是高质量发展的必然要求。高质量发展中要做到"有增有减"，减去的是不符合首都功能定位的产业、占用人口资源但效益产出不高的产业；增的部分是推动落实北京城市战略定位，保障首都功能发挥的产业。减量发展关键要在四个方面突破：一是总量规模控制，在控制人口与建设用地总量规模不增加的前提下，实现土地总体集约节约利用与空间资源均衡布局。二是首都功能强化，不断提升与强化首都功能，改善城市服务品质，提高北京的全球竞争力。三是经济质量提升，通过"腾笼换鸟"舍弃低端传统产业，引入高精尖产业，实现经济增长、产业结构升级，构建与北京城市战略定位相适应的现代经济体系。截至目前，全市已培育认定市级"专精特新"中小企业 3370 家，市级专精特新"小巨人"企业 1141 家，国家级专精特新"小巨人"企业 257 家，单项冠军 38 家，隐形冠军 20 家。四是宜居环境营造，推进城市低碳、生态、绿色发展，加强城市公共安全管理和公共服务建设，降低居民生活成本，提高居民生活质量。

表 1　北京市智能制造标杆企业名单

企业名称	申报类型	地点
同方威视技术股份有限公司	智能工厂	密云区
北京三一智造科技有限公司	智能工厂	昌平区
北京宝沃汽车有限公司	智能工厂	密云区
北京纵横机电科技有限公司	智能工厂	海淀区
北京博泽汽车部件有限公司	智能工厂	大兴区
北京京西重工有限公司	智能工厂	房山区
北京华邈药业有限公司	智能工厂	顺义区

续表

企业名称	申报类型	地点
北京盛通印刷股份有限公司	智能工厂	北京经济技术开发区
东明兴业科技股份有限公司	数字化车间（3C 产品数字化车间）	怀柔区
北方导航控制技术股份有限公司	数字化车间（导航控制系统精益柔性车间）	北京经济技术开发区
北京康斯特仪表科技股份有限公司	数字化车间（数字压力检测仪表数字化车间）	海淀区
北京新立机械有限责任公司	数字化车间（SMT 表面贴装技术柔性数字化车间）	丰台区
北京海纳川李尔汽车系统有限公司	数字化车间（汽车线束产品数字化车间）	大兴区
北京世桥生物制药有限公司	数字化车间（大输液数字化车间）	顺义区
北京科仪邦恩医疗器械科技有限公司	数字化车间（新一代微创骨科植入物及器械智能数字化车间）	北京经济技术开发区
曲美家居集团股份有限公司	数字化车间（家居个性化定制车间）	顺义区
北京黎明文仪家具有限公司	数字化车间（定制化办公家具数字化车间）	通州区
北京雅昌艺术印刷有限公司	数字化车间（雅昌 POD 智能制造数字化车间）	顺义区

（二）城市更新：增量和存量的辩证关系

城市更新是北京在新的发展阶段应对城市发展面临的复杂问题、提升城市发展质量的重要手段。目前北京市存量建设用地占比已超过80%，面临着城市功能优化和利用效益提升等综合挑战。西方发达国家城市化的经验显示，在城市化中后期容易出现的典型问题是城市中心区的衰退、空洞化和逆城市化等。对城市存量空间的合理改造和再利用是避免此类问题发生的有效手段，旧城改造升级是实现城市可持续发展的关键。早在 20 世纪 90 年代，北京就率先开展了城市有机更新的理论探索与实践，产生了广泛的国际影响，包括老城的保护性更新、发展的功能性更新、民生的保障性更新和治理的社会性更新。首都城市更新不仅是对现有城市空间的优化配置，而且是对不能适应首都功能发展的空间进行优化调整，更是通过补齐城市老旧空间的现代功能进而更好地满足人民对美好生活的需要。

表2 北京城市更新最佳实践名单

序号	名称	实施主体
1	石景山区首钢老工业区（北区）更新	首钢集团有限公司、北京首钢建设投资有限公司
2	朝阳区劲松（一区、二区）老旧小区有机更新	北京市朝阳区人民政府劲松街道办事处、愿景明德（北京）控股集团有限公司
3	西城区西单文化广场升级改造（西单更新场）	华润置地（北京）股份有限公司
4	西城区菜市口西片老城保护和城市更新	北京金恒丰城市更新资产运营管理有限公司、建新住房服务（北京）有限公司
5	海淀区一刻钟便民生活圈在学院路地区的更新实践	北京市海淀区人民政府学院路街道办事处
6	"小空间　大生活"——百姓身边微空间改造	北京规划和自然资源委员会、北京市发展和改革委员会、北京市城市管理委员会、北京建筑大学
7	东城区南锣鼓巷四条胡同修缮整治	北京京诚集团有限责任公司
8	通州区张家湾设计小镇城市更新实践	北京通州投资发展有限公司、北京铜牛股份有限公司
9	石景山模式口历史文化街区保护更新	北京石泰集团有限公司、北京泰富恒投资发展有限公司
10	东城区光明楼17号简易楼改建试点	北京京诚集团有限责任公司
11	朝阳区丽都国际街区城市更新项目	北京市朝阳区人民政府将台地区办事处
12	朝阳区望京小街改造提升项目	北京市朝阳区人民政府望京街道办事处、北京万旌企业管理有限公司
13	东城区隆福文化街区修缮更新项目	北京新隆福文化投资有限公司
14	海淀区中关村科学城金隅制造工厂项目	北京金隅集团股份有限公司
15	通州区中仓街道北小园小区综合整治工程项目	北京市通州人民政府中仓街道办事处
16	丰台区首汇健康科技园	北京首汇创新健康科技发展有限公司

（三）韧性城市：发展与安全的辩证关系

"韧性"是目前国际社会在防灾减灾领域使用频率很高的一个概念。韧性城市就是在面对风险时能够展现较强的快速应对能力、适应能力和恢复能力的城市，也是未来城市的发展方向。韧性城市建设对北京城市安全、可持续发展而言意义重大。《中共北京市委关于制定北京市国民经济和社会发展第十四个五年规划和二〇三五年远景目标的建议》明确提出建设韧性城市，加强综合防灾、减灾、抗灾、救灾能力和应急体系建设。相较于传统的防灾减灾规划，韧性城市的研究范畴拓展到自然灾害、事故灾害、公共卫生和社会安全等城市风险的全领域，更强调城市系统对各种风险的适应、恢复和学习转化能力。

三 生态文明思想指引下北京城市高质量发展实践路径

（一）先舍后得，在"减量"中实现城市高质量发展

从"集聚资源求增长"到"疏解功能谋发展"，北京成为全国第一个减量发展的城市。《北京城市总体规划（2016年—2035年）》首次提出减量发展，明确了北京建设用地规模、城乡建设用地规模以及平原区开发强度均减少，主要采取的措施包括：建立城乡建设用地减量规划引导机制，制定实施生态控制线和城市开发边界管理办法；健全严格控制增量机制，实施新修订的新增产业禁限目录，健全一般制造业、区域性物流基地、专业市场等退出机制；建立减量发展激励机制、城乡建设用地供减挂钩机制、建设用地战略留白引导机制等；建立生态涵养区绿色发展机制，划出"生态红线"，确保涵养区生态空间只增不减、土地开发强度只降不升。通过建立减量发展实施倒逼机制、明确减量发展实施标准，建立减量发展激励机制、制定减量发展奖励政策等，北京城市

高质量发展取得一系列成效：2015～2019 年累计退出一般制造业企业 2367 家，疏解提升市场、物流中心 919 个；新增城市绿地 3600 公顷，新建城市休闲公园 190 处、新添小微绿地和口袋公园 460 处；污染防治攻坚战取得了重大进展，细颗粒物（PM2.5）年均浓度累计下降 47.9%，绿色生态空间不断拓展。

（二）改旧变新，在"更新"中实现城市功能优化

北京已进入存量发展和城市更新阶段，但建设用地减量的同时，路径依赖的惯性依然存在，维护首都生态安全格局、破解"大城市病"仍然面临挑战。北京在城市更新中以生态文明思想为指引，全面减少城市发展对自然生态系统的干扰，提高生态系统自我修复能力，增强生态系统稳定性，保障山水林田湖草生命共同体的竞生、自生、共生的正向演进。通过风貌恢复、产业升级、活力营造、文化传承、科技创新等路径，引导城市高质量发展。北京持续推进首都老城整体保护，创新保护性修缮、恢复性修建、申请式退租等政策，深化历史文化街区特别是老城平房区城市更新。同时，北京以推行责任规划师制度为抓手，注重社区居民更新改造需求，以社会参与、城市治理和共同行动为内核推动自下而上的城市更新。在政策方面，北京市出台了《北京市人民政府关于实施城市更新行动的指导意见》及配套实施细则，即《关于首都功能核心区平房（院落）保护性修缮和恢复性修建工作的意见》《关于老旧小区更新改造工作的意见》《关于开展老旧楼宇更新改造工作的意见》，提出六类更新方式，包括老旧小区改造、危楼房改造、老旧厂房改造、老旧楼宇改造、首都功能核心区平房（院落）更新以及其他类型，同时明确了城市更新行动配套的规划政策、土地政策及资金政策。北京还出台了《北京市城市更新行动计划（2021—2025 年）》，设立城市更新产业基金，鼓励银行、国有企业、民营企业积极参与，广泛引入社会资本等，探索城市更新的"北京模式"。

（三）防危强韧，实现首都城市安全发展

以生态优先为引领、实现绿色发展为目标，在尊重自然、保护自然的基础上，普及绿色生态发展理念，统筹规划城市建设治理，用有效的自然资源和生态环境保护政策，提升城市自然资源及生态环境应对外部自然灾害的能力，促进首都城市可持续发展。北京韧性城市建设着眼于六个方面：一是降低人口与建筑密度，为应对突发公共卫生事件预留空间；二是注重留白增绿，增加小微绿地、口袋公园，提升公共开放空间覆盖率，加强城市通风廊道建设；三是坚持平疫结合，统筹好应急救灾物资的运输和储备，建设应急救灾物资储备库；四是针对体育场馆等大型公共设施制定平疫转换预案，必要时作为应急医疗救治设施使用；五是全面提升老旧小区健康安全标准，在老旧小区综合整治过程中补齐公共设施和管理维护短板；六是设置居住区入口多功能公共空间，做到平疫结合。在城市规划中北京市探索了"PDCA"（Plan 规划、Do 实施、Check 监测、Answer 响应）的韧性城市规划技术框架，从风险识别、风险评估、规划响应到适应性管理形成全过程的闭合链条，分别在空间、生态、工程、技术和组织方面充分发挥城市规划技术手段+公共政策的双重属性。北京市正在研究起草《关于加快推进韧性城市建设的指导意见》，以突发事件为牵引，特别是强化对强对流天气的监测、预报、预警和应对工作，持续提升包括应对气候变化导致突发事件在内的各类突发事件应对和处置能力。围绕城市"硬件""软件"两个方面，分别从空间韧性、工程韧性、管理韧性、社会韧性四个维度，提出推进韧性城市建设的主要措施，全面提升首都北京应对包括自然灾害在内的各类突发事件的城市韧性。

参考文献

钱自二：《习近平生态文明思想的价值意蕴及其实践融合化研究》，《哈尔滨学院学报》2021 年第 9 期。

孙金龙、黄润秋：《以习近平生态文明思想为指引　推动生态文明建设实现新进步》，《环境保护》2021 年第 15 期。

赵弘、王德利：《北京减量发展与高质量发展的辩证法》，《前线》2020 年第 7 期。

《韧性城市》，http：//www. beijing. gov. cn/zhengce/zwmc/202008/t20200830＿1993457. html，2020 年 8 月 30 日。

首都绿色高质量发展的实现路径

刘 薇 丁军[*]

摘 要：生态文明、绿色发展已经成为首都高质量发展的亮丽底色。本文通过阐述首都绿色高质量发展的内涵与重要意义，提出北京绿色发展需要构建四个体系，并紧扣首都发展的主题，从数字经济与绿色经济融合发展、搭建生态第四产业、大力实现碳中和等方面提出具体的对策建议，推动首都绿色高质量发展。

关键词：首都 高质量发展 生态文明 绿色发展

绿色发展是首都发展的重要组成部分和核心要义之一。首都的绿色高质量发展就是要以人与自然和谐共生为目标指向，以满足人民日益增长的美好生活需要为根本出发点，以实现经济发展与生态环境保护相协调为根本宗旨，同时要建成"四个体系"，即以产业生态化和生态产业化为核心的生态经济体系、以生态系统良性循环和风险防控为重点的生态安全体系、以治理水平与治理能力现代化为保障的生态制度体系和以生态价值观为准则的生态文化体系。

---

* 刘薇，北京市社会科学院经济所研究员；丁军，北京市社会科学院经济所副研究员。

一　首都绿色高质量发展的重要意义与内涵

党的十九大以来，北京市更加自觉地从"国之大者"高度认识和推动首都发展。习近平总书记 2021 年在广西考察时提出"让人民生活幸福是'国之大者'"。人民群众对美好生态环境的需求必须通过多种方式予以满足，而为人民群众营造持续良好的优美生态环境，离不开高质量的绿色发展。绿色生态城市是政治中心重要的落地载体、绿色生态文化是建设文化中心的重要组成部分、生态宜居城市是成为国际交往中心的重要落脚点、绿色科技创新是建设科技中心的重要内容。

（一）以人与自然和谐共生为目标指向

绿色发展，强调以"绿色"作为经济社会的基础。这种模式下，强调的不仅仅是发展的速度，更关注发展的质量和效率，以及发展过程中人与自然之间的协调与均衡。绿色发展理念重视人与自然的和谐，其本质及根本目的在于，为人民创造良好舒适的生存环境。和谐共生表明，二者之间应是良性循环、相辅相成的共同发展关系。

（二）以满足人民群众对美好生活的需要为根本出发点

绿色发展理念的内涵也并不仅仅是发展的观点，而是要以发展的眼光，更加重视节能减排、维护生态环境、预防与治理污染、可持续发展等长远目标。在绿色发展过程中，其以人为发展的主体，始终将保障人民的幸福和增进人民的福祉放在核心和关键位置。

（三）以实现经济发展与生态环境治理保护相协调为根本宗旨

不断提升经济发展水平，具备一定的经济基础和科学技术水平，特别是通过绿色环保技术创新，促进经济高质量发展，具体来说，表现在以下四个方面：其一，经济增长使得人们在面临环境问题时，能够有较强的资金保障能力，提升人们解决问题的能力；其二，科学技术进步，特别是绿色环保技术创新，能够不断地消除经济发展各个环节对环境造成的影响，与此同时，也能不断加强对环境的日常监测和治理；其三，技术的提升在客观上有助于人们不断对原有经济发展模式进行审视，促使其优化，实现结构调整；其四，环境的不断改善能够进一步为经济发展设定更好的范围，促成对其进行正向反馈，并进一步提升经济的总量和质量，最终形成二者之间的螺旋式循环往复的正向反馈机制。

二　首都绿色高质量发展中存在的主要问题

（一）农村地区环境基础设施建设存在短板

城乡结合部和广大农村地区的环境问题亟须解决。截至 2020 年 9 月，北京仍有 282 个村庄没有建成农村污水处理设施，已经建成的污水处理设施中，约有 15% 的无法正常运行，管理问题突出。"重建轻管"的现象仍然存在，导致环境设施利用效率较低。农村生活垃圾污染设施也存在超负荷运行问题。一般性的民间资本较少会投向农村环境基础设施的运营领域，只能依赖政府财政拨款的单一渠道，同时农村的环境基础设施建成后难以形成市场化的经营模式，就会导致后期维护费用给基层政府带来很大压力。

（二）生态环境精细化管理方面仍有进步空间

北京积极采取多种手段进行生态环境的精细化治理，并取得了良好的成效，但距离真正的精细化管理仍有差距，如在垃圾分类管理方面，尽管已经颁布了《北京市生活垃圾管理条例》，但是垃圾分类的配套政策在执行层面还需要加大力度，农村地区特别是城乡结合部针对建筑垃圾的处理不够精细化；污水处理设施也存在不协调不平衡等问题，"有钱建设、无钱运营"的困境仍然存在，工程设施多，地点分散，管理难度很大，更需要在精细化管理运营方面下功夫。

（三）生境质量仍需改善

从生境质量上看，北京的生境质量从中心城区到生态涵养区呈现递增的特征，但是生境质量分布不均匀，且中心城区的生态胁迫问题较为明显，亟须通过有效的生态空间修复，提升全市生态廊道的连通性。根据北京大学彭建的研究发现，北京的顺义区、通州区和大兴区的生境质量分布水平均不及全市平均水平，西城区和东城区的高质量生态源地斑块匮乏，现有生态廊道仅能实现全市45.96%的生态空间的有效连通。[①]

（四）绿色发展的创新性方面仍需加大力度

近年来，北京的科技投入和环保投入逐年增加，但是两者占财政支出的比重并没有显著增加。在资本市场方面，绿色金融尚未发挥主导作用，对企业绿色科技创新的支撑严重不足。绿色发展中的制度创新不足，如在新能源车的推广方面需要更加创新的措施、在发展分布式能源解决能源需求问题方面需要更加创新的思路、在加大对绿色低碳环保产业的支持力度方面还需要更加创新的措施。

三　首都绿色高质量发展的实现路径

大力发展绿色经济是首都实现绿色高质量发展的必然路径。实现区域经济发展的本质是与区域优势资源相配套的产业率先发展，而绿

[①]　彭建：《基于生态安全格局的首都生态涵养区生境保护修复优先区识别》，2020年北京大学首都发展新年论坛发言，2020年1月4日。

色经济则需要绿色产业展现出极强的发展动力。结合首都未来的发展目标，抓住"国之大者"中首都应发挥的绿色作用，从大力发展绿色数字经济、打造生态产品第四产业、以碳中和为引领等三个方面提出首都绿色高质量发展的具体路径。

（一）大力发展绿色数字经济，实现绿色化与数字化融合发展

作为首都发展"五子"联动发展中的重要一子——数字经济，本身就具有绿色、低碳、可持续的特性，数字经济属于碳中和经济的重要组成部分；而绿色经济发展需要数字技术作支撑，使绿色经济能够互联互通，具有智能性。北京在实现碳中和目标要求下，积极倡导绿色化与数字化的融合发展，从以数字化转型为主导拓展为数字化和绿色化双转型（见图1）。[①]

习近平总书记指出，要不断做强做优做大我国数字经济。数字经济本身就具有绿色、低碳、可持续的特性，属于碳中和经济的重要组成部分。数字经济的"强、优、大"都离不开绿色经济和绿色技术的重要支撑，而绿色经济发展也要数字技术作基础，使绿色经济能够互联互通，具有智能性。数字经济与绿色经济将是引领我国经济实现结构转型的两大重要方向，也将是推动我国经济高质量、可持续发展的主要动力。因此，绿色化与数字化的"融合"，一是绿色经济要依据数字经济的平台化、共享化等特征，有效提高资源利用率，促进数字经济与绿色经济的互相促进、协同发力。二是数字经济的可持续发展要紧紧依靠绿色经济的发展实践，将绿色发展过程贯穿始终。

数字经济是绿色经济发展的重要促进力量。数字经济是促进我国实现双碳目标的重要核心，不仅能支撑绿色经济的高效发展，更是绿色低

---

① 陈骁、魏伟：《绿色经济系列报告（四）：数字化碳中和路径——探寻绿色经济与数字经济的交集》，2021年8月12日。

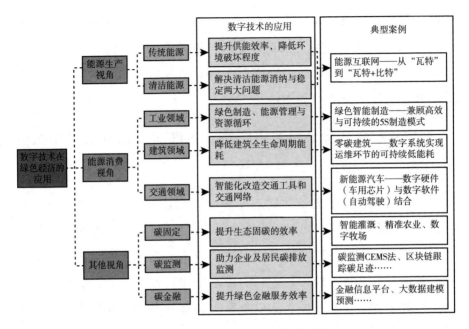

图 1 数字经济与绿色经济的融合交集

碳发展的重要领域。人工智能、大数据、云计算、区块链等数字技术和数字化解决方案逐步运用于各行各业，极大地提升了行业劳动生产率和企业经营决策效率，进而降低行业能耗。根据世界经济论坛的数据，到2030年，我国各行各业由于信息通信技术的进步与推广应用，促进碳排放量减少约121亿吨。2020年全球气候行动峰会发布的最新版《指数气候行动路线图》指出，数字技术在能源、制造业、农业、土地、建筑、服务、交通和交通管理等领域的解决方案，可以帮助全球减少15%左右的碳排放。在能源供给方面，通过构建能源互联网，实现从"瓦特"到"瓦特+比特"的飞跃，提升供能效率，解决清洁能源消纳与稳定问题。在污染防治方面，依托大数据技术，对污染源进行实时监控，再对污染源数据进行数据处理、融合分析等，实现对污染事件的有效监管，体现了数字技术有效推动绿色发展的特征。在绿色制造方面，通过深入分析优化现场计划排程、物料调度，利用数字技术对传统制造业进行数字化改造，提高能源资源的利用效率，形成兼顾高效与可持续的 5S 制造模式，实现绿色智能制造。在绿色消费方面，通过发展数字经济，在消费端有效推动绿色产品信息传播，采取绿色消费激励措施等，建立绿色消费市场。可以大力发展零碳建筑，通过建立数字系统实现建筑运维环节的可持续低能耗。在绿色数字金融方面，绿色金融行业的数字化需求将越来越多，应用场景也将越来越多。首先可以应用大数据和云计算等技术，基于绿色征信体系，优化绿色金融服务流程和风险管理架构；其次逐步建立高度智能化的绿色金融交易市场和信息共享平台，推进绿色金融科技深度融合；最后在风险防控领域，通过建立绿色金融科技监管基础体系，探索多业态融合创新的监督机制。

绿色经济助推数字经济实现可持续发展。在发展过程中，数字经济的高碳排放和环境污染问题逐渐显现。数字经济中的云计算、数字中心、人工智能等数字技术的运行，芯片、电信基础设施等数字硬件的制作和建设，数字货币的开采等都会消耗大量的能源。只有在资源节约、环境友好的前提下发展数字技术，才能确保数字经济可持续、稳定地发展。在绿色能源方面，光伏发电、风能和分布式能源等为数字经济可持续发展奠定基础。建立绿色低碳数据中心是降低能耗的关键环节。数字经济的发展是以数据中心作为算力基础设施的，而数据中心在提供不间断的数据服务过程中，依赖空调、冷水机等设施进行降温，加上服务器等核心设备运转耗电，造成能耗较高。因此，要加强分布式能源在数据中心的应用。可以鼓励数据中心通过自建可再生能源利用设施、参与绿电市场交易的方式提升可再生能源利用比例，推进脱碳转型。要加快推进大型数据中心余热回收利用。在很多大型数据中心运营过程中，产生的大量余热并未得到有效的回收利用，循环效能较差。要积极出台余热利用设计、布局标准，加大余热利用技术的研发与推广力度，实现数据中心功能用能领域的循环经济。在数字产业绿色化方面，要将数字动能与绿色需求有机结合起来，运用数字生产力培育和壮大绿色产业，使数字绿色经济成为经济社会发展的新动能。比如，在城市可持续发展过程中，运用大数据、云计算、区块链、人工智能、元宇宙等数字技术推动智慧城市、海绵城市建设；又如，数字化充电桩系统建设作为新基建的重要部分，需要将分布式能源、智能电网结合在一起，实现创新、互补共赢式发展。

总之，无论是在利用数字经济促进我国经济快速发展过程中，还是在实现"双碳"目标的过程中，都需要贯彻数字经济和绿色经济融合发展的重要理念，助力我国的数字化、绿色化、循环化、可持续发展。

（二）率先打造生态产品第四产业，形成首都绿色高质量发展的新模式

中国工程院王金南院士等提出，随着生态产品价值实现机制的不断完善，围绕生态产品供给和价值实现的生态产品第四产业正在形成，有望成为经济高质量发展的新动力和生态文明建设的新模式。从生态产品的角度，发展生态产品第四产业，而生态产品是与农产品、工业品和服务产品并列，同时为人与自然和谐相处所必需的"第四类"产品。

北京加快产业结构转型升级，全力构建高精尖经济结构，呈现以第二、第三产业为主导的发展格局，2020年北京市第二、第三产业增加值占比合计达到99.7%，其中，第三产业占比达到80%以上。从供给侧来看，北京还具备广大的生态涵养区腹地，生态资源丰富（见表1）。一是要不断提高生态产品供给能力。建立健全生态产品的供给体系，从制度上打通生态资源进入体系，并协同资金、技术、人才等要素的支撑作用，大力培育生态产品市场供给主体，提升生态产品供给质量和效率。二是扩大生态产品消费需求。壮大生态产品消费基础的核心是在以终端消费需求为导向的生态产品基础上，协同推进全社会形成绿色生活方式和绿色消费模式，带动全社会对生态产品的消费需求。三是建立健全生态产品交易体系。健全生态产品交易体系的关键在于通过建立多元化的交易平台和精准化的生态产品供需对接机制，不断降低生态产品交

易成本，从而推进更多优质生态产品以便捷的渠道和方式开展交易。①
四是不断完善产业利益分配体系。产业利益和产品价值分配体系的关键
在于建立生态产品保护者受益、使用者付费、破坏者赔偿的利益导向机
制，真正实现"让保护修复生态环境获得合理回报，让破坏生态环境
付出相应代价"，实现生态产品第四产业的可持续发展。②

表 1　2021 年北京都市型现代农业生态服务价值及增速

单位：亿元，%

指标名称	年值	
	2021 年	同比增长
都市型现代农业生态服务价值	3923.30	12.9
直接经济价值	381.23	10.8
其中:农林牧渔业总产值	269.51	2.8
供水价值	111.72	38.4
间接经济价值	1095.78	21.9
其中:文化旅游服务价值	627.33	44.5
水力发电价值	10.53	20.5
景观增值价值	457.92	0.5
生态与环境价值	2446.27	9.5
其中:气候调节价值	837.69	8.3
水源涵养(存蓄)价值	531.28	25.6
环境净化价值	135.74	13.7
生物多样性价值	688.07	1.8
防护与减灾价值	234.91	4.2
土壤保持价值	2.77	83.5
土壤形成价值	15.81	10.4

资料来源：北京市统计局网站。

---

① 《中共中央办公厅 国务院办公厅印发〈关于建立健全生态产品价值实现机制的意见〉》，
新华社，2021 年 4 月 26 日。
② 《完整准确全面贯彻新发展理念　发挥改革在构建新发展格局中关键作用》，《人民日报》
2021 年 2 月 20 日。

（三）以碳中和为引领，促进首都绿色高质量发展

"十四五"时期，北京市提出了实现二氧化碳排放强度持续下降和排放总量初步下降的目标。北京碳排放总量在 2013 年达到峰值 1.52 亿吨，2019 年全市的碳排放总量约为 1.45 亿吨，已基本实现碳达峰目标。北京的碳排放指标虽然领先全国，但通过对比伦敦、纽约、巴黎、东京等城市，人均碳排放量仍然较高。因此，北京的碳减排、碳中和之路仍任重道远。

1. 处理好长期目标和短期措施的关系

从长期来看，双碳目标体现了我国经济社会发展全面绿色转型的内在要求，必须努力实现，不能动摇。但从近期措施看，一是碳中和应从我国的国情和北京的市情出发，坚持降碳、减污、增绿、增长"四位一体"，协同推进。二是实现碳中和目标，关键是用绿色技术替代传统技术，减少碳排放，而不是降低生产能力，不是降低增长速度，更不是在不具备绿色技术和供给的情况下人为地打乱正常供求秩序。一定要遵循绿色转型规律和市场规律。三是加强技术创新和制度创新。一项基础性的工作是建立碳账户、生态账户和绿色责任账户。首先要推动碳核算和生态核算。核算是绿色转型的基础。前提是把账算清楚，有一套科学的算账方法。在碳核算、生态核算的基础上，建立碳账户和生态账户，再形成包括碳减排、常规污染治理、生态修复和经济增长等要素在内的各级政府（国家、省、市、区等）、企业和个人的绿色责任账户，确定各个主体的减排责任。北京应当积极开展这方面的探索创新，通过绿色责任账户把北京的碳中和目标分解落地，进而使绿色转型扎实有效地推进。

2. 对标学习世界其他大城市减排的先进经验

应系统梳理分析吸取伦敦、纽约、巴黎、东京都等人口密集型大城市碳减排、碳中和的先进经验，为首都北京提供可供参考的碳中和路线

图，并形成重点行动方案。北京市还可以和其他已经宣布"碳达峰、碳中和"目标的首都城市——哥本哈根、奥斯陆、赫尔辛基，以及纽约、多伦多、汉堡、横滨等大城市开展交流与合作，就低碳能源供应、建筑节能改造、交通电气化与慢出行方式、氢能技术应用、废弃物循环利用、城市绿地与森林、水资源管理、低碳基础设施的互联互通等议题开展广泛交流。

3. 做强做大碳排放交易市场

完善碳交易市场的准入规则和相关法律法规。大力发展碳金融。加大碳交易市场的资金投入并提高各个金融机构的业务参与程度，并制定合理的政策、制度或者提供适当的福利条件，推进碳交易市场的发展。比如相关业务方面实施免税或者税收降低的政策，疏通其他融资渠道，带动社会各行业的整体性投入等。应提高银行在碳金融方面的参与度。[①]创新碳金融产品，如碳期货、碳证券等，增强碳交易市场活力。

4. 在能源供给侧多途径大力发展可再生能源

北京市应充分开发区域内的分布式可再生能源。根据北京市的实际情况，发展分布式清洁能源是提高自身能源安全保障水平的必由之路。就近开发利用可再生能源，实现清洁电力的就近消纳，推动"电从远方来"和"电从身边取"相结合，是北京市未来逐步减少化石能源依赖、提高能源自给率、有效保障能源安全的必然选择，也是推动北京市能源"新技术、新模式、新业态"发展的必由之路。发展分布式清洁能源也是加快推动北京市"绿色新基建"的必要举措。以 5G、数据中心、基础安全设施等为代表的新基建项目大多属于高耗能项目，对北京市能源供给、用能结构提出了更高要求。若在 5G 基站、数据中心、充电设施等负荷密集区，利用能源企业设施、厂房屋顶、工业园区空地等因地制宜发展分布式光伏和分散式风电，并与储能、虚拟电厂、综合能

---

① 陈紫菱、潘家坪、李佳奇、张潮、罗元惠、杨天庆：《中国碳交易试点发展现状、问题及对策分析》，《经济研究导刊》2019 年第 7 期。

源服务等结合，可以实现新基建和分布式清洁能源深度融合，推动北京市能源"新技术、新模式、新业态"与"新基建"的协同、绿色发展。

参考文献

米凯、彭羽：《国外生态城市指标体系及其应用现状分析》，《中国人口·资源与环境》2014 年第 S3 期。

石晓冬、杨明、和朝东等：《新版北京城市总体规划编制的主要特点和思考》，《城市规划学刊》2017 年第 6 期。

董惠：《新时期北京绿色空间体系规划策略》，《北京规划建设》2018 年第 1 期。

朱跃龙、李金亚：《北京如何强化全国文化中心功能》，《投资北京》2018 年第 8 期。

李健、李宁宁：《京津冀绿色发展政策模拟及优化研究》，《大连理工大学学报》（社会科学版）2021 年第 7 期。

赵琳琳、张贵祥：《京津冀生态协同发展评测与福利效应》，《中国人口·资源与环境》2020 年第 10 期。

杨阳：《经济与生态双赢格局背景下全球湾区绿色发展模式研究》，《中国科学院院刊》2020 年第 3 期。

孙媛：《京津冀生态协同治理研究》，《城市》2021 年第 8 期。

靳诺：《新时代首都发展的新使命》，《北京日报》2018 年 4 月 23 日。

王书平、宋旋：《京津冀生态环境协同治理机制设计》，《经营与管理》2021 年第 3 期。

王金南、王志凯、刘桂环等：《生态产品第四产业理论与发展框架研究》，《中国环境管理》2021 年第 4 期。

王金南、马国霞、王志凯等：《生态产品第四产业发展评价指标体系的设计及应用》，《中国人口·资源与环境》2021 年第 10 期。

京津冀城市群横向生态补偿机制构建

王瑞娟[*]

摘　要：本文系统梳理京津冀城市群生态补偿政策理论和实践研究，深入分析京津冀生态—经济空间格局及生态补偿中亟待解决的问题，探讨京津冀城市群生态补偿依据及标准测算方法，在理论层面构建"权责统一、合理补偿"的京津冀城市群横向生态补偿机制，提出划分生态保护区和生态受益区的基本原则，建立京津冀城市群横向生态补偿标准体系，为推动京津冀城市群生态文明建设和协同发展提供理论支持。

关键词：京津冀城市群　横向生态补偿　补偿标准

京津冀城市群地处我国北方生态脆弱区的前缘，其协同发展战略是国家重大战略。这一区域的生态—经济区域特征明显，生态环境问题较为严重，经济发展与生态保护之间的矛盾较为突出。目前，针对京津冀城市群尚未形成常态化横向生态补偿机制，相关体制机制不够完善。以横向生态补偿为抓手，加快构建城市群横向生态补偿机制，推动京津冀城市群生态共建共享具有重要的理论与实践意义。

---

　*　王瑞娟，博士，山西财经大学财政与公共经济学院讲师。

一 京津冀城市群横向生态补偿的必要性与现实基础

京津冀城市群生态—经济区域发展不均衡，生态涵养地区主要集中在张家口、承德、延庆等地。生态涵养地区由于生态环境保护的需求，往往经济发展受到限制，经济发展水平不高。而经济发达地区由于经济发展水平较高，对生态环境的开发力度较大，给生态环境造成破坏。如何解决生态环境保护和经济发展之间的矛盾，是京津冀协同发展中亟待解决的问题，构建合理有效的京津冀城市群横向生态补偿机制对于解决这一问题而言具有重要意义。

（一）京津冀城市群生态—经济空间分布不均衡

京津冀城市群生态环境存在非常明显的差异，一是生态资源的分布不平衡，生态空间不充足。森林、草原和湿地等生态涵养地区主要分布在燕山、太行山和沿海地区，耕地、林地、草地和水域湿地面积总量和人均面积量差异较大，生态空间格局和人口密度不匹配。二是生态环境问题突出。生态环境容量与资源承载力不协调，生态破坏和环境污染问题依然严峻，存在大气污染严重、水资源过度开发、生态贫困和生态补偿机制不健全等问题，京津冀城市群生态环境保护困难重重。三是依据主体功能区规划，河北省限制和禁止开发区总面积和比例在京津冀城市群中均最高，生态涵养任务较重。

京津冀城市群产业发展总体向好，但河北省产业结构仍以重化工业为主，污染程度高，对资源依赖度高，环保压力较大。河北省的居民生活水平和收入水平与北京、天津相比差距大，三地之间经济发展不平衡。

该区域的生态—经济空间也出现了严重的错配情况。生态涵养功能区大部分位于西部地区，属于山区，区域经济发展状况欠佳。与之相比而言，北京和天津的整体状况明显较好，但人口密度大，经济发展水平较高，产业密集，生态效率相对较低，京津冀城市群生态—经济空间分布不平衡。

（二）京津冀城市群的区域合理分工已初步形成

京津冀城市群已形成主体功能定位明确、区域分工相对合理的城市体系。京津冀城市群主体功能区规划和区域发展定位是京津冀协同发展的基础，在规划框架下，要实现城市群协同发展，需要各主体功能区之间的合理分工和利益均衡，尤其是优化/重点开发区与限制/禁止开发区之间的利益关系需予以有效协调。对于城市群系统内区域生态补偿而言，其基础就是城市群系统内的主体功能区划和分工定位，就生态受益区而言，最主要功能就是发挥经济效益，既可以使城市群生态文明得到有效提升，也可以充分促进城市群经济效益的不断提升。

（三）京津冀城市群区域生态补偿已形成一定基础

京津冀城市群生态补偿在实践层面不断深化，北京市、天津市和河北省出台了多项生态补偿政策，主要是针对直辖市和省域内部的生态补偿政策。随着京津冀城市群横向和纵向生态补偿逐步开展，区域生态补偿也取得了较大进展，但仍存在一些问题。就补偿机制的实践情况来看，大部分城市首先考虑自身利益，高度重视生态恢复，对生态保护的投入不足。在区域生态补偿方面也没有法律法规的保障，补偿内容也不够详细，生态利益和成本分担存在严重的错配，在补偿方面监管措施不到位，没有制定明确的监管计划。城市群系统内区域生态补偿在理论和实践层面均存在较多问题，仍需不断予以研究和完善。①

二 京津冀城市群生态补偿的实践经验与主要难题

在构建城市群系统内区域生态补偿机制的过程中，京津冀城市群的生态补偿可作为重要的实践依据。以此为典型案例，推动生态补偿相关方面的理论研究，同时将实践中出现的问题进行总结，进而提出可行的对策建议，为城市群生态补偿机制的建设与完善提供重要的理论依据与政策参考。

（一）生态补偿相关法律政策

近年来京津冀城市群出台的相关生态补偿政策主要包括北京生态涵养区的横向生态补偿意见、京津冀三地就河流上游和水源地横向生态补偿出台保护补偿资金管理方法以及健全生态补偿机制的意见等。随着横向生态补偿政策的不断完善，生态补偿实践不断深入，对其他城市群的生态补偿起到了重要的示范作用，如表1所示。

表1 京津冀生态补偿政策文件

地区	时间	文件名称	相关内容
北京市	2018 年	《关于推动生态涵养区生态保护和绿色发展的实施意见》	按照"少取、多予、放活、管好"的原则，完善市场化、多元化生态补偿机制，推动政府、企业和社会多元主体共建共治共享，建立跨区横向转移支付制度，深化结对协作机制。支持力度方面，对门头沟、平谷、怀柔、密云、延庆区每年不少于1亿元，房山和昌平区每年不少于0.5亿元

---

① 张捷：《中国流域横向生态补偿机制的制度经济学分析》，《中国环境管理》2017 年第 3 期，第 27~29、36 页；张化楠、葛颜祥、接玉梅：《流域内优化和重点开发区居民生态补偿意愿的差异性分析》，《软科学》2020 年第 7 期，第 1~8 页；袁伟彦、周小柯：《生态补偿问题国外研究进展综述》，《中国人口·资源与环境》2014 年第 11 期，第 76~82 页。

地区	时间	文件名称	相关内容
河北省	2019 年	《密云水库上游潮白河流域水源涵养区横向生态保护补偿资金管理办法》	密云水库上游潮白河流域水源涵养区横向生态保护补偿资金由北京市财政资金、河北省财政资金、中央财政资金共同组成。其中，北京市财政资金分为补偿资金、奖励资金和补偿资金，原则上每年 3 亿元，以考核结果据实支付；河北省财政资金每年 1 亿元；中央财政资金按政策申请
	2016 年	《关于健全生态保护补偿机制的实施意见》	推动建立京冀区域生态保护补偿机制，共同研究并签订密云、官厅水库上游等水环境生态保护补偿协议。积极探索省内横向生态保护补偿办法
天津市	2017 年	《天津市人民政府办公厅关于健全生态保护补偿机制的实施意见》	推动京津冀水源涵养区跨地区生态保护补偿试点工作，落实引滦入津上下游横向生态保护补偿实施方案，加快与河北省签订协议。深入实施横向生态保护补偿，加强京津冀三地水污染治理联防联控

资料来源：根据相关文献资料整理自制。

2018 年 5 月，《北京市人民政府办公厅关于健全生态保护生态补偿机制的实施意见》提出，严格依据"谁受益、谁补偿，谁保护、谁受偿"原则，构建科学完善的生态保护补偿标准，同时也进一步优化考核评价机制，使得市场化以及多元化的生态补偿机制变得更加科学合理，同时构建绿色生产方式和生活方式，明确北京市对生态涵养地区的补偿金额、补偿方式等，以不断完善市场化和多元化的生态补偿机制，为建立市场化的横向生态补偿提供了重要依据。

（二）京津冀城市群生态补偿实践经验

京津冀城市群系统内区域生态补偿初期以工程项目建设补偿为主，方式较单一。京津冀协同发展战略提出后，北京与河北、天津与河北均制定了水生态横向补偿协议，对补偿资金来源、考核标准和适用管理进行了协定，使京津冀水生态补偿制度化。京津冀协同发展战略实施之前，京冀、津冀的跨区域水生态补偿多采用工程建设和项目建设等方式推进，补偿形式单一，没有形成省级政府之间的制度性安排。

在生态补偿实践层面，开展较早的是生态清洁小流域治理项目，1996~2004年北京每年向张家口等地提供50万~100万元用于小流域治理；2005~2006年，北京市与张家口、承德合作开展水资源环境治理项目，北京每年支付2000万元支持该地区水资源保护项目，补偿力度不断加大。2016~2018年开展了引滦河水进天津的横向生态补偿试点，补偿资金来源于中央政府、天津和北京，2019年试点期结束后，继续完善生态补偿机制。除此之外，北京、河北还签署了《密云水库上游潮白河流域水源涵养区横向生态保护补偿协议》，实施横向生态补偿。

2014年发布《京津冀协同发展规划纲要》，明确提出要进一步促进京津冀协同发展，并将这一战略上升到国家层面，为此，该区域的生态环境治理取得了非常明显的成效。在生态环境保护层面，通过签订协议和备忘录等方式，在水源保护、风沙治理、植树造林等方面取得了较大进展。横向跨区域生态补偿实践主要涉及流域和水源地层面。在流域层面主要集中为水环境治理项目、生态清洁小流域治理项目。在初期阶段，补偿方式较单一，大多属于工程建设项目。与此同时，补偿方式日益多样化，即使如此，补偿体制仍有待完善，需加快探索与改进。

表2 京津冀城市群生态补偿实践

项目	时间	相关内容
水环境治理项目	2005年	北京与张家口、承德成立水资源环境治理合作协调小组，北京每年支付2000万元支持张承地区水资源保护项目
	2006年	《北京市人民政府河北省人民政府关于加强经济与社会发展合作备忘录》从水环境的治理、农业节水、水源涵养等方面入手开展以项目工程建设为主要形式的横向生态补偿实践

项目	时间	相关内容
生态清洁小流域治理项目	1996～2004 年	北京每年向承德的丰宁、滦平提供资金 100 万元,用于局部小流域治理
	1997 年	北京向张家口赤城提供 50 万元用于小流域治理
	2014 年	编制实施密云水库上游张承两市五县生态清洁小流域建设规划,京津地方政府共同出资建成清洁小流域 24 条,水土流失治理率达到 86.38%
稻改旱项目	2006 年	北京先后与河北赤城、滦平和丰宁达成协议,在黑河流域和潮白河流域实施"退稻还林还旱"补偿政策,截至 2013 年底,补偿资金达 4 亿元
上游地区保护水源建设项目	2009～2014 年	天津对河北承德和唐山引滦水源保护项目给予支持,累计投入 1.3 亿元,有 63 个水源地项目获得支持
黎河流域治理工程建设	2006～2011 年	天津通过工程建设方式对黎河流域进行治理
引滦河水入天津的横向生态补偿	试点期 2016～2018 年	津冀按照"利益共享,责任共担"原则实施补偿政策,资金来源由三部分构成,河北、天津财政各出资 1 亿元,中央财政每年补贴 3 亿元,根据考核目标分别拨付。2019 年,试点期结束,天津、河北共投资 6 亿元,中央财政补贴 9 亿元,继续完善生态补偿机制
密云水库上游水源涵养地区横向生态保护补偿协议	2018～2020 年	北京、河北签署《密云水库上游潮白河流域水源涵养区横向生态保护补偿协议》,北京、河北按照"成本共担、效益共享、合作共治"原则建立协作机制,按水质、水量、上游行为管控三方面指标实施生态补偿,期限三年

资料来源:根据相关文献资料整理自制。

(三)京津冀城市群生态补偿存在的主要难题

京津冀协同发展战略实施以来,京津冀城市群横向生态补偿打破了以工程项目补偿为主的形式,逐步形成以资金政策为主、便于内部统筹的补偿方式,在省级层面形成制度性安排。但当前在实践中还存在一些问题,仍需不断探索和完善稳定、可持续的生态补偿机制。

1. 城市自身利益需求优先，侧重生态恢复

北京市和天津市的水源地基本在河北，对水源地生态环境的保护是京冀的重点，针对大气污染和固废等环境污染的生态补偿合作相对较少。在大气协同治理中，以重工业为主的河北损失的发展机会成本较多，京津冀城市群尚没有建立经济损失补偿机制。同时在水源地的涵养保护过程中，保证了优质的水源，但河北的利益相关者的诉求和需求还没有被充分兼顾，未形成长效的生态补偿机制。

2. 相关法律法规缺位，合作缺乏法律依据

现阶段，就我国的法律法规来看，与生态环境保护相关的主要有草原法以及森林法等。从整体情况来看，法律法规相对比较完善，但是，我国并没有从立法层面规定生态补偿相关内容，导致实践过程中遇到了很多阻碍。《环境保护法》侧重于污染防治，没有详细规定生态补偿相关内容，也没有详细的指导原则，实操性不强。没有从立法层面来规定生态补偿机制相关内容，导致相关法律法规不够健全，生态补偿过程中出现了不公平现象。

京津冀城市群在各自行政区划内制定了生态补偿方案，在区域层面没有制定统一的法规。生态系统服务具有外部性和公共物品的属性，若在行政区域范围内对生态环境予以分割治理和保护，会产生"搭便车"问题。在京津冀城市群现有的生态环境治理和保护方面，三地协同发展不足，制定统一的法规是京津冀城市群协同发展的客观需求。目前，京津冀城市群生态补偿主要依赖于政策支持和部门协调，在各区域开展横向生态补偿试点。在利益协调机制方面，京津经济发展水平较高，对生态环境的要求较高，河北经济发展水平相对落后，经济发展的诉求较强烈，由于行政区划和利益关系的复杂性，协调难度依然较大。《京津冀协同发展规划纲要》实施以来，生态优先发展战略推动了横向生态补偿的发展，只有不断推进横向生态补偿的法治化，才能保障其有效实施、有序推进。

3.补偿标准模糊，生态利益和成本分担存在错配

在该区域确定横向生态补偿标准的过程中，定性描述占据主导地位，以此为基础，补偿方和受偿方进行相互协商，最终确定补偿标准。缺少科学规范的定价程序和普遍认同的定价方法，在生态补偿中对生态环境修复维护成本、生态服务核心价值以及发展机会成本没有综合考量，影响地方政府生态保护的积极性和补偿实施效果。[①] 同时存在生态补偿标准"一刀切"的做法。京津冀三地社会经济发展差距大，生态补偿项目主要集中在张家口和承德地区，其中赤城县、丰宁县和滦平等经济发展水平低，人均收入水平低。赤城县是密云水库上游的重要水源保护区，以农业为主，矿产资源丰富，赤铁矿和磁铁矿储量居河北第二位，沸石矿储量居亚洲第一，矿产资源限制开发，森林草地限制开发，水资源限制使用，实施退耕还林等生态补偿工程。然而，北京市延庆区经济发展状况比较好。生态补偿标准没有差异性，在具体实践的过程中，忽略了保护区社会经济发展问题，这种"一刀切"的做法是不合理的。

4.生态补偿监管不足，规划缺失

就该区域实行的横向生态补偿来看，缺乏全面系统的生态补偿规划，同时也没有进行科学有效的监管与评估。京津冀三地没有明确的责任部门，缺少工作协商机制，针对横向生态补偿缺少高效衔接和管理机制。

三 京津冀城市群横向生态补偿机制构建

横向生态补偿是生态补偿机制的组成部分，其关系的建立主要依赖于生态受益区和保护区的划分。京津冀城市群是自然生态—社会经济高度复合的系统，对于城市群系统内生态补偿的定性与定量分析，以及以

---

① 张贵、齐晓梦：《京津冀协同发展中的生态补偿核算与机制设计》，《河北大学学报》（哲学社会科学版）2016年第1期，第56~65页。

城市群为空间载体，将其纳入横向生态补偿范围，具有充分的必要性、可行性。京津冀城市群在跨地区横向生态补偿方面已积累相关经验，但对于如何构建系统化、规范化、常规化的生态补偿机制，经验仍十分欠缺，针对城市群横向生态补偿机制构建开展深入分析，并提出相应的对策建议，对京津冀城市群生态文明建设、协同发展而言具有重要意义。

（一）构建"权责统一、合理补偿"的京津冀城市群横向生态补偿机制

以党中央、国务院生态文明建设、生态补偿的决策部署为根本，以"绿水青山就是金山银山"与"创新、协调、绿色、开放、共享"的发展理念为依据，坚持经济、政治、文化、社会、生态文明建设"五位一体"，按照"受益者付费、保护者获得"原则进行补偿。鼓励全社会参与生态环境建设，按照城市群高质量发展要求，积极探索建立健全政府主导、企业和社会参与、市场化运作、可持续的区域生态保护补偿机制，具体框架如图1所示。

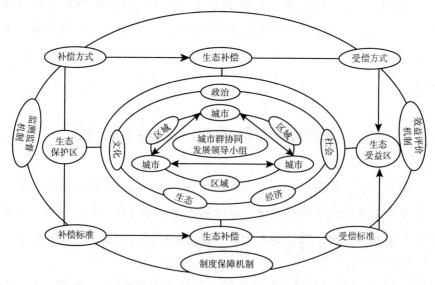

图1　京津冀城市群区域生态补偿机制框架

1. 京津冀城市群横向生态补偿原则

跨地区横向补偿的重要内容就是城市群系统内的区域生态补偿，只有生态补偿的科学本质以及目的、原则在机制构建中有所显现，城市群生态—经济系统的基本特性和规律有所遵循，才能促进城市群的区域经济协同发展、生态环境协同保护，具体而言，应遵循以下原则。

区域共建共治共享的原则，是指在城市群系统内，生态保护区在保护生态环境的过程中不仅投入了保护和治理成本，而且为保护生态环境禁止了可能带来污染或生态环境损害的建设项目，损失和贡献了发展的机会成本，受益区分享了保护区生态环境建设和保护的成果，亦应履行共同治理和保护生态环境的义务。

区域公平与效率的原则，城市群系统内区域生态补偿必须遵循经济发展和环境保护的公平与效率兼顾原则，生态补偿机制的构建能够促使区域整体实现利益最大化，同时也是实现保护区和受益区在广义范围中分工合作的重要途径。在生态环境保护的承载力范围内实现"谁受益谁付费""地区间相互合作"的公平与效率目标。城市群系统内不同区域因地理位置和资源禀赋的差异而在经济发展和生态保护权衡发展过程中形成区域分工的要求。区域分工由产业分工、行业内分工扩展到经济快速发展、生态环境有效保护职能之间的区域分工。区域协调发展的目标则演变为在地域上经济发展与生态环境保护相协调。而协调发展的根本要求则转化为经济发展、社会和谐与环境效益最大化之间的耦合发展。保护区在生态资源和产品供给上具有比较优势，受益区在工业产品供给上具有比较优势，外部性促使生态资源向经济发达但资源缺少的区域流动，但生态产品不能经市场获取经济效益，因此需通过跨区域的生态补偿机制实现区域整体利益最大化，实现经济高质量发展，同时对生态保护地区的生态环境保护行为做出补偿，遵循城市群发展的公平和效率兼顾原则。

以人为本区域协调发展的原则，城市群系统内区域生态补偿必须坚持以人为本的原则，兼顾不同层面利益相关者的利益目标，实现区域协调发展。生态保护区和受益区之间利益公平分配问题会对城市群系统的经济—生态协同发展造成影响。在进行生态补偿机制构建过程中，应为不同利益主体的沟通搭建有效平台，以政府为主导，平衡多方不同层级利益相关者，提高沟通协商的效率，使补偿资金得到公平有效的利用，实现区域均衡发展。在生态补偿协商过程中，通过公众或者其利益代表参与协商，也可以通过相应合法的组织来代表利益相关方或公众的利益并参与生态补偿协商。

生态优先绿色发展的原则，"生态优先，绿色发展"既是新时代生态文明建设的总体指导思想，也是城市群协同发展需遵循的基本原则。以主体功能区规划为指导，严守生态保护红线，在生态补偿标准的制定及方式的选择方面贯彻新发展理念，保障生态保护区的发展机会成本得到补偿，探索绿色发展、环境友好、生态安全的补偿机制。

2.顶层设计京津冀城市群横向生态补偿

京津冀城市群生态环境保护与经济发展之间的矛盾突出，建立生态补偿机制是提升京津冀城市群整个区域生态环境承载能力、实现区域协调发展的关键。为此，必须坚持"谁开发、谁保护、谁受益、谁补偿、谁损坏、谁赔偿"的原则。

其一，设立京津冀城市群横向生态补偿专门协调组织机构。以中央政府的相关政策为指导方针，设立将京津冀各级政府统筹在内的区域生态补偿管理部门。省级政府进行组织安排，赋予某行政职能部门相应的行政和技术职能，建立包括环保、规划、财政等部门在内的工作小组，引入相关激励政策，鼓励北京、天津和河北省政府积极进行补偿机制的建立，更多关注区域对生态保护所做的贡献。

其二，探索多种补偿途径和方式。根据国内外的实践经验来看，生态补偿的途径和方式有：一是用于地区生态保护方面的基础设施建设的专项拨款；二是目前较为成熟的转移支付方式，主要通过上级政府对生态受益区的征税提留，并以转移支付的方式提供给保护区；三是用于支持耕地、林地、草地和湿地等保护的专项补贴；四是区域合作，加强区域间的生态联系，促进生态保护合作。有些地方可以在生态受益区提供一定土地，由生态保护区来进行招商引资、发展经济，取得的收入用于满足生态保护区的需要；抑或是在保护区划出一定土地，由受益区来投资建设。除进行政府补偿外，还可以进行自我补偿，使经济效益最大化。

对农户的补偿主要是项目补偿，包括资金和机会成本。通过进行农产品贸易、农业规模化发展等增加农户的就业渠道和种类；通过项目的支持，带领他们进行多元化产业发展。同时，国家要提供技术支持和指导，对项目期限进行适当延长，促进生态经济可持续与和谐发展。

其三，建立健全京津冀横向生态补偿制度保障机制。生态补偿相关法律机制的完善不是一蹴而就的，目前我国生态补偿相关法律法规还不健全，对于生态补偿的规范性和目的性指导还不深入等。逐步实现法律的完备，首先，要明确生态补偿中各利益主体的权利、责任及义务，针对不同区域的特点，结合相关实践经验，确立科学、公平且有针对性的补偿原则、方式及标准等。其次，要以完善的法律法规为指导，建立健全明确的、完备的、长效的生态补偿制度，充分调动民众的积极性，引导民众参与，保护其合法权益。

其四，建立健全京津冀城市群横向生态补偿监测与监督机制。及时进行绩效评价，制定生态补偿的年度报告和审计制度。相关部门要定时对生态补偿工作的开展情况进行公布，实现工作透明化。将生态保护考核列入政府官员政绩考核内容，以往考核仅限于基础设施建设、市政建设、经济总量方面，忽略了对生态环境保护的重视，因此，应将破坏生态环境而造成的损失纳入考核内容。

其五，建立健全京津冀城市群横向生态补偿效益评价机制。建立由多部门组成的生态补偿监督委员会，构建监督平台，对资金的调动和使用进行监督，保证资金使用的安全性，确保补偿机制的有效实施。要对补偿工作进行检查和反馈，随着区域生态建设的不断推进，建立相应的奖惩与约束制度，同时，可考虑引入第三方监管和评估机构，科学、规范地评价和监督城市群内的生态补偿市场行为，对补偿的最终效果进行科学评估，推动生态环境保护和社会经济发展之间的协同。

（二）合理划分生态保护区与生态受益区，建立京津冀城市群横向生态补偿标准体系

现阶段的京津冀城市群生态补偿形式以国家为主体，在区域内部没有进行细分，造成尺度过大，从而降低了生态补偿结果的可操作性。要对补偿和受偿主体予以明确，协调好主体之间的利益关系，坚持公平公正的原则。

1.合理划分生态保护区和生态受益区

京津冀城市群生态补偿涉及区域较多，在构建生态补偿机制时，要根据受益大小或贡献量，合理确定京津冀城市群系统内的生态保护区和生态受益区，以及二者所应当享有的权利、履行的义务。具体而言，一方面，要明确保护区对其提供的生态系统服务享有的权利，另一方面，应当明确空间分布和价值分类识别是生态补偿方案设计的前提与基础。应进一步深化生态产品价值研究，形成科学、合理的生态产品分类标准，精准识别生态保护区和生态受益区。京津冀城市群生态保护区与受益区划分思路如下：以京津冀城市群系统内直辖市和地级市为研究对象，通过生态足迹模型构建城市的生态立地消费系数，即确定城市生态系统服务价值的立地消费比例，在此基础上划分城市群系统内的生态保护区与生态受益区。①

---

① 苑清敏、张楽、李健：《基于投入产出表京津冀虚拟足迹生态补偿机制研究》，《统计与决策》2018 年第 18 期，第 107~110 页；杨开忠：《生态足迹分析理论与方法》，《地理科学进展》2000 年第 6 期，第 630~636 页。

2. 建立动态化京津冀城市群横向生态补偿标准体系

根据城市群生态—经济系统特征，在区域生态补偿理论分析及实证基础上，京津冀城市群横向生态补偿标准体系应包括以下几个方面。

一是区域生态保护直接成本标准。区域生态保护直接成本是在进行生态环境保护工作中直接的成本支出。一般生态保护地区的环境保护执行标准高于生态受益地区，得到补偿应高于一般地区。生态保护区保护和建设生态环境的直接成本，包括人、财、物的投入，以及治理成本，如水土流失治理、退耕还林、退耕还草等投入。

二是生态系统服务价值及区域外溢价值标准。生态系统服务价值目前一般作为生态补偿的上限值。测算生态系统服务价值的方法较多，测算结果差异也较大，但作为城市群系统内区域生态补偿的核算标准是目前相对客观的标准之一。

生态系统服务外溢价值是在城市生态系统服务价值测算的基础上，通过不同方法对城市生态系统服务立地消费进行测算，最终依据城市群系统中城市生态系统服务外溢价值量的大小来进行生态补偿标准的设计。综上，基于生态系统服务价值和生态系统服务外溢价值测算的生态补偿标准一般数额相对较大，可以结合生态保护区和受益区的经济发展水平与实际支付能力进行调整，最后构建双方都较为满意的生态补偿标准。

三是区域发展机会成本标准。生态保护区保护和建设生态环境的发展机会成本，主要是生态保护区为保护生态环境所放弃的本来能够得到的经济收入。用机会成本法核算生态补偿标准在国内外的应用相对广泛，核算结果在流域生态补偿中多定义为生态补偿的下限，可行性较高，但针对机会成本的构成还未形成统一标准，生态补偿差距较大，补偿标准存在偏高或者偏低的问题，进而造成受偿地区的实际损失补偿缺失，或者超出补偿地区的实际支付水平。科学确定生态保护地区的发展机会成本，有利于改善生态环境。

四是区域协商谈判的补偿与受偿标准。京津冀城市群的生态资源分布不均，发展权利的分配存在问题，生态补偿实施难度较大，存在"搭便车"现象。为此，应积极促进京津冀城市群内部的协商与谈判，构建有效的生态补偿机制。具体而言，由中央政府牵头，结合城市群内不同城市生态系统服务价值与生态建设和保护成本，以各地的经济发展水平为依据，合理沟通、协商并确定生态补偿标准。

五是区域经济协调发展生态扶贫标准。生态标准构建中，需要通过生态补偿达到生态扶贫的目的，不同地区的农户具有差异性，生态补偿的最低标准是解决农户生计问题，要将现金补偿融入相关政策制度，以提升农户生计能力为目的进行补偿。要变输血为造血，最终使农民在摆脱绝对贫困的基础上摆脱相对贫困，使农户生计能力提升，可持续发展是构建生态扶贫补偿的最低标准。完善资金支持、人才培训和产业帮扶等多种生态补偿模式。[①] 同时通过资金补助、协作共建共治等方式引导生态受益区和保护区展开横向生态补偿，推动"富"带"贫"的发展模式完善。综上，生态补偿标准方法构建有很多种，这些方法可以独立应用，也可以综合应用。

此外，由于京津冀城市群横向生态补偿机制建设处于试点阶段，还存在缺乏补偿和补偿水平过低的问题，在标准上，要以各地生态建设和经济发展水平差异为根本，制定不同标准并逐年提高。在核算方法上，也应考虑不同区域的发展差异，及时调整，及时核算，及时协商，提高补偿效率。

四　京津冀城市群横向生态补偿政策建议

现阶段关于京津冀城市群横向生态补偿的研究主要是基于流域系统

---

① 秦艳红、康慕谊：《基于机会成本的农户参与生态建设的补偿标准——以吴起县农户参与退耕还林为例》，《中国人口·资源与环境》2011年第S2期，第65~68页。

和主体功能区系统，将京津冀城市群作为整体进行横向生态补偿还未展开。将京津冀城市群作为整体，构建城市群系统内区域生态补偿机制应基于城市群区域分工和协调发展的总体目标。这有利于京津冀城市群开展经济发展和生态保护层面的广义分工，实现京津冀地区生态—经济综合体的整体协同发展，同时促进国家生态文明体系的建设。

一是将京津冀城市群纳入我国横向生态补偿试点范围。目前在我国建立城市群系统内区域生态补偿机制具有客观必要性，特别是被补偿地区由于承受生态环境的破坏而带来的严重后果，亟须改变其目前的经济发展模式，但是当涉及具体的补偿方式、补偿方法以及补偿力度时，还存在很多实际问题有待解决，应率先在部分存在典型问题的地区进行试点，获得可复制、可推广的宝贵经验。以京津冀城市群为先行示范区，实施动态化指标检测，确定城市群系统内区域生态补偿核算方法、对相关指标进行常态化核算，及时进行京津冀城市群系统内城市与区域之间的生态补偿。

二是在顶层设计上为京津冀城市群区域内生态补偿提供保障机制，如设立城市群系统内区域生态补偿专门协调组织机构，针对生态补偿标准、方式、资金等的确立与使用，发挥积极的协调作用；进一步完善相关法律法规，制定具体的监督、评估与协调机制；建立健全区域生态补偿效益评价机制。

三是合理划分生态保护区和受益区，建立京津冀城市群横向生态补偿标准体系。

参考文献

袁伟彦、周小柯：《生态补偿问题国外研究进展综述》，《中国人口·资源与环境》2014 年第 11 期。

苑清敏、张枭、李健：《基于投入产出表京津冀虚拟足迹生态补偿机制研究》，《统计与决策》2018 年第 18 期。

张贵、齐晓梦：《京津冀协同发展中的生态补偿核算与机制设计》，《河北大学学报》（哲学社会科学版）2016 年第 1 期。

张化楠、葛颜祥、接玉梅：《流域内优化和重点开发区居民生态补偿意愿的差异性分析》，《软科学》2020 年第 7 期。

张捷：《中国流域横向生态补偿机制的制度经济学分析》，《中国环境管理》2017年第 3 期。

杨开忠：《生态足迹分析理论与方法》，《地理科学进展》2000 年第 6 期。

秦艳红、康慕谊：《基于机会成本的农户参与生态建设的补偿标准——以吴起县农户参与退耕还林为例》，《中国人口·资源与环境》2011 年第 S2 期。

北京社区生态化有机更新评价研究

赵　清*

摘　要： 随着生态文明时代的到来，面临全球气候危机的挑战，社区生态化有机更新成为城市更新的前沿。本文从社区生态化有机更新的概念出发，通过对其内涵的解析，结合北京社区生态化有机更新现状，提出北京社区生态化有机更新评价指标体系的构建原则、概念框架、评价要素，并进一步建立北京社区生态化有机更新评价指标体系，以期为北京社区生态化有机更新提供具体的行动指南。

关键词： 社区更新　生态化　北京

伴随着生态文明时代的到来和全球气候变化的巨大挑战，城市生态化转型已成为全球城市发展的趋势。城市更新是城市高质量发展的重要主题。社区是城市的基本单元，是落实城市更新管理、服务和设施建设的基础。当前北京市中心城区老旧社区面积占比高达 40%，① 随着北京"大城市病"与城市内涵式发展之间的矛盾日益突出，生态文明视域下的社区有机更新将成为城市更新的关键环节和老旧小区更新改造的新突

---

　　* 赵清，博士，北京市社会科学院助理研究员。

　　① 梁颖：《老旧社区更新的多元挑战与方法要点——以北京市新源西里社区为例》，《城市问题》2021 年第 10 期，第 29~35 页。

破点。开展北京社区生态化有机更新指标体系研究，将为北京社区生态文明建设与城市更新提供具体的行动指南，对于实施"绿色北京"发展战略、实现"双碳"目标具有重要意义。

一 社区生态化有机更新的目标解析

（一）社区生态化有机更新的内涵

随着城市的发展，城市更新概念不断发生变化。综合国内外学者对于城市更新内涵的探讨，[①] 可以总结出当今城市更新的新内涵主要包括有机更新、微更新和综合维度更新。其中，城市的有机更新是指城市作为一个有机整体，在多方利益博弈下，逐步演进、持续完善，进而实现"有机秩序"的过程；城市的微更新是指在时间和空间上分阶段、小规模、多层次实现城市老旧区域的"功能修补"与"生态修复"；城市综合维度更新是指城市更新利益相关多方参与，建立包括决策体系、实施体系和制度体系在内的多维度更新体系，实现城市经济、文化、生态、社会等多维度内涵的更新。

2012年11月17日，习近平总书记在主持十八届中共中央政治局第一次集体学习时指出，党的十八大把生态文明建设纳入中国特色社会主义事业总体布局，使生态文明建设的战略地位更加明确，有利于把生态文明建设融入经济建设、政治建设、文化建设、社会建设各方面和全过程。由此可以发现，生态文明理论已上升为包括环境、经济、社会、文化和政治在内的复合生态文明理论。在该复合理论指导下，面向未来的城市更新，应致力于推动自然、经济、社会、文化与政治"五位一体"

---

① 丁凡、伍江：《城市更新相关概念的演进及在当今的现实意义》，《城市规划学刊》2017年第6期，第87~95页；秦虹、苏鑫：《城市更新》，中信出版集团，2018；林松、金爱英、贾忧扬等：《生态中国：城市更新与改造》，辽宁科学技术出版社，2021。

的系统生态化更新，这对于深入推动绿色城市战略实施具有重要意义。

微更新使得城市更新中社区这一社会微观公共空间成为重要的实施场域之一。社区生态治理是社区治理在生态文明建设大背景下的必然内容之一，其关键在于培育社区生态文明公共精神。[①] 在复合生态文明理论指导下，城市社区的生态化更新，更有利于城市多维更新目标的实现，更接近城市内在发展规律，从而推动城市的可持续发展。由此可以发现，社区生态化有机更新是城市更新、生态文明和社区生态治理的耦合概念，是指在城市居民生活的多层次复合社区内，以生态化多维综合目标（社区绿色生态、循环经济、生态文化、低碳社会及生态文明更新制度）为导向，依托社区相关利益方良性互动、共同参与所开展的循序渐进式的功能修复性的生态化改造过程。[②]

（二）社区生态化有机更新的目标解析

按照城市更新规划—改造—治理—保障的逻辑规律，社区生态化有机更新的目标可以分解为如下四个方面。

第一，更新规划目标，以复合生态文明理论指导社区环境、文化、经济、社会、政治综合维度更新目标的设定，实现社区生态化更新的顶层设计。

第二，更新改造目标，因地制宜地通过生态修复和功能再造，实现社区的健康宜居、低碳节能和安全韧性。

第三，更新治理目标，鼓励社区多元相关主体参与互动，注重社区更新的规划、设计、管理和制度等，增强社区居民的认同感和归属感，使社区成为"生态文明小社会"。

---

① 汤雅茹、朱爱：《生态治理中"熟人社区"转型的必要性》，《时代金融》2017年第3期，第286、289页。

② 赵清：《城市社区生态化有机更新策略研究》，《城市发展研究》2022年第6期，第32~35页。

第四，更新保障目标，建立社区更新规划—改造—治理动态保障制度体系，推动社区生态化有机更新可持续发展。

二 北京社区生态化有机更新现状

分析北京社区生态化有机更新现状，有助于建立北京社区生态化有机更新评价体系。

易成栋等[①]总结了自新中国成立以来北京城市更新的历史和模式。北京城市更新历经 1949~1980 年的大拆大建、1980~2000 年的开发带危改、2000 年后主要集中于城市小尺度空间调整的"微循环"和"有机更新"。

2021 年 6 月，《北京市人民政府关于实施城市更新行动的指导意见》提出，以《北京城市总体规划（2016—2035 年）》为统领，统筹推进城市更新。同年 8 月 21 日，《北京市城市更新行动计划（2021—2025 年）》对北京"十四五"的城市更新提出了总体要求、项目类型、实施路径、保障措施及行动政策清单。[②]北京"十四五"期间的城市更新的总体目标将切实改善人居环境和安全条件，不断满足人民群众"七有"要求、"五性"需求。

近年来，北京社区更新主要集中体现在四个方面。第一，强调公众参与、多元主体良性共治的社会化更新，如北京清河美和园混合社区建立"社区分步循环议事协商机制"，有效搭建了社区微更新中社区各主体协商的桥梁；[③] 第二，通过规划设计引导社区建筑空间再造和交通空间的

---

① 易成栋、韩丹、杨春志：《北京城市更新 70 年：历史与模式》，《中国房地产》2020 年第 4 期，第 38~45 页。

② 《中共北京市委办公厅　北京市人民政府办公厅关于印发〈北京市城市更新行动计划（2021—2025 年）〉的通知》，http://www.beijing.gov.cn/zhengce/zhengcefagui/202108/t20210831_2480185.html，2021 年 8 月 21 日。

③ 董悠悠、张兆欣、闫琳：《混合型社区多元主体参与的社区微更新研究——以北京清河美和园社区为例》，2019 年中国城市规划年会论文，2019。

有机更新，如吴良镛院士主持的保留北京"胡同—四合院"原有城市肌理的菊儿胡同更新改造以及北京清华同衡规划设计研究院对北京东城区街道开展的交通稳静化街区改造;① 第三，基于社区文化治理开展的社区更新，如北京大栅栏片区、白塔寺片区、史家胡同片区等社区更新改造;② 第四，以社区绿色景观设计为手段开展的生态化更新，如中央美术学院基于社区营造和多元共治开展的北京东城区城社区微花园景观微更新实践。③

三 北京社区生态化有机更新评价指标体系的建立

评价指标体系可以对社区生态有机更新程度进行定量描述，通过指标体系的评价，可以发现社区在生态有机更新建设与管理方面存在的问题，推动实现高质量的城市社区有机更新，保证更新后的社区整体效益，统筹更新项目的有序管理，从而提出具有针对性的社区生态有机更新建设与管理政策建议。

北京社区生态化有机更新应建立"规划—改造—治理—保障"的完整体系，主要包括：社区低碳生态更新规划、社区空间适应性再利用改造、社区多元协同生态治理以及社区生态化更新多维保障制度。④

（一）指标体系的构建原则

基于社区生态化有机更新内涵及目标，结合指标体系科学建构原理，社区生态化有机更新评价指标体系的构建原则具体如下。

---

① 尹若冰：《北京核心区社区空间微更新的精细化治理实践研究——以 D 街道交通稳静化街区改造为例》，《建筑技艺》2019 年第 12 期，第 49~53 页。
② 韩雨蒙：《基于文化保护的北京老城社区更新研究》，北方工业大学硕士学位论文，2019。
③ 侯晓蕾：《基于社区营造和多元共治的北京老城社区公共空间景观微更新——以北京老城区微花园为例》，《中国园林》2019 年第 12 期，第 23~27 页。
④ 赵清：《城市社区生态化有机更新策略研究》，《城市发展研究》2022 年第 6 期，第 32~35 页。

1.理论性与实用性相结合的原则

社区生态化有机更新评价指标体系的指标选择和设计以社区生态化有机更新内涵为依据，注重指标的理论性和实用性。

2.系统性与代表性相结合的原则

社区生态化有机更新是一个复合体系，因此指标要具有系统性。同时由于生态化有机更新的复杂性，指标体系只是对其关键因子的选取，因此应提取反映社区更新中关键问题的代表性指标。

3.动态与静态相结合的原则

社区生态化有机更新是一个动态发展的系统，指标的选取既要有反映更新状态的静态指标，还应有兼顾动态发展的动态指标，以此可更好地为社区生态化有机更新提供持续性的政策指导。

（二）指标体系的概念框架

基于社区生态化有机更新内涵及目标，解构其评价要素，在指标体系构建原则指导下，建立指标体系的概念框架，如图1所示。

（三）指标体系的评价要素

基于指标体系构建原则，在社区生态化有机更新评价体系概念框架下，社区生态化有机更新的评价要素主要包括以下几个方面。

第一，社区低碳生态更新规划。社区低碳生态更新规划目标应立足于社区整体性、技术适用性、经济性、资源节约和环境友好原则，建立"调研—方案—改造—治理—保障—后评估"的全周期持续发展规划机制，包括宏观更新规划评价指标、中观更新规划评价指标和微观更新规划评价指标。其中宏观更新规划评价指标包括社区生态化有机更新规划与城市上位规划（与北京城市总体规划和控制性详细规划）的衔接程度以及在《北京市城市更新行动计划（2021—2025年）》指导下按照社区类型与特征分类制定的社区生态化有机更新行动计划；中观更新规划评

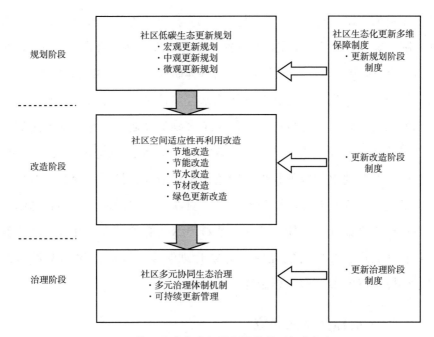

图1 社区生态化有机更新评价体系概念框架

价指标是依照社区生态化有机更新内容制定的规划，包括但不限于社区绿色公共空间更新规划、社区绿色建筑空间更新规划、社区绿色出行规划、社区复合业态产业规划、社区资源循环利用规划等；微观更新规划评价指标主要用于考察社区层面是否建立社区低碳生态治理长效管理机制，包括社区低碳生态治理体系规划和社区更新保障制度体系规划。

第二，社区空间适应性再利用改造。社区空间适应性再利用改造目标在于保护现有社区空间结构的基础上，因地制宜地通过生态修复和功能再造，实现社区空间的节地、节能、节水、节材和绿色更新改造。其中节地改造主要涉及腾退闲置空间生态化利用效率；节能改造涉及能量体系改造与交通网络改造；节材改造涉及建筑耐久性改造；节水改造涉及建筑给排水节水改造与社区人工水环境节水改造；绿色更新改造涉及社区绿色基础设施更新改造。

第三，社区多元协同生态治理。社区多元协同生态治理在于鼓励社区多元相关主体共同参与、良性互动，注重社区更新的规划、设计、管理和制度等。其评价要素主要涉及这一多元治理主体是否建立完备的治理体制与治理机制，以及配套的可持续管理体制、管理机制和后评估机制。

第四，社区生态化更新多维保障制度。社区生态化有机更新是一个动态发展的过程，因此也应分阶段制定多维保障制度，包括更新规划阶段制定社区分类规划指导意见；更新改造阶段制定改造规划设计指引，如社区公共绿地空间规划指引、绿色建筑更新设计指引、绿色出行更新规划指引、社区更新经济保障制度等；更新治理阶段制定分类管理制度与治理机制，如社区节能、节水、节材与绿化管理制度，社区垃圾分类回收管理制度，社区智能互联网运转管理制度，社区居民的资源节约型、环境友好型参与治理机制等。

（四）指标体系的建立

根据社区生态化有机更新评价要素，建立社区生态化有机更新评价指标体系，如表1所示。社区生态化有机更新评价指标体系包含四个层次，一级目标层指标4项，二级目标层指标13项，基准层指标16项，指标层31项。其中指标体系中所设置的每项指标独立反映社区生态化有机更新的某一个方面或不同层面的水平，各指标间相互独立、相互联系，共同构成一个有机的整体，通过评价用于指导社区生态化有机更新规划、建设与管理。

表1　社区生态化有机更新评价指标体系

一级目标层	二级目标层	基准层	指标层
1. 社区低碳生态更新规划	1.1 宏观规划水平	1.1.1 与城市上位规划的衔接度	（1）与城市总体规划的衔接程度 （2）与城市控制性详细规划的衔接程度
		1.1.2 因地制宜制定项目类型	（3）参照《北京市城市更新行动计划（2021—2025年）》，依据社区类型制定分类更新实施计划

续表

一级目标层	二级目标层	基准层	指标层
	1.2 中观规划水平	1.2.1 制定分类规划	(4)社区绿色公共空间更新规划 (5)社区绿色建筑空间更新规划 (6)社区复合业态产业规划 (7)社区绿色出行规划 (8)社区资源循环利用规划
	1.3 微观规划水平	1.3.1 社区低碳生态治理长效管理机制	(9)社区低碳生态治理体系规划 (10)社区更新保障制度体系规划
2. 社区空间适应性再利用改造	2.1 节地改造	2.1.1 腾退闲置空间生态化利用率	(11)社区腾退空间更新改造为生态化用地比例 (12)社区闲置空间改造为生态化用地比例
	2.2 节能改造	2.2.1 能量体系改造	(13)建筑外围护结构能效提升率 (14)建筑设备能源效率提升率 (15)智能电力改造普及率 (16)清洁能源普及率100% (17)公共场所节能灯普及率100%
		2.2.2 交通网络改造	(18)绿色交通道路比例
	2.3 节材改造	2.3.1 建筑耐久性改造	(19)建筑外围护强度提升率 (20)建筑设备明管化率
	2.4 节水改造	2.4.1 建筑给排水节水改造	(21)建筑梯级用水管理100% (22)公共场所节水龙头普及率100%
		2.4.2 社区人工水环境节水改造	(23)建有社区雨水分散式管理体系 (24)建有中水循环系统 (25)中水利用率100%
	2.5 绿色更新改造	2.5.1 社区绿色基础设施更新改造	(26)社区景观设施完好率95%以上,草坪无践踏或占用现象
3. 社区多元协同生态治理	3.1 多元治理体制机制	3.1.1 社区多元主体协商治理体制机制	(27)建立由政府组织、社区物业、居委会、第三方企业、社会组织、志愿者以及社区居民等组成的社区生态化有机更新治理协商体制机制
	3.2 可持续更新管理	3.2.1 社区更新改造项目的持续管理	(28)针对社区的分类更新改造项目有持续管理体制、管理机制和后评估机制

续表

一级目标层	二级目标层	基准层	指标层
4. 社区生态化更新多维保障制度	4.1 更新规划阶段制度	4.1.1 分类规划指导意见	(29)在《北京市城市更新行动计划（2021—2025 年）》指导下制定社区分类更新指导意见
	4.2 更新改造阶段制度	4.2.1 改造规划设计指引	(30)制定社区公共绿地空间规划指引、绿色建筑更新设计指引、绿色出行更新规划指引、社区更新经济保障制度等
	4.3 更新治理阶段制度	4.2.1 分类管理制度与治理机制	(31)社区节能、节水、节材与绿化管理制度，社区垃圾分类回收管理制度，社区智能互联网运转管理制度，社区居民的资源节约型、环境友好型参与治理机制等

注：《北京市城市更新行动计划（2021—2025 年）》针对北京不同类型地区的更新改造提出六大项目类型：首都功能核心区平房（院落）申请式退租和保护性修缮、恢复性修建，老旧小区改造，危旧楼房改建和简易楼腾退改造，老旧楼宇与传统商圈改造升级，低效产业园区"腾笼换鸟"，老旧厂房更新改造、城镇棚户区改造。

四　结论

　　社区生态化有机更新以社区作为城市更新的基础空间，通过对城市社区环境的生态修复和功能再造，建设健康宜居、低碳节能与安全韧性的社区，进而在全社会树立生态文明理念，并最终形成全社会共同参与生态文明建设的良好风尚。社区生态化有机更新的途径包括制定社区低碳生态更新规划、社区空间适应性再利用改造、社区多元协同生态治理以及社区生态化更新多维保障制度。本文基于理论性与实用性相结合、系统性与代表性相结合、动态与静态相结合的指标体系构建原则，建立社区生态化有机更新评价指标体系以作为社区生态化有机更新目标的定量化表征，通过指标体系的评价可为社区生态化有机更新规划、建设与管理提供有效的政策指导工具。

参考文献

丁凡、伍江：《城市更新相关概念的演进及在当今的现实意义》，《城市规划学刊》2017 年第 6 期。

董悠悠、张兆欣、闫琳：《混合型社区多元主体参与的社区微更新研究——以北京清河美和园社区为例》，2019 年中国城市规划年会论文，2019。

韩雨蒙：《基于文化保护的北京老城社区更新研究》，北方工业大学硕士学位论文，2019。

侯晓蕾：《基于社区营造和多元共治的北京老城社区公共空间景观微更新——以北京老城区微花园为例》，《中国园林》2019 年第 12 期。

梁颖：《老旧社区更新的多元挑战与方法要点——以北京市新源西里社区为例》，《城市问题》2021 年第 10 期。

林松、金爱英、贾忧扬等：《生态中国：城市更新与改造》，辽宁科学技术出版社，2021。

秦虹、苏鑫：《城市更新》，中信出版集团，2018。

汤雅茹、朱爱：《生态治理中"熟人社区"转型的必要性》，《时代金融》2017 年第 3 期。

吴良镛：《从"有机更新"走向新的"有机秩序"——北京旧城居住区整治途径（二）》，《建筑学报》1991 年第 2 期。

易成栋、韩丹、杨春志：《北京城市更新 70 年：历史与模式》，《中国房地产》2020 年第 4 期。

尹若冰：《北京核心区社区空间微更新的精细化治理实践研究——以 D 街道交通稳静化街区改造为例》，《建筑技艺》2019 年第 12 期。

赵清：《城市社区生态化有机更新策略研究》，《城市发展研究》2022 年第 6 期。

高质量发展视域下北京废弃矿山可再生能源开发研究

王晓晓　陆小成　资武成[*]

摘　要： 加强废弃矿山可再生资源开发利用，是贯彻新发展理念、推进高质量发展、构筑首都生态安全屏障的重要战略选择。国内外不少地方将废弃矿山改造为绿色新能源矿山成功实现绿色转型的经验值得借鉴。北京煤矿等矿山均已关停，面临环境整治难、闲置资源利用难、产业转型难等问题。北京在废弃矿山修复治理中引入光伏风电等可再生能源项目，先试点后推广，形成低碳矿山示范效应，推动能源绿色低碳转型，提升减碳降碳能力，构建矿山生态产品价值实现新机制，打造生态涵养区践行"两山"理论、坚持生态优先与绿色发展的新典范，助推北京绿色低碳高质量发展与率先实现碳中和目标。

关键词： 高质量发展　废弃矿山　可再生能源

高质量发展是一项系统工程，涉及产业、能源、社会、文化、生态等多个领域的高质量发展。2022 年 6 月，国家发展改革委、国家

* 王晓晓，澳门科技大学人文艺术学院副教授，博士生导师；陆小成，博士，北京市社会科学院城市所研究员；资武成，博士，湖南师范大学商学院副教授。

能源局发布《关于促进新时代新能源高质量发展的实施方案》，明确提出加快中国能源转型，大力发展新能源，推动高质量发展。在能源生产和能源消费领域，加快传统能源替代，充分利用废弃矿山的闲置空间，大力开发利用绿色低碳的可再生能源成为高质量发展的重要内容和关键抓手。因资源枯竭、生态恶化、环境污染等原因，全世界有上百万个废弃矿山存在。我国在生态文明建设、碳达峰碳中和目标等驱动下，枯竭废弃矿山数量不断增多。据中国工程院研究预计，到 2030 年，我国关闭或废弃矿井将达到 1.5 万处。北京废弃矿山面积广、投入大、周期长、维护难，未能进行新能源开发利用，未能吸引社会资本进入，运营管理机制与模式不灵活，长期的经济和社会效益难以体现，严重制约了地方的积极性和主动性。废弃矿山石场的修复治理、后期维护等成为北京市废弃矿山治理的"老大难"问题，亟待研究解决。

一 北京废弃矿山改造再利用的基本情况及主要难题

北京市矿产资源开发利用历史悠久，矿产资源主要分布在远郊区，具有点多面广的特点。截至 2020 年底，全市已查明资源储量的固体矿产 67 种，探明 354 处矿产地，36 种固体矿产被不同程度地开发利用。全市开采矿山数量曾于 20 世纪 90 年代末达到峰值，矿山企业以乡镇矿山为主，占矿山总数的 96.7%。① 为了保护生态环境，大力推进首都生态文明建设，北京先后政策性关闭固体矿山企业 840 多家，并开展生态修复治理、建设矿山公园等，取得了一定成效。2003 年至 2021 年 1 月，北京对政策性关闭矿山以及 20 世纪八九十年代乱采滥挖破坏的环境进行治理，开展修复治理项目 296 个，废弃矿山台账治理完成率 87.8%。

---

① 北京市规划和自然资源委员会：《北京市矿山生态修复"十四五"规划》，http://ghzrzyw. beijing. gov. cn/zhengwuxinxi/ghcg/zxgh/202104/t20210412_ 2352560. html，2021 年 4 月 12 日。

2021 年，北京实施废弃矿山修复治理项目 25 个，治理面积约 208 公顷。但矿山修复资金需求大，受地处偏远、交通不便以及疫情等影响，矿山公园发展困难。与此同时，北京提出力争在 2050 年实现碳中和目标，比全国提前十年。但北京市化石能源消耗和外调非绿电来源占全市碳排放核算量的 90% 以上，能源绿色转型与碳中和压力巨大。矿山光伏风电、地热能等资源丰富，具有良好的新能源与碳中和发展潜力，可再生资源闲置、开发利用不足。北京废弃矿山修复治理因投入大、周期长，面临不少发展难题。

（一）原生环境破坏严重，地面资源大量闲置

根据《北京市矿山生态修复"十四五"规划（2021 年—2025 年）》，北京贯彻落实首都城市战略定位，持续加大矿山关停力度，固体矿山数量从 2004 年底的 842 个关停至 2020 年底的 1 个。矿山关停后留下大量的闲置土地空间资源。如表 1 所示，据 2020 年现状核查，全市关停及生产矿山共计 12 个，面积 699 公顷；未治理废弃矿山及裸露岩壁面积 1373 公顷。其中，未治理矿山（不含裸露岩壁）共计 305 个图斑，面积 1050 公顷；未治理裸露岩壁共计 195 个图斑，面积 323 公顷。[①] 由于矿山资源大量开采，剥离表土，形成大面积原生裸地、缺少植被，煤矸石等堆积占压土地。如门头沟从 1998 年开始关闭煤矿、非煤矿山、砂石厂，所有煤矿 2020 年关停，各类废弃矿山土地 100 多处。密云首云铁矿作为北京市最大国有非煤矿山，2020 年退出后矿山废地 5128 亩，威克冶金铁矿关闭后废地 5000 多亩。废弃矿山、采空区、砂石场以及工业广场、建筑屋顶等空间资源闲置。

---

① 北京市规划和自然资源委员会：《北京市矿山生态修复"十四五"规划》，http://ghzrzyw.beijing.gov.cn/zhengwuxinxi/ghcg/zxgh/202104/t20210412_2352560.html，2021 年 4 月 12 日。

表 1　2020 年北京市关停及生产矿山面积

项目	矿山数量	占地面积(公顷)
关停及生产矿山	关停 11 个,生产矿山 1 个(金隅凤山矿被批准延续采矿至 2023 年 12 月 11 日)	699
未治理废弃矿山及裸露岩壁	500 个图斑	1373
其中:未治理矿山(不含裸露岩壁) 未治理裸露岩壁	305 个图斑 195 个图斑	1050 323

（二）多年开采造成地质灾害，存在安全风险隐患

历史遗留的废弃采石矿山地质环境问题突出，存在较大的地质环境问题。[①] 北京市主要的矿山地质环境问题表现为矿山地质灾害、地貌景观破坏、水环境破坏、占用破坏土地资源、环境污染等，如表 2 所示。[②] 矿山开采造成地裂缝、地面沉降、高陡岩面、裸露岩壁等。一般而言，开采的资源聚集在地表浅层，矿山的开采会将地层掏空，开采时使用炸药等加快开采速度，对地区原岩层的稳定性造成较大破坏，在矿山废弃后，用于支撑矿洞的结构也会在缺少维护的情况下出现损伤，支撑力不足，易引发地面塌陷问题。[③] 门头沟、昌平、延庆、怀柔等砂石场的不稳定边坡诱发崩塌、滑坡；固体废弃物、尾矿等诱发泥石流；京西煤矿大量的采空区容易引起地面塌陷、建筑变形、道路受损等，这些地质灾害隐患亟待防范。

---

① 任岐山、高召奎、杨德根、王大光、张强、徐伟瑜：《废弃采石矿山地质环境问题及治理对策》，《能源与环保》2022 年第 2 期，第 73~79 页。

② 刘文清：《北京市矿山地质环境现状及发展趋势》，《城市地质》2014 年第 1 期，第 4~8 页。

③ 黄静波：《废弃矿山生态环境保护与恢复治理问题研究》，《世界有色金属》2022 年第 3 期，第 149~151 页。

表2 北京市主要矿种分布区域及主要地质环境问题统计

序号	矿种	分布区域	主要地质环境问题
1	铁矿、锰矿	东北部山区密云、怀柔	次生崩滑塌、泥石流、固体废弃物、植被破坏、大气污染等
2	石灰岩、白云岩、花岗岩、大理石矿	山区与平原区交界的浅山区	崩滑塌、植被破坏、大气污染等
3	煤矿	西山房山和门头沟	次生采矿塌陷、矿坑突水、岩爆、地裂缝、植被破坏及水质污染等
4	金矿、铜矿	北山怀柔、密云、平谷	泥石流、废石、土污染、水质污染等
5	砂石料、粘土矿	平原区	崩滑塌、植被破坏、土地沙化等

（三）修复资金大与景区转型难，存在经济与环保两难困境

北京矿山基本处于生态脆弱区，水资源匮乏，造林成活率、保存率低，生态修复难度大。废弃矿山点多面广，修复及后续维护资金需求大，仅靠政府或矿山企业难以支撑，社会资本、社会公众参与渠道不畅通，参与机制不够完善。废弃矿山数量多、面积大、权属关系复杂，导致在生态修复工程实施过程中，各利益相关方协调难度大，群体事件时有发生。[①] 有的废弃矿山被改造为矿山公园，如密云区将废弃露天矿坑改造为矿业观光主题旅游区，怀柔区将关闭黄金矿山改建成黄金科普旅游观光景区，但受地理偏远、交通不便以及疫情等影响，游客少、经营差、转型难。矿山限于生态要求不能用于耕地复垦，只能考虑生态修复或发展文旅产业，存在当地农民失业、增收难、脱贫后返贫等问题，陷入经济账和环保账并存的两难困境。

（四）可再生能源蕴含丰富，开发利用相对滞后

北京地区可再生能源丰富。但矿山修复治理中没有考虑到可再生能

---

① 沙金龙、许飞、张文新：《构建我国废弃矿山生态修复公众参与机制研究》，《中国矿业》2022年第3期，第49~53页。

源开发问题，缺乏前期评估、战略规划及新能源产业引进。可考虑利用北京光伏风电等新能源科技优势和大面积废弃矿山的闲置资源，变废为宝，开发可再生能源，不仅能增加矿山修复资金来源，获得稳定的绿电收益，还能提高北京非化石能源比重，具有可观的经济、社会、碳减排等综合效益。

二　国内外废弃矿山改造为绿色新能源矿山的经验

从国际上看，全球因资源枯竭、生态恶化、环境污染等原因，许多矿山被废弃。据统计，全世界存在上百万个废弃矿山。国外不少地方将废弃矿山改造为矿山公园、旅游胜地、光伏发电站等，使矿山焕发生机。比较常见的是开发光电、风电等新能源项目。如美国最大的废弃矿区光伏发电项目——新墨西哥州 Chevron Questa 矿光伏发电项目于 2011年在废弃尾矿库上建成，发电容量 1MW。德国最大废弃矿井光伏发电项目——莱比锡区 Meruo 矿光伏发电项目，装机容量 166MW。日本宫城县基于废弃铅锌矿山的碎石堆积场，打造 8.786MW 的"入釜光伏电站"。德国鲁尔矿区在许多废弃矿山的排土场上实施风力发电项目，成效显著。日本矿山资源贫乏，但注重绿色新能源开发，选择废弃矿山、周边荒山以及荒废耕地、不宜耕种地块等空间，建立分布式光伏电站或风力发电站。

从国内来看，在生态文明建设、碳达峰碳中和目标等驱动下，煤炭在一次能源中占比逐年下降，枯竭废弃矿山数量不断增多。据中国工程院研究预计，到 2030 年，我国关闭或废弃矿井将达到 1.5 万处。我国加大资源耗竭或政策性关闭等矿山的综合治理力度，不少地方政府将废弃矿山、采矿沉陷区改造为光伏、风电等发电站，既解决闲置土地利用问题，也有利于矿山生态治理，积累了不少的成功经验。国内外废弃矿井绿色新能源开发利用的主要经验如下。

（一）注重战略规划，完善政策法规

国外政府部门与矿山企业注重对废弃矿山绿色新能源开发的前期可行性研究，强化战略规划，完善开发机制，成立专门管理机构对废弃矿山及其新能源开发进行监管与服务。如美国环保局成立废弃矿山土地工作组，与各州办事处共同负责，为相关利益方开发绿色新能源提供项目可行性分析和技术支持。加拿大针对废弃矿山绿色新能源开发构建政府协调管理机制。国外针对废弃矿山注重全生命周期管理，完善土地复垦、生态治理、可再生能源利用等政策法规。如德国制定《可再生能源法》，推动废弃矿山的可再生能源开发。美国在联邦层面实施税收抵免政策，在州政府层面制定加州净计量电价、得克萨斯州绿色证书等激励措施，以及可再生能源配额、新能源补贴等机制，推动废弃矿山新能源开发利用。我国不少地方坚持政府主导，制定废弃矿山改造规划或实施方案。如山西大同市争取国家能源局支持，将采煤沉陷区建设成为国家先进技术光伏示范基地，推动废弃煤矿区光伏发电站与新技术应用示范工程建设。内蒙古包头市制定《包头市采煤沉陷区光伏产业示范基地项目方案》，本期光伏规划 1 吉瓦，远期为 2 吉瓦，打造具有先进技术示范意义的光伏基地。

（二）推动多元投资，创新运营模式

国外废弃矿山绿色新能源项目吸纳社会资本、企业等多元力量参与投资建设，创新"公益基金+社会捐赠+市场收益"等多种运营模式。如加拿大协调联邦政府、省政府、矿山联合会和勘探开发联合会共同设立废弃矿山绿色能源开发资金项目。美国新墨西哥州 Chevron Questa 矿光伏发电项目由美国联邦政府、州政府以及私人团体共同出资建设。荷兰海尔伦废弃矿井地热项目吸引多元化力量参与，资金来源从政府拓展到企业以及欧盟其他国家。

我国许多地方针对废弃矿山的修复注重多元投资，综合推进生态修复、土地复垦、矿山公园或博物馆建设、风力或光伏发电站建设等。如内蒙古神华集团、伊泰集团、鄂尔多斯集团、山西晋能集团等将废弃矿山改造为光伏电站，加快光伏电池、组件等科技研发与制造。福建大田重新利用废弃煤矿区的排矸场、仓库、煤台、工棚等 150 亩土地，打造"光伏梯田"。福建大田针对废弃矿区采用"政府主导、社会参与、开发式治理、市场化运作"治理模式，形成集中式农光互补项目、村级光伏电站、家庭分布式光伏电站立体化的建设模式，实现"光伏+扶贫+旅游+特色产业"相结合。广东平远县政府引进北京新能源公司，投入 4.5 亿元租赁 109.7 公顷的废弃铁矿区，建设光伏发电站，解决了农民用电、就业、生态修复等难题。湖南桂阳县干塘村基于废弃矿区建立 20 兆瓦光伏发电场，年均发电量 1905 万千瓦时，年均效益近 2000 万元。江西乐平礼林镇将废弃矿山打造为 40 兆瓦光伏电站，年发电 4212 万度，减少二氧化碳排放 41992 吨，实现废弃矿山经济、生态、社会等综合效益最大化。

（三）增加科研投入，鼓励技术创新

不少国家重视废弃矿山绿色新能源利用的基础研究，增加科研投入，推动数据库建设和科学研究，如美国、加拿大等国家投入专门科研经费，研究建立废弃矿山的 GIS 信息数据库，加强废弃矿山综合治理及其可再生能源开发研究，鼓励光伏、风电、地热能、生物质能等新能源技术创新。波兰、芬兰、德国等注重新能源技术的综合应用，在抽水蓄能、压缩空气能、光伏发电等方面开展持续的理论研究、技术创新与产业应用，有效促进废弃矿山绿色能源开发利用。

三 高质量发展视域下北京废弃矿山可再生资源开发利用的对策选择

加强废弃矿山可再生资源开发利用，是贯彻新发展理念，大力推进生态文明建设，推进北京绿色、低碳、高质量发展的重要路径选择。国家发改委发布《"十四五"特殊类型地区振兴发展规划》，明确提出推进沉陷区生态修复和矿山环境治理，因地制宜推广利用沉陷区受损土地发展光伏、风电。这为北京市废弃矿山可再生资源开发利用提供了重要指导。北京市制定"十四五"时期能源发展规划，提出制定鼓励热泵、太阳能光伏利用等"绿色能源"一揽子支持政策，推动重点区域、重点行业可再生能源规模化利用。借鉴国内外经验，聚焦北京矿山治理难题，利用废弃矿山采空区、填埋场及周边荒山等闲置资源，加强光伏、风电、地热能等开发利用，变废为宝，将废弃矿山改造为绿色新能源矿山，培育一批多能互补的可再生能源规模化利用基地，打造北京新能源强市，构建北京践行"两山"理论、率先实现双碳目标的新标杆，推动北京市成为全国绿色转型高质量发展的新典范。

（一）强化规划设计，实施生态修复与新能源开发"双工程"

将可再生能源开发利用纳入废弃矿山修复项目，在全市及生态涵养区发展中予以统筹部署和规划，实施生态修复与新能源开发"双工程"计划。制定矿山可再生能源专项规划，加快研究矿山石场治理复绿与可再生能源开发利用工作，将可再生能源利用技术及应用方法、适应性条件等列入废弃矿山转型发展规划，并由各区政府牵头，摸清废弃矿山周边土地、建筑设施等的性质及权属，统一规划项目，统一用地政策，细化任务要求，推进工作落实。比如，利用京西煤矿地面闲置资源建设光伏发电站，利用地下废弃矿井开发地热能，实现新能源开发与矿区转型、乡村振兴等战略相衔接。利用密云两大铁矿关闭后的1万多亩矿山，在生态修复治理、建设矿山公园的同时，因地制宜地建设光伏发电站。利用矿山闲置土地和丰富的光伏能源优势，由市经济和信息化局等部门牵头打造国家绿色数据中心，实现集新能源开发利用、新科技场景应用、生态教育、矿山公园等多功能于一体。

（二）加大政策扶持力度，创新绿色能源全链条服务新模式

坚持"政府主导、政策扶持、社会参与、开发式治理、市场化运作"的理念，加大政策支持力度，创新废弃矿山绿色能源开发全链条服务与全生命周期管理新模式。加大财政支持力度，设立废弃矿山可再生能源开发专项基金，在门头沟、房山、密云、怀柔、平谷、延庆等区的废弃矿山建立可再生能源综合开发基地，用于光伏发电场地租赁、设备安装、绿色能源产业培育等。各区政府统筹解决好各类资源矿权重叠等难题，在土地利用、电网接入、示范项目申报许可、建设规模指标等方面给予支持，促进项目落地。

将废弃矿山安装分布式光伏发电纳入北京市《整县（市、区）屋顶分布式光伏开发试点方案》，享受市、区光伏发电相关补贴政策。出台废弃矿山地上地下资源协同利用扶持政策，探索光伏+矿山修复+生态农业+旅游等新模式。根据《北京市关于促进高精尖产业投资推进制造业高端智能绿色发展的若干措施》，依托北京废弃矿山闲置资源，加大废弃矿山绿色新能源等高精尖产业项目投资。根据"谁投资、谁受益"原则，出台废弃矿山地上地下资源协同利用扶持政策，吸引科技企业、科研院所、社会资本、社会公众等力量积极参与投资。比如对废弃矿区的生态修复，采取"院地共治"模式，吸引科研院所、企业等参与，打造矿山光伏发电站，明确产权与利益分配机制。创新矿山企业税收和融资优惠政策，鼓励金融机构加大信贷支持力度，带动周边农村新能源开发，增加就业，让农民获得稳定绿电收益，实现百姓富、生态美有机统一，依托可再生能源开发利用，不断增强新能源产业链、供应链的韧性。

（三）开展示范试点，构建绿色新能源利用新机制

建议将门头沟煤矿、密云铁矿等作为可再生能源开发利用试点，纳

入市矿山生态修复项目，形成试点经验后再推广。结合有关地质工作，加快示范工程建设，为全国矿山地质环境监测工作起到引领作用，推动矿山地质环境监测工作。[①] 市规自委等部门针对全市废弃矿山地质条件、土地资源赋存、能源市场需求等情况进行调研与普查，组织开展对废弃矿山的排土场、尾矿库、废旧厂房、采空区山地等空间资源的摸清"家底"，建立北京市废弃矿山资源能源数据库和服务共享平台，并对废弃矿山绿色新能源开发潜力、可行性等进行评估，并测算绿色新能源开发的经济、社会、减碳固碳等价值，纳入全国碳交易平台，增加北京废弃矿山的碳汇收益，建立废弃矿山绿色新能源利用优先级清单和示范试点项目。

借鉴国内外经验，市属矿山企业加快转型为新能源科技企业，选择光照条件好、空间广阔的废弃矿山进行示范试点，构建光伏、风力、地热能等多种新能源综合开发新机制，待发展成熟后可全市推广。比如，在门头沟、延庆、密云、怀柔、平谷等区的废弃矿山及周边荒地，规划15~20个光伏发电试点项目，基于每个项目建设40兆瓦的分布式与集中式相结合光伏发电站。按20个光伏电站测算，全省废弃矿山可实现年发电约8.4亿度，相当于年均节省燃煤33.6万吨，减少二氧化碳排放84万吨，为北京市率先实现碳中和目标提供强大支撑，为北京能源消费大省提供源源不断的绿色能源，加快构建以新能源为主体的北京绿色电力系统。将北京矿山石场治理复绿与新能源开发的试点经验作为北京市践行"两山"理论的重要亮点向全国宣传推广。

（四）加大科研投入，打造绿色新能源技术创新平台

利用北京新能源技术研发和产业基础，加大科研投入，将部分废弃

---

① 秦沛：《对北京市矿山地质环境监测的几点认识》，《城市地质》2017年第1期，第82~85页。

地下矿井等作为绿色新能源技术研发基地，建立若干个光伏发电、新能源汽车、建筑节能、资源综合利用等创新实验室。加强科技创新，有针对性地开展全市矿山地质环境影响研究。矿山复绿及其新能源开发利用等工作所需资金量大，为此，需要增加对矿山石场复绿及绿色新能源开发的相关技术创新及研发的投入。设立北京市废弃矿山绿色新能源重点研发基金和专项基金，加强不同类型废弃矿山新能源适用技术与系统优化研究。矿山石场可再生能源开发有利于增加长期稳定的绿电收益。加强新能源开发的投融资模式创新，吸引光伏风电企业、社会资本进入，推动北京生产的光伏风电设备就地消纳，延长光伏风电等新能源产业链。

鼓励企业加大对光电转换、系统集成等关键技术研发及转化应用的投入，提高配套服务水平，构建废弃矿山绿色新能源技术创新与成果转化服务平台。鼓励企业加强新能源技术创新，采用大数据等新一代信息技术，建立以绿色新能源为主、分布式电源多元互补的废弃矿山绿色新能源微电网系统，选择不同地区、地质条件、类型矿井开展先导性新能源工程试验，推动废弃矿井储能及多能互补开发利用，形成具有自主知识产权的北京废弃矿山绿色新能源技术体系、管理体系与规范标准。鼓励各高校、科研院所与矿山企业合作，加强废弃矿山绿色新能源产业化关键技术的研发与联合攻关，加快推动新阶段首都绿色高质量发展与率先实现碳中和目标。

参考文献

任岐山、高召奎、杨德根、王大光、张强、徐伟瑜：《废弃采石矿山地质环境问题及治理对策》，《能源与环保》2022 年第 2 期。

刘文清：《北京市矿山地质环境现状及发展趋势》，《城市地质》2014 年第 1 期。

黄静波：《废弃矿山生态环境保护与恢复治理问题研究》，《世界有色金属》2022

年第 3 期。

沙金龙、许飞、张文新：《构建我国废弃矿山生态修复公众参与机制研究》，《中国矿业》2022 年第 3 期。

秦沛：《对北京市矿山地质环境监测的几点认识》，《城市地质》2017 年第 1 期。

碳中和背景下北京新能源汽车充电站建设对策研究

饶志强　丁　璐　李子仡 *

摘　要： 在新时代，碳中和对北京新能源汽车产业发展提出了新的要求。光储充一体化发展应运而生、增加可再生资源的开发利用和提高能源的利用率，成为新能源行业未来发展的趋势。本文介绍了北京市新能源汽车产业发展现状，对影响北京市新能源汽车充电站建设的相关因素进行了分析，并针对北京新能源汽车存在的续航里程较短、充电难等一系列问题提出了相应的对策，以期推动北京市新能源电动汽车产业的发展，助力早日实现碳中和目标。

关键词： 碳中和　北京　新能源汽车　充电站

能源短缺以及碳排放已经成为全球性议题，其中能源短缺更为严重，化石燃料能源终会消耗殆尽，这将使世界大部分工业生产走向瘫痪，人们不得不将目光转向其他能源。电能成为化石能源的最主要的替代品，风力发电、太阳能发电技术已经非常成熟。这也促使燃油汽车加

---

* 饶志强，博士，北京联合大学城市轨道交通与物流学院副教授；丁璐，北京联合大学城市轨道交通与物流学院硕士研究生；李子仡，北京联合大学城市轨道交通与物流学院硕士研究生。

快向新能源汽车转型。北京作为国内最先生产新能源汽车的城市，对新能源产业发展给予了重点扶持。2020 年 9 月，我国提出了双碳目标，这为新能源汽车产业的发展指明了方向，新能源汽车通过使用电能实现零碳化，[①] 直接呼应了我国的战略目标。2021 年底，北京新能源汽车超50 万辆，数量剧增，与之相伴随的是供应不足问题，为此，北京提出了相应的对策，由此可见，大力推广新能源汽车是实现碳中和和碳达峰目标的重要途径之一。

一　碳中和背景下北京新能源汽车充电站建设的战略意义

北京着眼于未来经济发展的趋势是向绿色转型，形成更为绿色、高效的消费和以生产力为主要特征的可持续发展模式。2020 年 9 月，习近平总书记首次正式提出了"碳达峰、碳中和"的目标并努力在20 世纪中叶前后实现碳的零排放。国务院办公厅印发《关于加快新能源汽车推广应用的指导意见》，强调要注重充电基础设施的合理性和科学性。光储充一体化的充电桩作为电动汽车的能源补给，[②] 是电动汽车发展的基础，同时充电桩已成为实现碳中和目标的重要载体之一。

截至 2021 年末，北京市新能源车保有量达 50.7 万辆，电动汽车充电桩超过 23 万台，北京市平均每 5 公里设置有电动汽车充电的基础设施，在人流量较大的大兴机场、市中心、运动会赛区等地实现平均每0.9 公里设置有充电设施。"十四五"规划提出，预计在 2025 年北京市

---

① 孔辉：《国家新能源汽车政策引领下的低碳城市规划思考》，载《持续发展　理性规划——2017 中国城市规划年会论文集（06 城市交通规划）》，2017，第 277~290 页。

② 刘学锋、姜艳青、周冬兰、廖丹、邱长春：《新能源电动汽车光储充研究设计》，《时代汽车》2020 年第 23 期，第 115~116 页。

新能源电动汽车将突破 200 万辆，为此电能的补给成为最大的问题。新能源汽车发展中最需要解决充电站建设问题。电动汽车可通过快速充电枪进行电能的补充，在充电形式方面较加油站更为快捷。就目前的技术水平而言，充电设施建设状况主要从两个方面影响新能源汽车的推广。①

一是新能源汽车续航里程问题。国内的新能源电动汽车的电池以锂电池为主，相比于传统的蓄电池，新能源电池的能量密度相对较大，稳定性最好，续航里程较长，尽管如此，纯电动汽车的续航里程受各种因素的影响，通常在 400 公里左右，远远低于燃油汽车，要确保纯电动汽车的正常使用，必须要完善充电设施。插电式混合动力汽车虽然能够使用化石燃料保障续航里程，但由于石油能源紧缺和油价上涨，提高能源利用率和能源代替势在必行。

二是消费者的便捷性顾虑。推广新能源电动汽车首先需满足电动汽车市场需求，目前新能源汽车充电设施建设缓慢，存在充电桩分布不均和管理欠佳的问题，市中心和重点区域的充电设施分布比较集中，远郊地区和农村区域充电设施较少，这对远距离出行的消费者来说是极不方便的。另外，部分私人充电桩由车企或第三方建设公司建设，容易出现由管理不善导致充电车位被占的现象，这让很多有购买欲望的消费者望而却步。只有加快完善充电设施、车企和政府部门协调，重视和加快充电站的建设，才能打消消费者的顾虑，从而实现新能源汽车的全面普及。

世界汽车产业已进入交通转型的新阶段，新能源汽车已进入加速发展的关键时期，作为全球金融危机后的落脚点和实现交通领域能源转型的关键举措，全面普及新能源汽车和研发充电设施相关技术成为国际共识，也成为各国家重要发展目标。

---

① 杨璧浩、景玮婕、李慧琳、谷智华：《电动汽车充电桩建设发展困境及治理机制研究》，《物流工程与管理》2022 年第 4 期，第 33~35、54 页。

二 碳中和背景下北京新能源汽车充电设施建设现状分析

（一）北京新能源汽车充电设施发展回顾

1.北京市新能源汽车充电设施概况

从技术支撑看，针对快充应用场景、较大功率充电应用场景，要提前进行充电设备合理布局规划，如一、二线城市，以及奥运赛区、高速铁路等区域；针对慢充应用场景、较小功率充电应用场景，要加快推广新技术的应用，如 V2G 技术。针对重卡和共享换电，提倡采用商业和产业模式相结合的方式。

从市场前景看，新能源产业未来是很好的投资领域，大量企业、社会组织、公民个人参与，需要发挥市场力量，一体化建设多功能体系；完善协同机制，推动新能源电动汽车产业多元化协同发展，联合政府、金融机构、整车生产厂商、电池生产厂商，形成市场联动机制；政府应鼓励投资新能源产业，为充电设施运营提供补贴，加强充电设施网络薄弱节点的建设，并提供资金支持。① 在地铁、农村地区、高速铁路等区域，应充分发挥政府的主导作用，明确主体责任，明确上述区域的服务属性。对于具有竞争性的充电领域，要发挥市场机制作用，合理布局充电设施。

从产业政策看，《新能源汽车动力蓄电池回收利用管理暂行办法》指出，充电站车位的作用在于提供存放车辆的车棚，这些车棚为太阳能发电设施的建设提供了条件。光伏车棚就是将光伏组件和车棚结合在一起，不仅为电动汽车提供遮风挡雨的场所，同时也实现了可持续发电和环保的目的。在新能源产业的发展中，新能源汽车补助占政府补助的

---

① 袁妮、张振鼎、房旭：《新形势下我国新能源汽车政策现状与发展趋势研究》，《时代汽车》2021年第5期，第93~94页。

80%，而新能源充电桩补助只占 20%。充电桩存量远不及新能源汽车每一年的销售增量。政策重心应该从"补车"转向"补桩"。① 加大新能源汽车充电设施建设的资金投入，完善产业服务链，拓展充电桩服务的深度和广度，提升充电设施服务水平，鼓励商业模式创新。由于私人充电桩对于个人来说比公共充电桩更加方便，政府也应出台相应的政策来合理规划住宅内充电桩建设标准。

2. 北京市新能源汽车充电设施发展趋势

新能源汽车产业快速发展，预计 2025 年市场渗透率将达 20%。据统计，2020 年我国新能源汽车销量为 136.7 万辆，同比增长 13.3%。2021 年 1~7 月销量已超过 2020 年总和，销量再创新高。预计 2025 年新能源汽车销量占汽车销量的 20%，在碳达峰、碳中和目标下，全球电动化趋势已势不可挡。

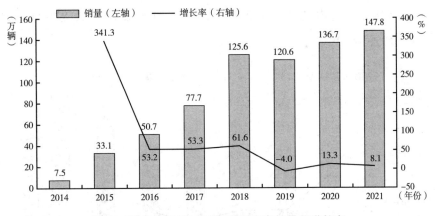

图 1　2014~2021 年中国新能源汽车销量及增长率

在新能源汽车消费及购买力方面，截至 2021 年，北京市累计推广新能源电动汽车约 50 万辆，个人及单位领域电动汽车约 45 万辆，新能源电动车推广规模呈上升趋势，整体规模居全国前列。

---

① 张新华：《新能源汽车充电桩建设及优化分析》，《时代汽车》2022 年第 10 期，第 112~114 页。

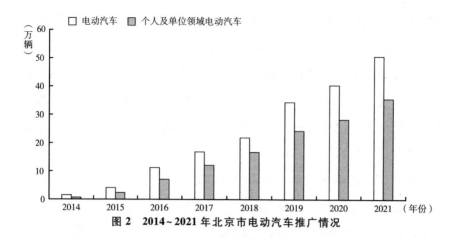

图2 2014~2021年北京市电动汽车推广情况

充电桩是新能源汽车补充能源的关键设备，随着新能源汽车产业持续发展，充电桩需求快速增加。近几年我国公共充电桩的数量呈爆发式增长，从2015年的5.8万台增长到2021年的104.4万台。截至2022年2月，我国公共充电桩达121.3万台，较2021年新增公共充电桩16.9万台，增长16.2%。

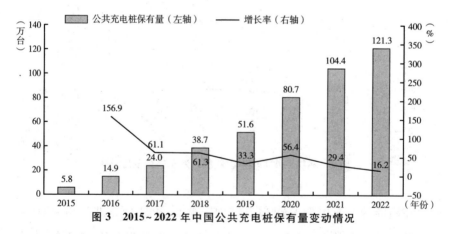

图3 2015~2022年中国公共充电桩保有量变动情况

注：2022年数据截至2月。

就公共充电桩区域分布情况而言，公共充电桩数量排名前四位的省份是广东、上海、北京和江苏。其中北京累计建成25.6万台电动汽车充电桩，在居民小区累计建成私人充电桩 15.26 万台；在大型商场、旅游景点车站机场等人员密集的公共区域累计建成充电桩 2.43 万台，形成了全市平原地区服务半径小于 5 公里的充电网络架构。截至目前，北京市已经提前一年完成了城市核心区、城市副中心、"三城一区"（中关村科学城、怀柔科学城、未来科学城、北京经济技术开发区）、2022年北京冬奥会和冬残奥会延庆赛区、北京新机场等重点区域充电设施平均服务半径小于 0.9 公里的任务。

（二）北京市新能源汽车充电桩建设政策

2021 年 6 月，《北京市电动汽车社会公用充换电设施运营考核奖励暂行办法》提出鼓励充电设施建设企业建设充换电站并给予一定的财政奖励，针对充换电站的运营，建立等级考核体系和示范站。

2020 年 12 月，《电动汽车充电站运营管理规范》提出电动汽车充电站应引导燃油车不得占用充电站。

2020 年 6 月，《北京市加快新型基础建设行动方案（2020—2022年）》提出推进人、车、桩、网协调发展，到 2022 年建设 100 个左右充换电站。

2019 年 10 月，《关于推进城市安全发展的实施意见》提出要加快充换电设施建设，在具备条件的物流园区、产业园区等商业场所建设集中式充电桩和快速充电桩。同年 11 月，《海淀区提升消费能级提高生活品质三年行动计划（2019—2021）》提出绿色消费推广计划，加密公共充电桩、充电站等新能源汽车设施分布，促进新能源汽车消费等。

2018 年 8 月，《关于对本市部分环保行业实施用电支持政策的通知》提出针对电动汽车集中式充电设施、污水处理、港口岸电运营、海水淡化等执行两部制电价企业，免收需量（容量）电费。

2017 年 8 月，《关于进一步加强电动汽车充电基础设施建设和管理的实施意见》提出推进公交、环卫、车站、机场等公共服务地区的充电设施建设，在公路、铁路等沿途建设快充电站和换电站；对于符合城区规划的新建独立占地的集中式换电站，要简化办理规划建设审批手续；加大对充换电基础设施建设运营的支持力度；充分发挥企业创新主体作用，加快推动高功率密度、高转换效率、高适用性、无线充电、移动充电等新型充换电技术及装备研发。

三　北京新能源汽车充电设施建设面临的主要难题

当前，我国新能源汽车产业发展还处于初级阶段，充电设施建设成为影响其发展的主要因素之一。总的来说，北京市新能源汽车充电设施建设主要存在以下问题。

（一）老旧小区和乡村区域充电难

目前，北京的老旧小区较多，而在老旧小区建立充电桩要克服较多困难，如老旧小区的改造空间较小。针对以上情况，要根据实际情况进行改造，因地制宜，可以通过在附近小区建立较大功率充电桩，实现电源共享，解决老旧小区充电难问题。目前，在农村建设电动汽车的充电设施存在农民用电安全意识不高、农村电网供电不稳定、接地安全风险较大等问题，需要结合农村电动汽车充电的特殊要求，予以积极引导，为电动汽车进乡提供保障。

（二）规划布点、选址不平衡

电动汽车充电站的建设成本高于加油站，在建设时考虑的因素较多，如地理环境、社会条件、经济因素和交通流量等。因此合理、科学地开展充电桩布局，不仅能减少建造成本、避免资源浪费，也可以给用户带来更便捷的体验。现阶段，针对电动汽车充电设施站的建设尚未形成完整的理论布局体系，各个地区的充电设施站建设处于示范阶段，在建设的过程中还没有将电动汽车、电网布局和区域规划这三种因素综合起来考虑。目前充电设施站点的建设还面临着布局、电能和用地三方面问题。

1. 地区分布不均衡

从 2021 年我国充电站整体布局规划情况来看，我国规划建设的公共交通充电站设施占比达 73.9%，建设项目主要集中在京津冀、长江三角洲和珠江三角洲地区，以广东、江苏、浙江、上海等为主，其次为北京、山东等，其他省区市充电桩建设相对滞后。

2. 布局优劣并存

聚焦北京市，各区根据充电站、充电桩的规划布局出台了一系列的政策。根据《北京市"十四五"时期能源发展规划》，截至 2021 年，北京市已有充电桩 25.6 万台，预计 2025 年北京市将建成充电桩 70 万台，建成加氢站 74 座，平原地区电动汽车公共充电设施平均服务半径小于 3 公里，区内公共充电设施 900 米覆盖建成区面积比例可达 99%，实现非自然地形地区公共充电设施基本全覆盖。

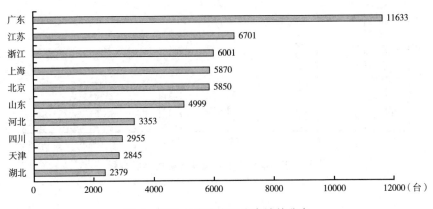

图 4　2021 年中国主要充电站的分布

3. 选址困境显著

北京市各区充电桩分布不均衡，尚未形成合理的选址分布。市民对于新能源汽车和充电桩的认知度不够，尤其是在昌平、大兴、通州、房山、顺义、石景山、密云、门头沟、怀柔、延庆、平谷等区，部分市民更偏向于传统汽车，选择使用新能源汽车的比重小，这些区的充电桩覆盖范围不大，公共充电桩占比近 74%。据统计，安装快慢桩的小区主要分布在朝阳、海淀、昌平、大兴和通州等人口密集、平原地区面积大的区域（见图 5）。

另外朝阳、海淀、丰台、西城、东城经济发达，充电桩建设场地较紧张，需改造地面和地下空间。为抢占新能源充电桩市场先机，部分经营主体盲目地在各大城市投资建设充电桩，不考虑市场因素、价格定位、后续保障，造成了大量新能源充电桩闲置。据了解，建立一个充电站需要花费 260 万元，太阳能电池板的成本为 240 万元，建设完成后运营期间需要投入人力和高额的保养维护费用，在一年半左右才能开始获利。

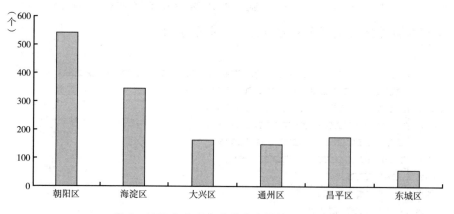

图 5　2022 年北京市安装充电桩的小区数量

（三）充电设施的运行安全有待重视和规范

充电设施使用的电力是一种特殊的二次能源产品，有较高的安全要求，一旦使用不当将会导致灾难性后果。随着电动汽车充电设施投资和建设主体的社会化，大功率高频开关电源对城市配电网规划、建设的影响以及高次谐波对电网供电质量的影响将不容忽视。充电设施与电网交流连接，由电网供应交流电源，同时以直流向电动汽车充电，如果再考虑到电动汽车有可能作为备用电源容量，峰荷时向电网提供电力，必然同时涉及整流逆变等问题，这对系统而言为新的谐波源，需要考虑其对电能质量造成的影响。不同的充电方式对电网有着很大的影响，大电流快速充电可以在短时间内为汽车充电，但 150～400A 的大电流可能会造成配电网不稳定，未来过分密集的集中充电可能导致充电站瞬时负荷过大。在公共充电站更换电池后，将空电池留在充电站，充电站可以在夜间对其用小电流长时间充电，充好的电池可以提供给其他的客户使用，但是充电模块、端口、设备的一致性、寿命、安全性等问题凸显。因此，完善的充电设施运行安全配套管理规范和充电安全体系是大规模建设充电设施的必要条件。

四　碳中和目标下北京新能源汽车充电设施的建设对策

我国在新能源汽车充电设施改造和建设方面已形成了较为完整的理论体系。现阶段的重点还限于规划层面，政策全部落地实施有些许难度。北京充电桩发展前景向好，运营模式也较为成熟，但是目前充电桩设施的效率不高、老旧小区和乡村区域充电难、电能供给贫乏。针对北京市新能源汽车充电设施建设现状，就不同区域存在的问题，提出如下建议。

（一）打造光储充一体化的充电服务中心

就目前建设智慧城市的要求来看，新能源汽车充电站的建设应结合商业和多元化服务，提高运营效益，满足多元充电需求。一是要加强资源整合，统一建设，节约成本。建设光储充一体化的充电服务中心，就是要进行资源整合，将集中式充电站的空间充足、功率和电压大的特点和储能技术结合起来，统一建设，节约成本。比如在充电站车位上安装车棚，并在车棚上安装太阳能发电设备，不仅美观还具有实用价值，既满足了遮风挡雨的功能需求，又能够节约土地资源，实现新能源发电和节能的目的。二是提供多元服务，提高运营效益。应用最新技术提高发电利用率，合理制定储能系统充放电政策，提高光伏发电的运营效益。各企业应加强与政府的对接，申请相关补贴，尽可能控制投资成本。另外，要积极开展线上线下相结合的推广引流服务，通过线上 App 和线下走访新能源销售商、出租车公司，以及举办各种优惠活动等方式吸引客户，缩短回报周期。三是加强场景细分，满足多元充电需求。因地制宜，针对不同场景设置对应的充电设施，满足多元化的充电需求，既要考虑小型轿车和公交车的充电场景，也要重视大型汽车、重卡和物流车的充电需求。

（二）加快新能源汽车基础设施建设

1.建立动力电池回收市场体系

根据《新能源汽车动力蓄电池回收利用管理暂行办法》和《新能源汽车动力蓄电池梯次利用管理办法》，在各个区域内建设的电池回收中心，应具备收、储、拆、重组等一体化支撑功能；将全市动力电池回收网点作为"X"纳入回收体系，运用"互联网+回收"等方式，将锂离子类电池等全部纳入回收体系，全市退役电池应收尽收、就近回收、就近利用，逐步建立规范的动力电池回收市场体系。将电池回收利用作为企业成本回收新的增长点。

2.加强科技创新,加大电池研发投入

新型高能量密度、高转换能效、高功率、高安全性、更长使用寿命的蓄能电池技术不仅是电动汽车推广和普及的关键，同时也能为电力系统提供新型的储能手段。目前，蓄能动力锂离子电池尚需 3～5 年商业

化运行的考验，在此基础上还需不断地研究、改进，需要加大对此的资金投入。建议针对动力电池的研究、生产、应用各环节加大研发投入，支持主要研发、生产单位，有效解决产业化及实际应用中的关键性技术问题；同时，需要加大力度重点研究新型低成本电池材料，大力发展低成本电池材料产业，培育出一批具有自主知识产权、拥有规模化产业能力的动力电池生产企业，推动电动汽车的普及。

3. 加大充电设施技术研发投入

新能源汽车产业发展还处于爬坡过坎的关键时期，技术研发作为推动产业发展的关键因素，往往需要大量资金的投入，这对于大部分国内的传统汽车企业来说是难以承担的。另外，一些新能源汽车的关键技术无法通过引进获得，这就要求本土的新能源企业坚持核心技术自主研发和创新，实现核心关键技术的"自给自足"。我国新能源产业技术研发方面主要存在以下问题：一是技术投入相比于发达国家还有一定的差距；二是基础研究欠缺，核心技术缺失。因此，要充分发挥政策在新能源产业发展过程中的引导作用，整合国内资源。政府在新能源汽车产业发展初期和关键技术研发方面发挥主导作用，制定新能源汽车产业发展规划，明确重点领域技术发展方向，推进"产研融合"，加强新能源技术研发。

（1）建立以政府为主导，企业、研究机构共同参与的研发模式

应积极发挥社会主义体制的优势，引导新能源汽车领域的科研力量合理配置，组织、协调新能源汽车基础设施领域的管、产、学、研、用等单位，形成总体研发体系，建立新能源汽车研发机构和产学研联盟，降低研发成本，共享技术成果，推进充电设施的建设和电动汽车的产业化。

（2）加大基础研发和教育投入

鼓励高校和研究机构开展基础研发项目，提高包括电动汽车核心的电池技术以及充电设备技术等在内的核心技术水平。实施相关的研究资

助计划，建立研究专项基金。以国家科技攻关、产业工程项目等形式，支持企业进行充电设施研发和生产，促进产品结构升级和自主创新。

（3）对研发成果的应用提供支持

进一步推广电动汽车的示范运营项目，设立相关项目基金，鼓励开展新技术的应用示范，如太阳能充电站的试运行等，对于促进新技术推广和市场化的公司给予适当的奖励。

（三）推动多部门协同共建充电站

北京市的轨道交通公路高架下建停车场，用太阳能板代替普通声音屏障既能产生电源。高架桥下建充电桩、充电站、停车场，建设立体公用配置。①医院、学校等区域的公共停车场晚上无车时，周边小区居民可利用其停车和充电。②绿色蔬菜大棚上覆盖太阳能电池板，棚内种植蔬菜，地下建设停车场。③通过 App 将运转信息和充电信息、车辆运输信息上传至云端，由后端来判断汽车的运行质量、充电情况等，实现多元整合，与交通、运营、金融等多部门多元结合、协同发展。同时也能与北京打造全球数字经济标杆城市和全球科技创新中心紧密地联系起来。

（四）建立和完善充电安全体系

近年来，新能源电动汽车产业迅猛发展，电动汽车安全事故频发，不仅给新能源电动汽车的用户和企业造成了严重的损失，也极大影响了新能源电动汽车产业的发展。围绕新能源电动汽车尚未形成完整的安全体系，安全防控体系欠完善。电动汽车安全事关新能源电动汽车产业的发展，要从源头出发，将电池安全和质量评价纳入安全体系，增强安全意识，严格监控相关充电设施的安装和运维，同时加大事故处罚力度。

参考文献

孔辉：《国家新能源汽车政策引领下的低碳城市规划思考》，载《持续发展　理性规划——2017 中国城市规划年会论文集（06 城市交通规划）》，2017。

刘学锋、姜艳青、周冬兰、廖丹、邱长春：《新能源电动汽车光储充研究设计》，《时代汽车》2020 年第 23 期。

袁妮、张振鼎、房旭：《新形势下我国新能源汽车政策现状与发展趋势研究》，《时代汽车》2021 年第 5 期。

张新华：《新能源汽车充电桩建设及优化分析》，《时代汽车》2022 年第 10 期。

杨璧浩、景玮婕、李慧琳、谷智华：《电动汽车充电桩建设发展困境及治理机制研究》，《物流工程与管理》2022 年第 4 期。

后　记

　　本书以习近平新时代中国特色社会主义思想为指导，研究北京城市发展在贯彻落实首都城市战略定位，加快"四个中心"功能建设和"四个服务"水平提升，疏解非首都功能，加快城市有机更新，推动京津冀协同发展等方面取得的辉煌成就，聚焦北京产业高质量发展、能源结构转型、全球科技创新中心建设、特大城市病治理与社会建设、全国文化中心建设、生态文明建设与"双碳"目标实现、京津冀协同发展等问题并展开深入探讨，基于专业视野从不同维度提出新阶段北京城市高质量发展的对策建议。本书以北京市社会科学院城市问题研究所的全体研究人员为核心团队成员，由科研机构、高等院校等各方专家、学者共同撰写完成。本书由北京市社会科学院皮书论丛资助出版，是《北京城市发展报告》（第六辑）的系列研究成果。

　　本书共分为城市经济篇、城市社会篇、城市文化篇、城市生态篇等四个板块。每个板块按所涉及领域进行专门研究，以北京城市高质量发展为主题深入系统地研究北京城市发展状况、演化特征及其未来发展趋势，聚焦北京城市发展问题，提出加快北京城市高质量发展的对策建议。

　　本书由北京市社会科学院城市问题研究所所长、研究员陆小成任主编，负责总体设计和结构安排、报告汇总及修改等工作。城市问题研究所副所长、副研究员穆松林和城市问题研究所助理研究员杨波任副主编，参与报告撰写、修改等工作。穆松林副研究员负责城市经济篇的编辑修订工作。曲嘉瑶副研究员负责城市社会篇的编辑修订工作。倪维秋副研究员负责城市文化篇的编辑修订工作。杨波助理研究员负责城市生态篇的编辑修订工作。

　　本书的出版要感谢北京市社会科学院各位院领导、研究所、科研处、智库处及其他职能处室和院外高校科研机构、政府部门等领导、专家、学者的大力支持。

　　书中引用和参考了许多专家学者的观点，一并表示感谢。有的引用或参考没有进行及时的注释，对可能存在的疏忽请专家批评和指正。由于水平和能力有限，不妥之处在所难免，也许还有部分观点值得进一步商榷和论证。敬请城市经济、城市治理、首都发展、京津冀城市群以及经济学、管理学、社会学、文化学、生态学等领域的专家、学者、读者提出批评意见或建议。

2022 年 6 月 30 日

图书在版编目（CIP）数据

北京城市发展报告. 2021-2022：北京城市高质量发展研究／陆小成主编. -- 北京：社会科学文献出版社，2022.8

ISBN 978-7-5228-0506-1

Ⅰ. ①北… Ⅱ. ①陆… Ⅲ. ①城市建设-研究报告-北京-2021-2022 Ⅳ. ①F299.271

中国版本图书馆 CIP 数据核字（2022）第 137655 号

北京城市发展报告（2021~2022）
——北京城市高质量发展研究

主　　编／陆小成
副 主 编／穆松林　杨　波

出 版 人／王利民
组稿编辑／邓泳红
责任编辑／吴　敏
责任印制／王京美

出　　版／社会科学文献出版社（010）59367127
　　　　　地址：北京市北三环中路甲 29 号院华龙大厦　邮编：100029
　　　　　网址：www.ssap.com.cn
发　　行／社会科学文献出版社（010）59367028
印　　装／三河市龙林印务有限公司

规　　格／开　本：787mm×1092mm　1/16
　　　　　印　张：20.5　字　数：277 千字
版　　次／2022 年 8 月第 1 版　2022 年 8 月第 1 次印刷
书　　号／ISBN 978-7-5228-0506-1
定　　价／79.00 元

读者服务电话：4008918866